더 뉴 게이트

01. 끝과 시작

THE NEW GATE
더 뉴 게이트

GATE

01. 끝과 시작

카자나미 시노기 지음
Illustration 마계의 주민
김진환 옮김

목차

「THE NEW GATE」 세계의 용어에 관해

● 능력치

LV: 레벨

HP: 히트 포인트

MP: 매직 포인트

STR: 힘

VIT: 체력

DEX: 기술

AGI: 민첩성

INT: 지력

LUC: 운

● 거리·무게

1세메르 = 1cm

1메르 = 1m

1케메르 = 1km

1구므 = 1g

1케구므 = 1kg

● 화폐

쥬르(J): 500년 뒤의 게임 세계에서 널리 통용되는 화폐.

제일(G): 게임 시대의 화폐. 쥬르보다 10억 배 이상의 가치가 있다.

쥬르 동화(銅貨) = 100J

쥬르 은화(銀貨) = 쥬르 동화 100닢 = 10,000J

쥬르 금화(金貨) = 쥬르 은화 100닢 = 1,000,000J

쥬르 백금화(白金貨) = 쥬르 금화 100닢 = 100,000,000J

● 주요 종족

휴먼(인간족): 개체수가 가장 많고 다양한 국가를 이루고 있다.

드래그닐[용인족(龍人族)]: 힘과 생명력이 특히 강하다.

비스트[수인족(獸人族)]: 휴먼에 이어 개체수가 많고 부족마다 특징이 다르다.

로드[마인족(魔人族)]: 전체 능력치가 큰 편차 없이 고르게 높다.

드워프: 손재주가 좋아 무기나 도구 제작이 특기다.

픽시(요정족): 수명이 길고 마법 사용 능력이 뛰어나다. 요정향이라는 독자적인 세계를 구축하고 있다.

엘프: 픽시 다음으로 수명이 길다. 위기 감지 능력이 뛰어나다. 숲에서 살아가는 자가 많다.

발크스 하임
39세. 휴먼. 모험가 길드 베일리 히트 지부의 길드 마스터. 의리와 인정이 두텁고 모두의 존경을 받고 있다.

신
본작의 주인공. 21세. 하이 휴먼. 온라인 게임에서 이름을 떨친 최강 플레이어. 데스 게임 클리어 후, 500년 뒤의 게임 세계로 차원 이동되었다.

티에라 루센트
157세. 엘프. 「잡화점 달의 사당」의 종업원. 강력한 저주의 영향으로 흑발이 되었다.

시리카 린도트(여동생)

21세. 휴먼. 모험가 길드의 접수원. 큰 포니테일이 특징. 활발하고 장난스러운 성격이다.

세리카 린도트(언니)

21세. 휴먼. 모험가 길드의 접수원. 진지한 성격의 '유능한' 누님. 시리카와는 쌍둥이 자매다.

주요 등장인물

빌헬름 에이비스

22세. 로드. 마창魔槍【베놈】을 사용하는 모험가. 외모나 말투와는 달리 정의감이 강하다.

미리

8세. 비스트. 호랑이의 특성을 지닌 호랑이 타입의 소녀. 도시 고아원에서 지내고 있다.

프롤로그 | p r o l o g u e

THE NEW GATE

이계의 문·가장 깊은 곳인【THE NEW GATE】.

그곳에서 2개의 그림자가 대치하고 있었다.

한쪽은 문을 지키는 몬스터의 그림자다.

그 이름은【오리진】. VRMMO-RPG【THE NEW GATE】의 최종 보스이자 최강의 몬스터다.

용인형龍人型이며 사람의 몸에 용의 머리, 날개, 꼬리가 더해진 형상이었다. 전장 약 7메르. 눈동자는 창공처럼 푸르며, 이마의 뿔과 온몸을 뒤덮은 비늘은 금빛으로 반짝인다.

극한으로 단련된 무인 같은 체구 위로 걸치고 있는 것 역시 금빛의 갑옷. 그 손에 들린 장식 하나 없는 창 역시 금빛이었다.

자칫 잘못하면 추해 보일 수도 있는 색 조합이지만 거대한 몸에서 뿜어내는 압도적인 위압감 때문인지, 장엄하게 느껴질지언정 혐오감은 없었다.

신수神獸라 해도 과언이 아닌, 그야말로「최강」의 이름에 걸맞은 몬스터라 할 수 있었다.

그리고 다른 한쪽은 인간 남성의 그림자였다.

그의 이름은【신】. 본명은 키리타니 신야다.

VRMMO-RPG【THE NEW GATE】에서도 최고참이자 톱클래스의 전투 능력을 가진 플레이어 중 한 명이었다.

키는 180세메르를 살짝 넘기는 정도며 굳이 따지자면 슬림한 체격이었다.

흑발 흑안. 단정하다고도 추하다고도 할 수 없는 평범한 얼굴은 오리진 앞에서도 긴장한 기색이 조금도 없었다.

목에는 검은 천에 붉은 선이 들어간 얇은 머플러.

그리고 똑같이 붉은 선이 들어간 검은 롱코트와 바지를 입고 있었다. 팔과 다리에는 진홍의 갑주를 장비하고 있지만 그 외에 방어구다운 방어구는 없었다.

무기는 오른손에 든 까만 검뿐. 자루도 칼 밑도 까만 검이지만 칼날 부분만 홍옥紅玉을 갈아 넣은 것처럼 희미한 붉은 빛을 내고 있었다.

신이 한 걸음 앞으로 나아가자 그에 따라 오리진도 무기를 앞으로 겨누었다.

경장비만 두른 신에 비해 오리진은 전신 갑옷과 창까지 완전 무장을 갖추고 있다. 다른 사람의 눈에는 무모하기 짝이 없어 보일 만한 도전이었다. 오리진이 휘두른 창에 신이 고깃덩이로 변할 미래가 뻔히 보이는 듯했다.

신이 한 걸음 더 나아가자 오리진이 창으로 일격을 가했다.

그 거대한 체구에서 상상하기 힘든 빠른 속도로 뻗어나간 공격은 창의 엄청난 크기 탓에 마치 벽이 밀려드는 것처럼 보였다.

마침내 창이 돌바닥을 꿰뚫었다. 바닥의 포석鋪石을 날려버렸을 뿐만 아니라 그 아래의 지면까지 크게 후벼내고 있었다.

하지만 그곳에 신의 모습은 없었다.─신은 오리진의 발밑에 있었다.

공격당하기 직전, 보조계 무예 스킬【심안】으로 적의 움직임을 예측하고 이동계 무예 스킬【축지】로 고속 이동을 한 것이다.

이쪽의 모습을 놓친 오리진의 오른쪽 다리를 향해, 신은 검술계 무예 스킬【호월섬弧月閃】을 발동했다.

스킬이 발동됨과 함께 칼날이 붉게 빛났고 검의 날카로움과 공격 속도가 1.5배로 증폭되었다.

신은 발을 내디딘 기세 그대로 온 힘을 다해 검을 내리쳤다.

"쉿!"

기합일섬氣合一閃.

칼날은 화려한 궤적을 그리며 오리진의 오른쪽 다리를 덮은 갑주를 양단했다.

참격은 오리진의 오른쪽 다리를 그대로 절반 가까이 절단해냈다. 흘러나온 선혈이 금빛 비늘을 붉게 물들였다.

오리진의 HP게이지가 50분의 1 정도 감소했다. 최강 몬스터에게 일격으로 가한 대미지치고는 놀라울 정도였다.

"■■■■■■■■■■—!!"

다리를 휩쓰는 통증에 오리진이 비명을 질렀다. 금속을 서로 비벼대는 것 같은 새된 목소리가 실내 전체에 울려 퍼졌다.

그때 【심안】으로 적의 공격을 예측한 신은 즉시 그 자리에서 크게 뒤로 물러났다. 한계까지 강화된 각력 덕분에 잔상이 남을 만한 속도로 이동할 수 있었다.

다음 순간, 잔상을 짓눌러 버리듯이 창이 돌바닥을 내리쳤다. 방금 전보다 파워가 약했는지 부서진 돌바닥의 범위는 아까보다 작았지만 심상치 않은 위력인 건 분명했다.

"빨라. 역시 최종 보스."

가공할 만한 창의 파괴력을 보고서도 신에게는 아직 감탄할 여유가 남아 있는 듯했다. 그는 최후의 수문장이 자신의 상대로서 전혀 부족하지 않다고 생각하며 한 번 더 각오를 다졌다.

사실 신은 결코 방심하고 있는 게 아니었다.

시야 구석에 보이는 HP게이지가 사라지면 자신은 죽는다. 그걸 알면서도 이곳에 온 것이다. 데스 게임으로 변한 【THE NEW GATE】를 클리어하기 위해서—.

함께 싸우는 전우는 없었지만 그를 지탱해준 사람은 있었다.

신이 몸에 두르고 있는 장비는 대부분 자신이 직접 마련한 것이고, 받아 온 아이템도 보스전에서는 효과가 없는 것들뿐이었다. 그렇지만 최선을 다해 지원해준 동료들의 마음을 가볍게 생각할 수는 없었다.

가족을 만나고 싶다며 울던 소녀가 있었다. 형을 잃고 어쩔 줄 몰라 하던 소년이 있었다. 절대 질 수 없다며 역경에 맞서던 남자가 있었다. 곤경에 빠진 사람들을 돕기 위해 분주히 뛰어다니던 여자가 있었다.

모두가 발버둥치고, 체념하고, 도전하고, 싸워왔고, 또 많은 사람들이 사라져갔다.

이 세계에 갇힌 지도 벌써 1년. 신은 그게 긴 건지 짧은 건지도 알 수 없었다.

머릿속을 채우는 말은 오직 한 가지―『이긴다』뿐이었다.

오리진을 쓰러뜨려, 자신을 지탱해주고 등을 밀어준 사람들을 게임에서 해방시킬 것이다.

그것을 반드시 이뤄내기 위해―.

"너의 머리, 내가 받아 가겠다!!"

신은 자신을 노려보는 오리진을 향해서 다시금 검을 겨누었다.

✝

"오오오오오오옷!!"

날카로운 기합 소리와 함께 뻗어나간 참격이 오리진의 한쪽 날개를 통째로 베어냈다.

검술계 무예 스킬【파산破山】.

위에서 똑바로 내려 베는 기술로, 산을 절단한다는 이름처럼 자신보다 체구가 큰 적에게 대미지가 2.5배로 늘어나는 파격적인 상승률을 자랑한다.

날개를 잃은 오리진은 축적된 대미지 탓에 드디어 무릎을 꿇었다.

신은 됐어, 하고 마음속으로 중얼거렸다. 스킬 사용 뒤에 경직 시간이 생기는 빈틈을, 상대의 자세를 무너뜨림으로써 메운 것이다.

오리진의 온몸을 덮은 갑옷은 이제 곳곳이 부서지고 금이 가 있었다. 한쪽 날개뿐만 아니라 왼팔마저 잘려나가고, 황금의 뿔도 끝이 뭉툭해져 있었다.

상대의 HP게이지는 이제 얼마 남지 않았다.

"하아, 하아, 하아."

오리진이 만신창이에 가까워서 그렇지, 신에게도 타격이 없는 건 아니었다.

장비의 내구도는 아직 여유가 있었지만 오리진의 거대한 몸체가 내뻗는 공격을 피하고 튕겨내며 때로는 받아내기도 했다. 다행히 HP게이지는 안전권이지만 정신적인 피로 탓에 마치 현실에서처럼 호흡이 가빠져 있었다.

"하아, 하아, 스으으읍, 하아아아……."

숨을 들이쉬었다가 뱉어낸다.

시스템상으로는 불필요해도 지금의 신에게는 꼭 필요한 동작이었다.

신은 다급해진 마음을 가라앉히듯이 가빠진 숨을 골랐다.

여기서 【파산】을 쓰면 한 방에 쓰러뜨릴 수 있지만, 이 기술은 한 번 사용하면 또 사용할 수 있게 되기까지의 대기 시간이 길었다. 모든 스킬 중에서도 1, 2위를 다툴 정도였다. 이번 전투에서는 더 이상 사용할 수 없으리라.

'큰 기술을 몇 번이고 쉽게 맞춰줄 상대도 아니니 말이지. 고작 스킬 하나일 뿐이야. 신경 쓸 것 없어.'

질이 부족하다면 양으로 메꾸면 되는 것이다.

"조급하게 굴지 말자, 신."

오리진의 HP는 이제 얼마 남지 않았지만 0으로 떨어진 건 아니었다. 얼마 남지 않았다고 긴장을 푸는 순간에 오히려 당해버린다면 그 얼마나 한심한 일인가.

이쪽을 노려보는 오리진의 눈동자는 아직도 전의를 상실하지 않은 상태였다. 그래픽일 텐데도 신은 그렇게 느꼈다.

다음 순간, 억양 없는 여성의 목소리로 게임 안내 음성이 신의 귀에 들렸다.

─『생존본능』 발동: 공격력, 속도가 상승.』
─『황금의 파동』 발동: HP, 손실 부위, 파손 장비가 서서

히 회복.』

　자동 발동 스킬 【애널라이즈·X(텐)】이 발동되어 오리진의
능력이 강화되었음을 신에게 알려주었다.

　그와 동시에 오리진의 HP게이지가 조금씩 회복되기 시작
했다. 절단된 팔과 날갯죽지가 금색의 빛으로 뒤덮이더니 바
깥으로 조금씩 뻗어 나오듯이 재생되어갔다.

　이대로 방치한다면 다시 원래 상태로 돌아갈 것이다.

　물론 신은 그걸 방치해둘 사람이 아니었다.

　【애널라이즈·X】으로 정보를 얻는 동시에 【축지】를 발동해
서, 아직도 무릎을 꿇고 있는 오리진에게 돌진했다.

　"■■■■■■—!!"

　신의 움직임에 반응한 오리진은 포효와 함께 오른손에 든
창을 휘둘렀다.

　휘웅!! 하고 바람을 가르는 소리와 함께 거대한 창이 날아
들었다.

　신은 즉시 검술계 무예 스킬 【칼날 흘리기】와 맨손계 무예
스킬 【쇠 튕겨내기】를 발동했다.

　【칼날 흘리기】는 중심을 낮추어 적의 공격을 흘려 넘기는
스킬이다. 【쇠 튕겨내기】는 적의 공격을 반사하는 빛으로 자
신의 팔이나 다리를 감싸는 스킬이었다.

　【칼날 흘리기】를 통해 검으로 창을 받아낸 뒤, 칼날을 미끄

러뜨려 힘의 방향을 살짝 어긋나게 만들었다. 그에 더해 왼팔을 검의 칼등에 받치며 완전히 흘리지 못한 창의 위력을 【쇠튕겨내기】로 경감했다.

하지만 【생존본능】으로 강화된 공격은 스킬의 다중 사용으로도 완전히 막아낼 수 없었고, 신의 HP게이지가 희미하게 깎였다.

"흡!"

신은 대미지를 입으면서도 오리진의 창이 검에서 떨어지는 순간, 자세를 낮춘 상태에서 몸을 쭉 뻗어 창이 움직이는 방향으로 힘을 실어 보냈다.

그러자 창은 오리진이 의도한 속도보다 훨씬 빠르게 휘둘러졌고, 덕분에 오리진의 자세가 무너지고 말았다.

신은 즉시 검술계 무예 스킬 【월광참무月光斬舞】를 발동했다. 달빛을 연상시키는 은색의 빛이 까만 검신을 뒤덮으며 은빛 칼날을 형성, 검신이 일시적으로 2배까지 늘어났다.

"이이이야아아아앗!!"

그대로 노출된 오리진의 몸통을 은색으로 빛나는 칼날이 공격해 들어갔다.

하나!

둘!

셋!

빛의 칼날이 잔상이 남을 정도의 속도로 움직일 때마다 공중에 은색의 궤적이 그려졌다. 세 번째 참격을 가하자 오리진이 입은 대미지가【황금의 파동】으로 회복된 HP를 넘어섰다.

넷!

다섯!

여섯!

일곱!

여덟!

아홉!

열!!

계속해서 이어진 7번의 참격이 오리진의 HP게이지를 단숨에 줄여나갔다.

【월광참무】는 공격 속도와 범위가 증폭된 참격을 10연속으로 휘두르는 스킬이다. 공격 속도 1.3배, 범위는 2배가 된다.

공격 한 번의 대미지는 그렇게 높지 않지만, 공격 범위와 공격 횟수로 줄 수 있는 총합 대미지는 단순한 위력 강화 스킬보다 훨씬 컸다.

신의 STR과 무기의 공격력이라면【파산】만큼은 아니어도 그에 가까운 대미지를 줄 수 있었다.

실제로【월광참무】에 의한 노도의 10연격에 오리진의 HP게이지는 이제 거의 남아 있지 않았다.

"끝내주마!!"

신은【월광참무】의 대미지로 쓰러지는 오리진의 몸 위로 뛰어올랐다. 그러는 동안에도 오리진의 HP게이지가 회복되고 있었지만 신은 충분히 끝낼 수 있을 거라 판단했다.

마지막 발버둥인지, 오리진은 오른손에 들고 있던 창을 놓고 손등으로 공격해왔다. 신은 그것을 점프로 뛰어넘으며 공중에서 검을 높이 치켜들었다.

쓰러져가는 오리진과 눈이 마주쳤다. 이제 곧 최후의 일격이 닥치는 상황에서도 그 눈동자는 분노하는 기색 없이 온화하고 잔잔했다. 신은 왠지 그렇게 느꼈다.

하지만 설령 적의가 느껴지지 않는다 해도 검에 담긴 힘은 조금도 느슨해지지 않았다.

이기리라 다짐한 마음은 흔들리지 않았다.

"마지막이다!"

신은 그 말과 함께 까만 칼날을 오리진의 이마에 내리쳤다.

―『문의 수호자【오리진】을 격파했습니다. 그에 따라 보스 격파 보너스가 주어집니다.』

―『칭호【임계자臨界者】,【도달자到達者】,【해방자解放者】를 입수했습니다.』

―『스킬【명왕의 파동】,【집중 파동】,【확산 파동】을 획득했습니다.』

안내 음성을 들으며 신은 그 자리에 가만히 서 있었다.

주위에 빛이 넘쳐흘렀다.

황금빛으로 흩어진 오리진의 몸이 방 안을 가득 채웠다.

이윽고 빛이 사라지자 그 자리에는 곳곳이 엉망이 된 실내와 상처 하나 없는 문, 그리고 신이 남았다.

그때 다시 안내 음성이 흘러나왔다.

『이계의 문·최심부의 수문장 【오리진】을 쓰러뜨리고 던전을 클리어했습니다.』

신의 승리를 동료들에게 전하는 음성이었다.

『이제 모든 플레이어의 로그아웃이 가능해졌습니다.』

"끝났어……."

그렇다, 끝난 것이다.

1년 동안 그들을 속박해온 데스 게임이 지금 막을 내린 것이다.

혹시나 해서 메뉴 화면을 불러내자 쭉 표시된 항목 맨 밑에 【로그아웃】 커맨드가 분명히 존재했다.

시험 삼아 친구 목록을 열어보았다. 그러자 플레이어의 이름 옆에 있는 【온라인】 표시가 차례차례 【오프라인】으로 바뀌어갔다.

다들 무사히 로그아웃하고 있는 것 같았다.

"약속, 지켰어. 그렇지, 마리노?"

성취감이 신의 가슴을 가득 채웠다.

이 세계에서 흩어져간 그녀는 그를 칭찬해줄 것인가.

그런 생각이 들었다.

"자! 다른 플레이어들이 전부 로그아웃할 때까지 기다리기로 할까."

신은 무거운 생각은 그만두기로 마음먹고 그 자리에 앉았다. 자신은 모든 사람이 귀환하는 걸 지켜본 뒤에 로그아웃하기로 미리 정해두었기 때문이었다.

신은 아이템 박스에서 양피지처럼 말려 있던 생존자 리스트를 꺼내 조용히 펼쳤다.

이 리스트는 생존한 플레이어의 이름을 실시간으로 표시해주는 아이템이었다.

모두가 귀환하는 걸 지켜보고 나서 로그아웃하겠다는 신의 마음을 헤아린 동료 연금술사가 7일 동안 밤을 새워 제작해준 물건이었다. 플레이어가 사망 혹은 로그아웃할 때마다 리스트에서 이름이 사라지게 되어 있었다.

신은 마음속으로 그에게 감사하며 거기서 플레이어들의 이름이 사라져가는 것을 잠시 바라보았다.

시간으로 따지면 약 3분 정도. 이윽고 리스트에 표시된 이름이 【신】 하나만 남았다.

"내가 마지막인가."

문득 그런 말이 새어 나왔다.

지금까지는 끊임없이 싸워오기만 했지만, 이렇게 끝난다고 생각하니 감회가 새로웠다.

로그아웃하면 이제 여기로 돌아올 일은 없을 것이다. 데스게임화 같은 사태가 벌어진 온라인 게임이 계속 운영된다는 건 아무리 생각해도 불가능했다.

'결국 이런 사건이 벌어지긴 했지만, 처음엔 꽤나 재미있게 플레이했었지.'

【THE NEW GATE】를 플레이한 기간은 지금까지 신이 살아온 시간의 3분의 1을 차지했다. 그것이 어떤 의미를 갖는지는 차치하더라도, 이 게임과 함께 오랜 시간을 보낸 건 사실이었다.

이 게임 안에서 벌어진 일을 벌써 잊어버린 건 아니었다. 하지만 동료들과 함께 보낸 시간 역시 여기서만 경험할 수 있는 일들이었다.

"그럼 잘 있어. 【THE NEW GATE】."

작별 인사를 중얼거리며 신이 로그아웃하려 했을 때, 열릴 리가 없는 눈앞의 문이 끼익 하는 소리를 냈다.

"응?"

그 소리에 이끌려 로그아웃 버튼을 누르려던 손가락이 멈추었다.

현란하게 장식된 중후한 문이 천천히 열리고 있었다. 틈새에서는 강한 빛이 뻗어 나왔기에 신은 그 너머가 어떻게 되어 있는지 확인할 수 없었다.

"뭐지? 더 이상 이벤트는 없을 텐데……."

신이 당황하든 말든, 흘러넘치는 빛이 실내를 하얀색으로 물들이고 있었다.

"뭔가 이상해."

이변을 감지한 신의 손가락이 로그아웃 버튼을 누르는 것보다도 한발 빠르게, 문에서 뻗어 나온 빛이 신의 몸을 감쌌다.

신의 의식은 거기서 끊어지고 말았다.

제3의 현실 | Chapter 1

THE NEW
GATE

처음으로 느낀 건 바람이었다.

신은 부드러운 바람이 피부를 쓰다듬는 것을 멍한 의식 속에서 느꼈다.

다음으로는 등에 닿은 딱딱한 감촉과 코를 간지럽히는 희미하게 달콤한 냄새.

시야가 까만 건 눈을 감고 있기 때문일까.

"음……."

몸을 일으키며 눈을 떴다.

먼저 눈에 들어온 건 넓은 초원과 그 너머의 잡목림이었다.

신이 누워 있던 곳 주위에는 흰색과 핑크색 꽃들이 흐드러지게 피어 있었다. 방금 코를 간지럽힌 건 이 꽃향기인 모양이다.

"여기는……."

신은 자신이 왜 이런 곳에 있는가에 대한 의문을 해소하기 위해 머리를 굴려보았다.

'오늘은 이계의 문·최심부에서 보스 몬스터인 오리진과 싸웠고, 이겼어. 그래. 나는 【THE NEW GATE】를 클리어한 거야. 그래서 로그아웃할 수 있게 되어 모두가 해방된 뒤에 마

지막으로 나만 남았고…….'

점점 의식이 선명해졌다.

신이 마지막으로 봤던 광경. 그것은.

"문이…… 열렸어?"

그렇다. 신은 오리진을 쓰러뜨려 모두를 구한 뒤 자신도 로그아웃하려 했다. 그때 닫혀 있던 문이 열리는 것과 동시에 의식을 잃은 것이다.

"그건 대체 뭐였던 거야? 게다가 여기는……."

다시금 주위를 둘러보지만 아무것도 발견할 수 없었다.

"혹시 아직도 게임 안에 있는 건가?"

신은 마지막으로 뻗은 손가락이 로그아웃 버튼에 제대로 닿았는지 알 수 없었다.

그 하얀빛은 일종의 이벤트고 자신은 아직도 로그아웃하지 못했을 수도 있다는 생각에 시험 삼아 메뉴 화면을 불러내 보았다.

"……이봐, 이봐."

눈앞에 표시된 건 반투명한 화면과 나란히 정렬된 항목, 틀림없는 【THE NEW GATE】의 메뉴 화면이었다.

"뭐야. 아직도 게임 안이었던 건가."

신은 아아 깜짝 놀랐네, 하고 생각하며 시선을 내려보았다.

거기에는 로그아웃 버튼이―.

"……없이."

없었다.

소지금과 도움말 사이에 있어야 할 로그아웃 버튼이 어디에도 없었다. 오리진을 쓰러뜨린 뒤에 확인했을 때는 분명히 존재하던 것이 사라져 있었다.

"이봐, 이봐, 이봐, 장난하냐?!"

메뉴 화면 안의 모든 항목을 샅샅이 열고 확인해보았지만 역시 로그아웃 버튼은 찾아낼 수 없었다. 마치 데스 게임이 아직 끝나지 않은 것처럼.

"······!! 그래, 다른 녀석들은!"

자신 외에도 누군가가 남아 있을지 모른다는 가능성을 떠올린 신은 아이템 박스에서 생존자 리스트를 꺼냈다. 그 말고도 남겨진 플레이어가 있다면 이 리스트에 표시될 것이다.

"뭐야······ 이게."

리스트에 표시된 이름은 【신】 하나였다. 그리고 그 밑의 공백 부분에는······.

―『네트워크에 접속할 수 없어 표시가 불가능합니다.』

······라는 메시지가 떠올라 있었다.

생존자 리스트는 아바타를 통해 【THE NEW GATE】의 네트워크에 접속하여 생존 플레이어를 확인한다는 말을, 생존자 리스트 제작자인 연금술사에게 들은 적이 있었다.

그걸 토대로 생각해보면 현재 신의 아바타는 【THE NEW GATE】의 시스템에서 분리되어 있는 셈이었다.

"네트워크에 접속할 수 없다고? 그렇다면 어째서 난 아바타를 움직일 수 있는 거지?"

로그아웃하지 않았는데도 시스템에서 분리된다? 그런 일이 가능한 것일까.

그런 사태가 벌어진다면 신이 자신의 아바타를 움직일 수도 없어야 정상이었다.

신은 VR(버추얼 리얼리티) 기술에 정통하진 못했지만, 어쨌든【THE NEW GATE】가 그런 구조로 되어 있다는 점은 알고 있었다. 일반적으로 생각해봐도 네트워크와의 접속이 끊어진 상태에서 아바타 조작이 가능하다는 건 모순적이다.

"모르겠어. 일이 어떻게 되어가는 거야?"

방금 전까지의 안도감이 순식간에 사라지고 신은 다시 땅에 드러누웠다. 일어날 기분도 들지 않아서 머리만 열심히 굴려보았지만, 아무리 생각해봐도 답은 알 수 없었다.

'안 되겠어, 이럴 때는 일단 머리를 싹 비워보자.'

이건 머리가 복잡해졌을 때 평정을 되찾기 위한 신 나름대로의 방법이었다. 상황을 파악할 수 없을 때는 일단 모든 생각을 내려놓고 처음부터 재구축하는 것이다.

① 네트워크에 접속할 수 없다.

② 아바타는 조작 가능.

③ 위의 2가지는 양립할 수 없다.

①은 생존자 리스트 프로그램과 리스트에 표시된 메시지를 통해 확인할 수 있었다.

②도 현재 이렇게 움직이고 있으니 확실하다.

③의 경우, 아바타를 조작하려면 네트워크에 접속해야 한다는 건 분명한 사실이다. 실제로 시스템 오류 때문에 네트워크 접속이 끊어지자 아바타를 움직일 수 없었다고 알려준 플레이어가 있었다.

그렇다면 그 두 가지를 양립시키려면 어떻게 해야 할까. 신은 이렇게 생각했다.

첫 번째로, 생존자 리스트에 오류가 생겼고 실제로는 네트워크에 접속되어 있을 가능성. 이건 충분히 있을 만했다.

다음으로는 네트워크에 접속하지 않아도 아바타를 조작할 수 있게 되었을 가능성도 있었다. 그런 기술이 개발된 건지도 모른다.

"또 생각해볼 수 있는 게 있다면, 그거겠지…… 판타지."

진지하게 머리를 굴리다가 문득 스치는 생각에 쓴웃음을 짓고 말았다.

신은 뼛속까지 온라인 게이머였다. 친구들이 온라인 게임 폐인이라 부를 정도의 인간이었다. 그와 동시에 애니메이션과 만화, 라이트 노벨과 인터넷 소설까지 손을 뻗치고 있었다.

이미 정형화되어버린, 게임과 꼭 닮은 세계에 오게 된다는 설정의 소설도 많이 읽었다.

이유는 제각각이지만 스테이터스가 유지된 채로 게임의 세계에 넘어오는 내용의 소설은 많았다.

방금 신의 머리를 스쳐 지나갔던 것도 바로 그런 내용이었다. 지금 와 있는 장소는 게임이 아니라 실제가 된 【THE NEW GATE】의 세계가 아닌가 싶은 생각이 갑자기 떠오른 것이다.

네트워크에 접속할 수 없는 것도, 그럼에도 아바타를 움직일 수 있는 것도 이 가설이라면 설명할 수 있었다.

하지만 그런 일이 있을 리 없다. 신은 일단 생각을 멈추고 하늘을 올려다보았다. 시야 가득 푸른 하늘이 펼쳐져 있고 작은 구름이 천천히 흘러가고 있었다.

시야 구석에는 숲이 보였다. 그쪽으로 시선을 돌리자 나뭇잎 한 장 한 장까지 선명하게 볼 수 있었다.

"……."

보인다. 분명히 보인다. 선명하게 보인다.

너무나도 잘 보인다.

게임에서보다도 분명하게 보였다. 그야말로 진짜인 것처럼.

VR 기술의 발달로 게임에서도 실물과 꼭 닮은 세계를 구축할 수 있게 된 건 사실이었다. 시각, 청각뿐만 아니라 청각과 후각, 미각까지도 재현 가능했다.

하지만 아무리 재현 가능하다 해도 그건 아직은 『꼭 닮은』 단계에 불과했다. 실물을 본 적이 있다면 그게 인공적으로 만

들어진 가짜라는 걸 분명히 알 수 있는 수준이었다. 어디까지나 현실적인 그래픽에 지나지 않는다.

하지만 신의 눈에 비친 구름의 움직임이나 나뭇잎의 색과 질감, 들가에 핀 꽃의 윤곽까지, 모든 것이 리얼했다.

"……."

신은 천천히 자신의 손을 얼굴 앞으로 내밀어 보았다. 게임에서는 존재하지 않았던 주름과 지문이 있었다.

"진짜…… 인 건가."

한번 깨닫고 나면 나머지도 줄줄이 이해되기 마련이다. 눈앞의 풍경도, 나뭇잎이 바삭거리는 소리도, 바람이 피부를 어루만지는 감촉도, 코를 간지럽히는 냄새까지. 모든 것이 게임을 할 때의 느낌과는 달랐다.

"데스 게임 다음에는 이세계 차원 이동이라니……."

VRMMO 플레이어의 도시 전설 두 가지를 연속으로 체험하게 된 셈이다.

데스 게임에서 해방된 직후니까 가능하다면 느긋하게 쉬고 싶었는데……라는 엉뚱한 감상이 드는 것 자체가 내심 다급해하고 있다는 증거였다.

"아…… 뭐가 어떻게 되어가는 거야~~."

신은 하품 섞인 목소리로 중얼거리며 그 자리에서 몸을 뒹굴었다.

오리진과 싸우던 용감한 모습은 온데간데 없었다.

보스전에서 피로가 쌓인 것은 물론이고, 안심하며 로그아웃하려는 순간에 상상치도 못한 차원 이동까지 하게 되자 육체적으로는 멀쩡할지 몰라도 정신적인 휴식이 꼭 필요했던 것이다.

한마디로 말해 나른했다.

모에츠키 증후군(열심히 일한 뒤에 무기력해지는 우울증 증상-역주)과도 비슷한, 잠시 느긋하게 있고 싶다는 기분이 신의 마음을 가득 채우고 있었다.

"아~~~ 하아……."

신은 유아기로 퇴행한 것처럼 뒹굴뒹굴하다가 가만히 멈추는 동작을 잠시 반복했다. 조금은 휴식이 되었는지 권태감이 줄어드는 듯했다. 신은 나른한 정신으로 생각했다.

현재 상황은 모르는 것투성이다. 주위에는 사람 하나 없으니 정보 수집도 여의치 않았다.

'어찌 됐든 정보가 부족해. 일단 메뉴 화면은 나오니까 스테이터스나 아이템을 확인하고, 그 뒤에 사람이 있을 만한 곳을 찾아볼까.'

신은 아직도 살짝 무거운 몸을 일으키고 메뉴 화면을 불러내 스테이터스 화면을 표시했다.

화면 왼쪽으로는 신의 분신인 아바타가 입체적으로 표시되었고, 오른쪽으로 【능력치】, 【장비】, 【칭호】, 【스킬】 등의 항목이 있었다.

아바타는 흑발 흑안으로 약간 날카로운 눈매라는 것 말고는 큰 특징이 없는, 어디에나 흔히 있을 법한 청년의 모습이었다.

이 아바타는 현실에서의 얼굴과 체격을 그대로 반영하고 있기에 180세메르의 키에 약간 마른 인상 그대로였다. 학교에 다닐 때는 운동부 친구가 몸을 좀 더 단련하라는 말을 자주 하곤 했었다.

【장비】를 확인하자 오리진과 싸울 때와는 약간 다르게 머플러와 팔 갑옷, 다리 갑옷이 벗겨져 있었다. 장비된 채로 남아 있는 건 붉은 선이 들어간 【명왕의 롱코트】와 한 세트인 바지, 그리고 액세서리였다.

무기란에는 【진월眞月】이라는 글자가 보였다. 그의 자랑스러운 애검愛劍은 건재한 듯했다.

재고를 확인해보자 오리진과 싸울 때 지녔던 장비는 그대로 남아 있었다. 아이템과 소지금에도 변화가 없었기에 인벤토리에는 문제가 없는 것 같았다.

다음으로는 【능력치】.

원래대로라면 LUC 외의 스테이터스가 9라는 숫자로 가득 채워져 있어야 했다. 신은 약체화되어 있지 않기를 빌며 화면을 열어보았다.

"……아니아니아니."

신은 화면에서 눈을 떼고 잠시 먼 곳을 바라본 뒤에 다시

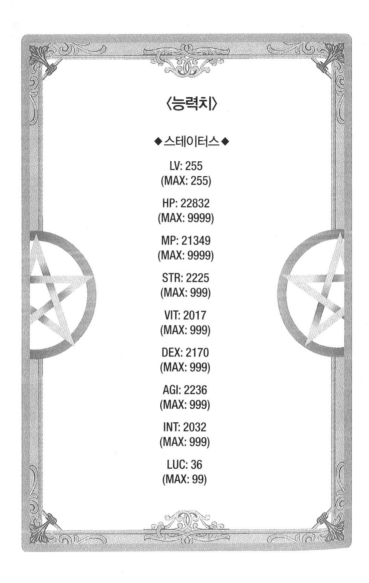

〈능력치〉

◆스테이터스◆

LV: 255
(MAX: 255)

HP: 22832
(MAX: 9999)

MP: 21349
(MAX: 9999)

STR: 2225
(MAX: 999)

VIT: 2017
(MAX: 999)

DEX: 2170
(MAX: 999)

AGI: 2236
(MAX: 999)

INT: 2032
(MAX: 999)

LUC: 36
(MAX: 99)

화면으로 눈을 돌렸다.

하지만 그런다고 눈앞에 표시된 내용이 바뀔 리는 없었다.

"아니, 잠깐. 잠깐만!"

신은 다시 화면에서 눈을 떼고 먼 곳을 돌아보았다. 그리고 눈을 비벼 시야가 흐릿하지 않다는 걸 확인하고 나서 화면으로 시선을 돌렸다.

신은 지금 자신의 모습이 마치 믿을 수 없는 광경을 보았을 때의 만화 속 한 장면 같다고 생각했다.

"잘못 본 게 아닌…… 건가."

신은 결국 3번을 다시 본 뒤에야 그것을 잘못 본 게 아니라는 걸 인정했다.

놀란 것은 LUC를 제외한 능력치가 예전과 많이 달라졌기 때문이었다.

VRMMO-RPG 【THE NEW GATE】는 다른 게임과는 달리 막대한 시간만 들이면 LUC 외의 모든 능력치를 상한선까지 올릴 수 있었다.

클로즈 베타 때부터 플레이해온 신은 압도적인 플레이 시간과 효율적인 사냥, 그리고 거듭된 환생 시스템 이용을 통해 모든 능력치를 상한선까지 끌어올린 유일한 플레이어였다.

상한선 직전까지 도달한 플레이어는 몇몇 있었지만 신을 따라잡지는 못한 것이다.

게임에서 신의 능력치는 HP·MP가 9999, STR·VIT·DEX·

AGI·INT가 999, LUC만 36이었다.

LUC가 낮은 건 상한선이 99인 데다 아바타 생성 시에 결정된 수치에서 바뀌지 않기 때문이다.

하지만 지금은 LUC를 제외한 모든 능력치가 상한선이던 999의 2배 이상 수치로 표시되어 있었다.

"게임의 시스템을…… 훨씬 뛰어넘어 버렸잖아……."

신은 그저 놀랄 수밖에 없었다.

수치가 지나치게 높아지자 자신이 얼마나 강한 건지도 전혀 알 수 없었다.

"너무 놀라니까 사람이 지치네……."

아까부터 계속 놀라고만 있었기에, 신은 지금의 자신이 꽤나 우스꽝스러워 보이리란 생각에 쓴웃음이 나왔다.

똑같은 수치를 계속 들여다봐도 달라지는 건 없었기에 일단 다른 항목도 확인해보았다.

한차례 확인해서 알게 된 건 낯선 칭호와 스킬이 추가되어 있다는 점이었다.

구체적으로는 【임계자】, 【도달자】, 【해방자】의 칭호와 【명왕의 파동】, 【집중 파동】, 【확산 파동】이라는 스킬이 늘어나 있었다.

오리진을 쓰러뜨릴 때 안내 음성이 들렸지만, 신은 완전히 잊어버리고 있었다.

일단 어떤 효과가 있는지 알아보기 위해 칭호 일람에 새로

추가된 세 가지를 선택해보았다.

【임계자】

그 힘은 한계를 초월한다. 모든 능력치의 상한선 해방. 지금까지 상한선에 막혀 버려진 수치가 있는 경우, 그만큼 능력치가 상승한다.

【도달자】

윤회의 끝에 다다른 이에게 축복이 있기를. 칭호를 획득한 시점에서 모든 능력치를 2배로 올린다.

【해방자】

당신은 사로잡힌 사람들의 희망이 된다. 구속이나 예속처럼 행동을 제한하고 금지하는 마법, 함정, 아이템 등의 효과를 무효화한다.

"……뭐야, 이게."

획득한 칭호는 전부 예상 밖의 내용이었다. 게임 내에 존재하는 거의 모든 칭호를 알고 있는 신조차도 게임 밸런스를 이렇게 무너뜨리는 효과는 처음이었다.

능력치가 왜 올라갔는지에 대한 수수께끼가 풀린 건 좋았지만, 이래서는 거의 치트키나 다름없었다.

레어 장비를 갖고 있다거나 처음부터 높은 레벨인 것과는 차원이 달랐다. ……다만 오직 LUC만 원래 상태(게임의 설정 그대로)인 것은 무슨 심술일까.

"MMO에서 이세계로 차원 이동하는 소설에서도 주인공은 대부분 능력치가 사기 수준이었지만…… 이건 좀 심한 것 같은데.”

신은 원래 갖고 있던 능력치도 경이적이어서 【THE NEW GATE】 안에서 최고 레벨인 255레벨 유저로만 구성된 파티(12인조, 환생 0번)를 혼자서 상대했던 적도 있었다.

그때는 그들이 물러가면서 '이 공식 치트 유저 녀석~~!!'이라는 말을 남겼을 정도였다.

10번 이상 환생한 폐인 플레이어들이 상대라면 그렇게까지는 힘들겠지만, 그래도 4대 1 정도라면 호각으로 싸울 수 있었다.

그랬던 능력치가 더욱 강화된 것이다. 기습을 받아 즉사라도 하지 않는 이상, 사람을 상대로 해서 패배할 일은 없었다. 물론 이쪽 세계에 다른 사람이 있다면 모르지만.

신은 쓸데없는 걱정일 거라 생각하면서도 이 칭호를 가진 자가 많지 않기를 기도했다.

그 뒤에 신은 무술, 마법 등의 각종 스킬을 한차례 확인하고 몇 가지는 실제로 사용해서 효과를 검증해보았다. 다행히 주변에 파괴되면 곤란할 사물은 없었기에 어느 정도 강력한 스킬도 시험해볼 수 있었다.

지면에 큰 구덩이를 양산한 끝에 알게 된 점은 무술 스킬을 사용한 뒤에 발생하는 경직 시간이나 재사용 대기 시간이 사라졌다는 사실, 그리고 마법 스킬의 위력 조절이 가능해졌다는 것 등이었다.

지금까지는 아무리 현실감이 있어도 게임 속 세계였기에 그런 제한을 당연하게 여겨왔다. 하지만 현실이라면 그런 게 있을 리 없다.

무술 스킬을 사용하면서 무너진 자세를 강제적으로 되돌리는 식의—그런 현실에서 불가능한 움직임도 할 수 없게 되어 있었다.

이렇게 게임 특유의 부자연스러움이 사라진 반면, 힘줄을 다친다거나 관절이 빠지는 식의 자잘한 부상에 대한 걱정도 생겼다. 이것도 현실이라면 당연한 일이었다.

어쨌든 지금 신이 있는 곳은 게임의 세계가 아니었다. 적의 공격을 받으면 HP게이지가 줄어드는 것만으로 끝나진 않을 것이다. 신중하게 생각해서 움직이지 않으면 중요할 때 행동하지 못하게 될 위험성이 있었다.

신은 이 세계가 현실이라고 다시금 자신을 타일렀다.

그러면서 게임의 세계와 이쪽 세계의 차이에 자신이 당황하고 있다는 걸 깨달았다. 가상현실이던 【THE NEW GATE】가 자신에게는 어느새 『제2의 현실』이 되어 있었던 것이다.

그렇다면 이곳은 대충 『제3의 현실』쯤 되나 생각하며 신은 쓴웃음을 지었다.

『제2의 현실(게임의 세계)』에서는 현실감을 찾기까지 꽤나 많은 시간이 걸렸지만, 『제3의 현실(이쪽 세계)』에는 적응하기 힘든 부분이 딱히 없었다.

방금 전까지 맥이 빠져 있던 게 거짓말처럼 느껴질 만큼 신나게 움직이고 있다는 것 자체가 스스로도 어이가 없었다.

"자, 이제 슬슬 가볼까."

그렇게 말하며 신이 아이템 박스에서 꺼낸 건 한 장의 책갈피였다. 그는 흔히 있을 법한 하얀 책갈피를 머리 위로 들어올렸다.

"고·홈!"

신이 주문을 외우자 책갈피가 빛을 내기 시작하더니 야구공만 한 빛의 구슬로 변한 뒤, 이윽고 매의 형태로 변화했다.

빛나는 매는 그 자리에서 서서히 떠오르더니 머리를 일정한 방향으로 고정했다.

신이 사용한 건 【안내의 길잡이】라는 아이템이며 등록한 지점의 방향을 가리켜준다. 탐색 중인 필드 내의 회복 포인트를 기억시키는 방법이 일반적이지만, 신은 자신의 홈 포인트를 기록하여 사용하고 있었다.

지도 기능이 표시되지 않아 자신이 지금 어디에 있는지 짐작조차 할 수 없었지만, 아이템 난에 있던 【안내의 길잡이】의 등록 지점을 조사해보자 게임 안에서 거점으로 사용하던 곳을 선택할 수 있었다. 그래서 일단은 그곳에 가보기로 했다.

덧붙이자면 빛이 매의 형태인 건 신의 취향 때문이었다. 플레이어가 원하는 형태로 변경할 수 있는 것이다.

"자, 집으로 가자!"

신은 빛이 가리키는 방향으로 달리기 시작했다. 목적지를 선택할 때 표시된 피아의 거리는 67케메르. 1케메르가 대충 1km이므로 약 67km 거리인 셈이었다.

평범하게 걸어가기에는 상당한 거리였지만, 신의 강화된 체력과 각력은 평범함과는 거리가 멀었다. 가볍게 달리는 것만으로도 상당한 속도가 나왔다.

지금 신이 달리는 속도는 이미 시속 70km 정도였다. 탈것에 타고 있는 게 아니었기에 나무가 무성한 숲이든 울퉁불퉁한 바위가 널린 황무지든 상관하지 않고 달려갈 수 있었다.

"이야아아앗호오오오우!!"

바람을 가르며 달리는 느낌은 정말로 기분 좋았다. 신은 의식이 깨어난 뒤로 쭉 가슴에 쌓여 있던 막막함을 털어내려는 듯이 큰 소리를 지르며 달려나갔다.

일종의 러너스 하이 상태였다.

얼마나 갈지는 몰랐지만 체력을 소비하는 느낌이 거의 없었고, 얼마든지 달릴 수 있을 것 같은 기분이었다. 그래서 신은 중간에 쉬지도 않고 계속 뛰었다.

달리는 도중에 몬스터인 「테트라 그리즈리(팔이 4개인 곰)」 「트윈 헤드 스네이크(머리가 2개 달린 뱀)」「프레임 보아(불꽃 같은 갈기를 가진 멧돼지)」를 발견하자 신은 자신이 얼마나 강한지 확인하기 위해 닥치는 대로 전투를 걸어보았다.

레벨은 곰, 뱀, 멧돼지의 순서로 각각 87, 68, 79였다.

이름과 레벨은 【애널라이즈·X】으로 표시되었기에 틀림없었다.

게임의 세계에서는 전부 일정한 행동 패턴만 반복하기에 초보 플레이어가 자주 사냥하는 몬스터였고, 신의 레벨이라면 한 손으로도 쓰러뜨릴 수 있는 상대였다.

하지만 이쪽 세계에서 싸워보니 게임과는 달리 생물 특유의 교활함이나 비겁함 때문에 간담이 서늘해질 때가 있었다.

초원을 횡단하고 바위를 뛰어넘으며 숲을 가로지른 지 1시간. 눈앞에 커다란 성벽이 보이기 시작하자 빛의 매가 깜빡이며 목적지가 가까워졌다는 걸 알려주었다.

신은 속도를 줄이며 제자리에 멈추어 섰다.

매가 가리키는 방향은 성벽이 있는 곳에서 살짝 어긋나 있었다. 아무래도 성벽 근처에 펼쳐진 작은 숲 속인 것 같았다. 신의 기억이 정확하다면 홈 근처에 성벽으로 둘러싸인 마을 같은 건 없었다.

"이런 게 언제 생겨난 거지?"

신은 거대한 벽 앞에서 불쑥 중얼거렸다.

성벽의 높이는 6층 건물 정도였다. 깎아낸 돌을 쌓아 만든 것처럼 보이는 벽이 중후한 분위기를 자아내고 있었다.

곳곳이 파손된 건 마물의 습격 때문일까, 아니면 전쟁 때문일까.

많은 인원이 참가하는 공성전은 게임 내에서 제법 자주 발생하는 이벤트였고, 신도 거기 참여해본 적이 있었다. 이 성벽에는 상급 마물 접근 방지, 경도 강화, 마법 약체화 효과가 부여되어 있었기에 공격 측에서는 공략하기 까다로울 것 같았다.

마을인 것 같았지만 실제로 내부가 어떻게 되어 있는지는 알 수 없었다. 물론 이 정도로 강화된 성벽으로 둘러싸인 걸 보면 폐허는 아닐 것이다.

어쨌든 지금은 아직 볼일이 없었기에, 신은 거기까지 생각하고 나서 시선을 숲으로 돌려 매가 가리키는 방향으로 걸어가기 시작했다.

100메르 정도 걸어가자 식물 생태가 주위와 명백하게 다른 공간이 있었다. 지금까지 봐온 나무들은 직경이 기껏해야 30~40세메르 정도였던 것에 비해, 그 공간에는 1메르가 넘는 큰 나무들뿐이었다.

큰 나무로 둘러싸인 공간의 중심에는 그리운 건물이 있었다.

바위와 나무로 지어진 외딴집이었고, 주렴이 드리운 점포

입구 위에는 『잡화점 달의 사당』이라고 크게 적혀 있었다.

"겉모습은 크게 달라지지 않았군."

오리진과 결전하기 전에 보았을 때와 전혀 달라진 게 없었다. 여전히 존재하고 있는 홈을 보며, 신은 이제야 좀 마음 붙일 곳을 찾아낸 것만 같은 심정이었다.

게임 안에서 신이 운영하고 있던 『잡화점 달의 사당』은 무기, 방어구, 아이템을 취급하는 통합 상점이며 거주지도 겸하고 있었다.

기본적으로는 신이 필드나 던전에서 입수한 아이템이나 마음 내킬 때 직접 만든 아이템을 팔던 곳이다. 신이 다녀오는 곳은 대부분 고레벨 몬스터가 활보하는 필드와 던전이었기에 레어 아이템이나 재료를 쉽게 얻을 수 있었다.

그런 것들을 판매하던 달의 사당은 진귀한 물건이 많은 명소로 알려져 상급 플레이어들 사이에서 유명했다. 물건이 물건이니만큼 설정된 가격이 매우 높았으므로 대부분 상급 플레이어들만 구입할 수 있었던 것도 그 원인이라 할 수 있었다.

신은 예전에 자기 가게가 붐비던 모습(붐비던 날이 극히 드물긴 했지만)을 떠올리며 주렴을 걷고 문을 열었다. 상품이 진열된 선반과 계산대뿐이던 가게 안은 지금쯤 어떻게 되어 있을까.

가게 안에는 갑옷 위에 망토를 두른 남녀가 여럿 있었다. 신이 들어오는 걸 발견하자 그중 두 사람이 신에게 다가왔다.

"미안하지만 지금 중요한 용무가 있어서 그러는데, 나중에 다시 와주겠나?"

그렇게 말한 건 꽤나 호화롭게 장식된 갑옷을 입은 금발 청년이었다. 키는 신과 비슷했지만 상당히 단련된 팔과 다리는 훨씬 굵어 보였다.

"무슨 일이 있습니까?"

"됐으니까 나가라고!"

사정을 물으려는 신에게 강한 어조로 명령한 건 갈색 머리의 청년이었다.

이쪽도 금발 청년과 마찬가지로 장식이 많은 갑옷을 입고 있었다. 키는 신보다도 머리 하나가 컸고, 체격도 신장에 걸맞게 다부져 보였다.

이쪽에는 존댓말이 필요 없다고 판단한 신은 편한 말투로 항의했다.

"나도 지금이 아니면 안 되거든."

"뭐가 어째? 모험가 따위가 어디서 말대답이야!"

"이봐, 이란! 그만둬!"

이란이라는 게 갈색 머리 청년의 이름인 것 같았다.

이란은 신이 버티는 게 화가 났는지, 힘으로라도 쫓아내려는 듯이 신의 명치를 향해 손바닥을 뻗었다. 신은 피하려 하지 않았기에 쉽게 이겼다고 생각한 이란의 입꼬리가 씩 올라갔다.

"으억!"

하지만 신은 그 공격에 꿈쩍도 하지 않았고, 오히려 이란이 균형을 잃으며 그 자리에서 엉덩방아를 찧고 말았다. 갑옷과 바닥이 부딪히자 그냥 넘기기에는 너무 큰 소리가 가게 안에 울려 퍼졌다.

주변에 있던 사람들의 시선이 이란과 신에게 집중되었다.

사태를 파악하지 못해 멍하니 있는 이란과, 어떻게 할지 망설이는 신.

"큭, 이 자식이!"

분노한 이란은 검에 손을 가져가려다가 가게 안에 울리는 큰 목소리에 몸을 움찔했다.

"무슨 소란이냐!"

신은 성가시게 됐다고 생각하며 마음속으로 한숨을 쉬었다.

✝

인파가 자연스레 갈라지며 한 명의 남자가 모습을 드러냈다. 다른 이들과 마찬가지로 쓸데없이 호화로운 갑옷을 입은 금발 벽안의 미장부는 몇 메르 앞에서 신과 이란을 노려보고 있었다.

이란은 방금 전과는 다른 사람인 것처럼 얌전해져 있었다.

신은 인파가 갈라지는 모습을 보며 '모세의 기적인가……'

라고 아무래도 상관없는 감상을 중얼거렸다.

"가게에 아무도 들이지 말라고 하지 않았나?"

"죄송합니다! 루스트 님!"

바로 고개를 숙이는 이란을 보고 신은 그가 상당히 높은 지위에 있는 인물일 거라 추측했다.

루스트는 엎드리는 이란을 거들떠보지도 않고 신을 향해 다가왔다. 그의 눈은 신을 완전히 깔보고 있었다.

'우와, 이란보다도 성가셔 보이는 녀석이 오네.'

그런 신의 심정을 무시하며 루스트는 쿵, 쿵 하는 의성어가 딱 어울릴 만한 발걸음으로 신의 앞에 멈추어 섰다.

"……."

"……?"

침묵을 지키는 루스트를 보며 신이 고개를 갸웃거리자 이란이 혼을 내듯 말했다.

"이봐! 감히 루스트 님 앞에서 이름도 밝히지 않고 가만히 서 있으면 어쩌자는 거냐!!"

아무래도 루스트가 신을 노려보면서도 아무 말도 하지 않는 건, 신이 먼저 이름을 밝히기를 기다리고 있기 때문인 것 같았다.

"실례가 많았습니다. 제 이름은 신. 떠돌이입니다."

지위가 높은 인물에게 찍히면 좋을 것이 없었기에 신은 머리를 숙이며 대답했다. 이런 타입의 인간은 형식적으로나마

굽히고 들어가 주면 그냥 넘어가는 경우가 많았다.

"흥, 예의를 모르는군. 뭐, 됐다. 떠돌이라면 제대로 된 교양도 없을 테지."

거만하게 고개를 끄덕이는 루스트의 말을 흘려들으면서, 신은 이세계에서도 이런 방법이 통하나 싶어서 내심 쓴웃음을 지었다.

"볼일은 끝났다. 가자."

루스트는 그렇게 말하며 앞을 향해 똑바로 걸어 나갔다. 가만히 있으면 부딪힐 것 같았기에 신은 바로 왼쪽으로 피했다.

신을 주시하던 금발 청년 외에 몇 명이 그의 재빠른 움직임을 보며 눈을 가늘게 떴다.

"칫."

혀를 차며 밖으로 나가는 이란을 포함해서, 부하로 보이는 자들은 루스트를 따라 재빨리 가게 밖으로 나갔다. 그 덕분에 가게 안에는 신 외에 3명밖에 남지 않았다.

"이란이 무례한 짓을 했군. 내가 대신 사과하겠네."

그렇게 말을 건넨 건 방금 전의 금발 청년이었다. 나머지 두 명도 미안해하는 표정을 짓고 있었다.

"아닙니다. 특별히 다친 것도 아닌데요."

"그렇게 말해주니 고맙군. 내 이름은 알디. 알디 셰일이네. 만약 기사단의 도움이 필요하다면 날 찾아와 주게."

"신입니다. 기회가 있으면 그렇게 하도록 하죠."

신은 알디가 내민 오른손을 맞잡으며 대답했다.

아무래도 그들은 기사였던 모양이다. 루스트나 이란에게는 나쁜 인상밖에 받지 못했지만, 알디의 태도를 보건대 전부 무례한 사람만 있는 것 같지는 않았다.

알디가 가게를 나가자 나머지 두 사람도 가볍게 목례를 하고 나서 그 뒤를 따랐다.

기사들이 사라지자 가게 안이 갑자기 넓게 느껴졌다. 동시에 아까는 보이지 않던 선반과 거기 진열된 상품들이 눈에 들어왔다.

'무기는 대부분이 동이나 철, 좋아봐야 은제 제품. 방어구도 가죽, 동, 철이나 은제 정도인가. 아이템은 낮은 랭크의 포션(회복약)과 에테르(마법약), 나머진 상태 이상 회복용 환약이 약간. 조합 재료는 없군.'

상품을 한차례 둘러보자 이전과는 비교도 안 될 만큼 저레벨인 것을 보며 신은 어이가 없었다. 전부 초심자가 사용할 만한 것들이기 때문이다.

'게임에서처럼 가게가 잘나가지 못하는 것 같은데…….'

너무나 심각한 상황이라 신은 가게의 경영 상태가 걱정되었다.

"—아까부터 혼자 뭐라고 중얼거리는 거야?"

"에?"

갑자기 누군가가 말을 건네자 신은 얼빠진 대답을 하고 말

앉다. 무의식중에 머릿속 생각을 그대로 중얼거린 모양이다.

목소리가 들린 카운터 방향으로 얼굴을 돌리자 이쪽을 보고 있는 금색 눈동자와 눈이 마주쳤다.

그곳에는 엘프 소녀가 있었다. 옻칠한 것처럼 윤기 있는 흑발 사이로 뾰족한 귀가 보였다.

신을 의아하다는 듯이 바라보는 소녀는 용모가 뛰어난 엘프답게, 열 사람이 보면 열 사람 모두 넋을 잃을 만한 미소녀였다.

키는 신보다 머리 하나 작은 160세메르 정도. 피부는 건강한 흰색이고 전체적으로 늘씬한 체격이었지만 가슴만큼은 분명하게 자기 존재를 어필하고 있었다.

얼핏 열일곱이나 열여덟 살 정도 되어 보이지만, 장수 종족인 엘프가 외견 그대로의 나이인 경우는 극히 드물었다. 이 소녀도 사실은 몇백 살일 가능성이 높았다.

"……아아, 가게에서 파는 물건이 어떤 것들인가 보고 있었어."

"그래? 그런 것치고는 눈빛이 꽤나 날카로워 보이던데."

"그럴 의도는 없었어."

"뭐, 됐어. 싫은 녀석들도 돌아갔으니까 마음껏 구경해도 좋아."

엘프 소녀는 그렇게 말하더니 카운터에 마련된 의자에 앉았다.

"『싫은 녀석들』이라면, 아까 그?"

"맞아. 한 번씩 찾아와서는 스승님이 언제 돌아오시냐고 물어보거든. 그렇게 끈질길 수가 없어."

어지간히 자주 찾아오는 것이리라. 소녀는 상당히 진절머리 난다는 투로 말했다.

"힘들겠네. 아, 내 소개가 늦었군. 내 이름은 신. 보이는 대로 떠돌이야."

"일개 점원한테 자기소개까지 하다니, 착실한 사람이네. 티에라 루센트야. 티에라라고 불러. 이곳 점주 대리의 제자 겸 점원이라고 해야 하려나. 괜찮은 아이템이나 조합 재료를 가져오면 좋은 값에 사줄게."

"응, 그때는 잘 부탁해. 그건 그렇고 기사들이 빈번하게 들락거리다니, 티에라의 스승님은 그렇게 굉장한 사람인 거야?"

"무슨 소리야. 달의 사당 점주 대리인 슈니 라이자라는 이름은 세 살 먹은 어린애도 알 만큼 유명하잖아."

"흐음, 그렇게 유명한 건가. 그런데 대리라고?"

"본인이 그렇게 말하거든. 누군가 진짜 주인이 있다고."

"그렇게 유명한 녀석보다 대단한 사람이 또 있는 건가……."

그렇다면 경영은 괜찮을 것 같다며 신은 오지랖 넓은 생각을 했다. 하지만 그 점주 대리라는 인물의 이름에서 약간 걸리는 게 있었다.

"슈니 라이자라고 했지······. 슈니 라이자. 슈니····· 슈니 라이자아?!"

"뭐, 뭐가! 왜 그러는데?"

갑자기 신이 큰 소리를 지르자 티에라는 깜짝 놀랐다. 그녀가 자기도 모르게 몸을 일으키는 바람에 앉아 있던 의자가 넘어지고 말았다.

"아아, 미안. 조금 놀라서 말이야."

신은 의자 넘어지는 소리에 퍼뜩 정신을 차리고 사과했다.

어디선가 들어본 이름 같다는 느낌이 드는 게 당연했다. 게임 내에서 달의 사당의 점원 일을 맡겨두었던 게 신이 작성한 서포트 캐릭터 중 한 명인 슈니 라이자였기 때문이다.

"미안하지만 그 스승님에 대해서 확인하고 싶은 게 있는데 괜찮을까?"

"어, 응. 내가 대답할 수 있는 거라면."

티에라는 신의 기세에 살짝 눌린 것 같았다. 하지만 생각지도 못하게 게임과 일치하는 점을 발견하고 놀란 신은 그런 티에라의 표정을 전혀 알아차리지 못했다.

"그 슈니 라이자는 종족이 하이 엘프고, 머리는 허리까지 내려오는 은발. 눈동자는 투명한 푸른색. 키는 166세메르고 거기에다 몸매까지 훌륭한 미인 아냐?"

"확실히 그렇긴 한데····· 왜? 너도 스승님의 팬이야?"

티에라가 신을 보는 눈빛이 상당히 싸늘해져 있었지만 신은 아직도 눈치채지 못했다.

"아니, 그런 건 아냐. 그래…… 슈니하고는 조금 아는 사이 거든(게임에서는 점주와 점원 관계였지만)."

"스승님의 지인이라고? 그게 정말이야?"

티에라는 신에게 의심이 듬뿍 담긴 눈초리를 보냈다.

"상대방도 기억하고 있을지는 모르겠지만 말이지."

신으로서도 갑자기 나타난 남자가 점주와 아는 사이라고 말해봐야 믿어줄 거라 생각하진 않았다. 사실 슈니가 신을 기억하지 못할 가능성도 있었다.

"그러고 보니 슈니는 지금 어디 가 있는 거지? 아까 이야 기하는 걸 들으니 오랫동안 가게를 비워뒀다고 하는 것 같던 데."

"미안하지만 그건 말할 수 없어. 기사단에게도 이야기 안 한 걸 너에게 가르쳐줄 순 없잖아?"

"……그렇겠지."

이쪽 세계의 신분이 어떻게 구성되어 있는지는 모르지만, 방금 전의 분위기를 보면 기사들이 나름대로 높은 지위에 있 다는 건 알 수 있었다.

떠돌이인 자신을 신뢰할 수 있을 리 없다고 생각하며 신은 어깨를 축 늘어뜨렸다.

"일단 이야기라면 전해줄 수 있어. 아니, 내 업무의 절반은 스승님에 대한 전언을 맡아두는 일이기도 하니까."

"절반이라니…… 얼마나 많길래 그래?"

"대부분 국가나 길드의 상층부에서 맡기는 전언이야. 결국 의뢰인 거지."

그렇게 말하고 나서 티에라는 한숨을 쉬었다.

원래 전언 시스템은 재해나 대량의 몬스터가 발생했을 때 슈니에게 대처를 의뢰하기 위한 것이었다. 어느 세력에도 속할 마음이 없는 슈니에게 비밀리에 의뢰하기 위해 전언이라는 형식을 취한 것이다.

하지만 그것도 오랜 세월이 지나며 유명무실해졌고, 지금은 처음 만난 신에게 이야기해도 문제가 없을 만큼 공공연한 것이 되어버렸다.

"뭐랄까…… 대단하다는 말밖에 안 나오는데."

국가의 상층부에서 의뢰가 온다니 대단한 녀석이야, 라고 신은 생각했다.

"스승님이 받아들이는 경우는 좀처럼 없지만 말이지. 그래, 어떻게 할래? 전언을 남길 거야?"

"글쎄, 일단 부탁할게."

"전언료는 쥬르 동화로 10장, 1,000J(쥬르)야."

"돈을 받는 건가…… 그런데 쥬르가 뭐야?"

신은 들어본 적 없는 단어에 고개를 갸웃거렸다.

【THE NEW GATE】 내의 화폐 단위는 전부 제일이었다.

"진지하게 묻는 거야? 화폐 단위도 모르면서 여행은 어떻게 했는지 모르겠네."

"아니, 전에 사용하던 것하고 달라서 말이야."

"전에 사용하던? 벌써 400년 정도는 화폐 단위가 그대로였을 텐데. 한번 보여줄래?"

400년. 그 말을 들은 신의 몸이 그대로 딱딱하게 굳어버렸다. 그렇게나 오래전부터 사용된 화폐 단위도 모르는 자신이 마치 우라시마 타로(일본 설화에 등장하는 주인공. 거북을 구해준 보답으로 용궁에 가서 며칠 동안 호화로운 생활을 하다 집으로 돌아오자 지상 세계는 수백 년이 흘러 있어 아는 사람이 아무도 없었다고 한다—역주) 같다는 생각이 든 것이다.

"이건데……."

신은 아이템 박스에서 1G(게일)을 꺼내 카운터 위에 올려놓았다.

직경 3세메르 정도의 원형 금화로, 중앙에 날개가 8개 달린 용과 그 품에 안긴 소녀가 새겨져 있었다.

"……저기, 방금 그거 어디서 꺼낸 거야?"

티에라는 먼저, 아무것도 없는 공간에서 튀어나온 금화를 보고 눈을 동그랗게 떴다.

"어디냐니, 아이템 박스에서 꺼낸 건데?"

"아이템…… 박스……."

그 말을 들은 티에라는 더 심한 충격을 받은 것 같았다.

"티에라?"

"앗, 어흠, 왜?"

"아니, 왠지 엄청 놀라는 것 같던데, 왜 그러는 거야?"

"왜 그러겠어? 아이템 박스를 사용할 수 있는 사람을 보면 놀라는 게 당연하잖아!"

"……? 그게 그렇게 놀랄 일이야?"

"너 말이야……."

무슨 일인지 티에라는 어깨를 축 늘어뜨렸다.

"지금 시대에 아이템 박스를 사용할 수 있는 사람은 하이 로드나 하이 엘프, 하이 픽시 같은 장수 종족의 장로나 국왕 클래스뿐이야. 보통은 애초에 갖고 있지도 않고. 그걸 갑자기 나타난 네가 갖고 있고, 게다가 사용하기까지 하면 당연히 놀랄 수밖에. 사실 어떤 나라의 왕족인 건 아니겠지?"

"아니야. 일단 내가 왕족일 리는 없어."

신 역시 그 말을 듣고 오히려 놀라고 있었다. 아이템 박스는 플레이어라면 누구나 갖고 있던 것인데 그런 중요 인물만 사용할 수 있는 상황이 되었다고는 상상조차 하지 못했던 것이다.

덧붙이자면 종족명 앞에 『하이』가 붙는 건 해당 종족으로 10번 이상 환생했을 때 선택할 수 있는 상위 종족이었다.

【THE NEW GATE】에서는 몇 가지 종족이 존재하지만, 기본적으로는 휴먼, 비스트, 드래그닐, 드워프, 엘프, 로드, 픽시의 7종류였다.

휴먼은 인간족, 비스트는 수인獸人족, 드래그닐은 용인龍人족, 로드는 마인魔人족, 픽시는 요정족으로 불리기도 한다.

"그냥 당연히 써오던 건데……."

"하아, 당연할 리가 없잖아. 그러고 보니 너, 종족은 뭐야? 인간족으로밖에 안 보이는데, 네 마력에서는 여러 가지가 뒤섞인 것 같은 굉장히 애매한 느낌이 들어. 엘프와 로드, 드래그닐, 그 밖에도 여러 가지…… 어떻게 된 거야?"

"그건 나도 몰라. 어쨌든 내 종족은 하이 휴먼이야."

스테이터스 화면에 나왔으니 틀림없을 거라 생각하며 신은 자신의 종족을 밝혔다.

하이 휴먼은 휴먼의 상위 종족으로, 상태 이상과 마법에 내성이 뛰어나다는 종족 특성이 더욱 강화되어 있었다.

휴먼은 밸런스가 좋은 타입이지만 능력치는 전 종족 중 압도적으로 최하위였기에 솔로 플레이어든 파티 플레이어든 별로 인기가 없었다.

【THE NEW GATE】의 세계관 설정을 보면 휴먼은 대기에 가득한 마력을 많이 받아들여 마법과 상태 이상에 대한 강한 내성을 획득했다고 나와 있었다.

그것뿐이라면 마법사의 천적으로 활약할 수 있을 것 같지만, 설정에는 뒷이야기가 있었다. 내성에 힘을 너무 쏟아부은 탓에 다른 능력이 미성숙한 수준으로 남았다는 것이다.

이렇게 해서 쓸모없는 캐릭터로 부동의 지위를 확고히 한 것이 휴먼이라는 종족이었다.

탱커 장비로 방어력을 높이고 마법 내성을 살려 마법사에게 접근하려 해도 다른 탱커 종족에게 상대도 되지 않아 쓰러지고 만다.

마법사로 싸우려 해도 MP와 INT가 마법에 특화된 엘프나 픽시에는 미치지 못하기에, 마법을 난사하며 싸울 경우 같은 밸런스형인 로드에게도 쉽게 패배할 수밖에 없었다.

이렇게 되니 마법에 대한 인간 방패가 되거나, 상태 이상 공격을 난무하는 도적이나 사냥꾼으로 활약할 수밖에 없는 상황이었던 것이다.

'뭐, 나에겐 그게 오히려 플러스 요소였지만 말이지.'

휴먼은 여러모로 불우한 위치에 있었지만 이미 모든 능력치가 상한선에 도달한 신은 종족 특성 덕분에 더욱 천하무쌍이 될 수 있었다.

하지만 그런 말을 할 수 있는 건 극히 일부의 폐인 플레이어뿐이었으리라.

게임할 때의 휴먼에 대한 대우가 생각나자, 신은 문득 자신을 무시했던 녀석들을 모조리 쓰러뜨리고 다니던 추억에 잠겼다.

"하이…… 휴먼?"

"응? 아아, 그런데?"

그 뒤에 티에라가 멍하니 중얼거린 한마디 때문에 신은 경악할 수밖에 없었다.

"하이 휴먼…… 멸망한…… 종족……."

"흐음, 멸망했단 말이지. ……멸마앙?!"

멸망. 티에라는 그렇게 말했다.

하이 휴먼이라는 종족은 이미 멸망했다고.

"……그러면 휴먼은, 인간족은 이제 없는 건가?"

"아니, 휴먼은 꽤 많아. 아까 기사단 사람들 봤잖아."

"있는 거냐?!"

인류 멸망?! 같은 엉뚱한 착각을 하고 있던 신은 자기도 모르게 얼빠진 소리를 하고 말았다.

"멸망한 건 하이 휴먼. 휴먼이 아니야."

"뭐가 다른데?"

"다르지. 하이 휴먼은 먼 옛날 단 6명이서 4개 대륙을 지배한 초월자들이야. 휴먼이 만 단위로 덤벼도 이길 수 없는 사람들이지. 강함의 차원이 달라."

"6명이서 대륙을 지배했다고?"

6인, 대륙 지배라는 부분에서 신은 또 한 번 걸리는 게 있었다. 예전에 그런 에피소드가 있었던 것 같기도 했다.

"자세히 들려줄 수 있을까?"

"대부분의 사람들은 알고 있는 건데…… 좋아. 가르쳐줄게. 지금으로부터 약 500년 전, 이 대륙을 지배한 하이 휴먼이 있었어. 단 6명이었지만 그들의 압도적인 힘에는 어떤 종족도

속수무책이었지."

"……."

"하지만 어느 날 갑자기 그 지배가 끝을 맞았어."

"끝?"

"그래, 끝. 하이 휴먼뿐만 아니라 하이 엘프와 하이 로드 같
은 장수 종족부터 하이 비스트와 하이 드워프 같은 단명 종족
까지. 모든 종족 중에서 왕이나 장로, 영웅, 장군이라 불린 많
은 실력자들이 모습을 감추었지. 갑작스러운 실종이었다고
들었어. 스승님의 말에 따르면 실력자 외에도 많은 사람들이
자취를 감추었나 봐. 지금은 그 실종이 발생한 날을『영광
의 낙일落日』이라 부르고 있어."

"『영광의 낙일』……이라."

"하이 휴먼은 그때 전부 사라졌으니까 멸망했다고 전해지
거든. 애초에 6명밖에 없긴 했지만."

갑작스러운 실종. 신에게는 짚이는 부분이 있었다.

'그날이야. 내가 오리진을 쓰러뜨려서 모두들 로그아웃했던
날. 확실한 증거는 없지만 아마도 그게『영광의 낙일』의 정체
일 거야.'

장로나 왕, 영웅이라는 건 아마 길드 마스터들을 가리키는
것이리라.

그날 해방된 사람은 수만 명에 달했을 것이다. 신도 정확한
인원수를 아는 건 아니지만 적어도 그 정도의 사람이 게임에

사로잡혀 있었던 건 틀림없었다.

그게 이쪽 세계의 사람들 눈에는 갑작스러운 실종으로 보였으리라.

'그렇다면 한때 대륙을 지배한 하이 휴먼이라는 건……'

마음에 걸리던 게 무엇이었는지 신은 겨우 알 수 있었다.

6명의 하이 휴먼. 그건 틀림없이―.

'우리들이야……'

그렇다. 【THE NEW GATE】가 데스 게임이 되기 전에 평범한 VRMMO였던 무렵. 【THE NEW GATE】에는 무적의 길드가 존재했다.

6명의 하이 휴먼으로 결성된 그 길드의 이름은 『육천六天』.

【THE NEW GATE】 내의 대규모 길드를 하나씩 전부 쓰러뜨리고 불과 1개월 만에 모든 플레이어 사이에 이름을 떨쳤던 길드. 그들과 적대하는 플레이어는 확실하게 PK(Player Killing)를 당한다는 걸로 유명했다.

신 역시 한때 육천의 멤버였다. 처음 플레이할 때 휴먼을 선택했다가 상당히 무시당한 경험이 있었기에, 다른 종족들이 얼마나 잘났나 보자며 마구 날뛰었던 것이다. 이건 신이 남들에게 들키고 싶지 않은 흑역사였다.

육천의 구성 멤버는 능력치가 거의 상한선에 도달한 강자들뿐이었다. 능력치가 가장 낮은 멤버조차도 HP와 MP는 상한선, 다른 능력치가 900 후반인 괴물 캐릭터였다.

길드끼리 싸울 때는 인원 제한을 없앤 상태에서 대규모 길드에 도전장을 던지고 6명 대 1,000명 정도의 정말 말도 안 되는 싸움을 벌인 적도 있었다. 그때는 강력한 마법으로 필드를 통째로 불태운 뒤, 당황한 적 리더를 묵사발로 만들면서 결말이 났다.

결성하고서 한 달 동안은 하이 휴먼 VS 모든 종족이라고 해도 될 만한 양상으로 싸움이 전개되었다.

그걸 지켜보던 솔로 플레이어들은 육천이 난동을 피울 때마다 필드나 도시가 불타는 광경을 모 애니메이션 영화에 비유해『불의 30일』이라고 불렀다.

그 이후로 육천에게 싸움을 거는 플레이어는 거의 없었고, 휴먼을 무시하는 사람도 줄어들었다. 그건 하이 휴먼의 전투력은 물론이고 말도 안 되는 내성에 압도당했기 때문이었다.

마법은 대부분 효과가 없었다. 독, 마비, 혼란, 매료, 화상, 동상, 착란, 석화, 저주…… 그러한 상태 이상에도 내성이 있어 더 이상 어찌 손쓸 방도가 없었다.

덧붙이자면 육천의 멤버 중 데스 게임에 사로잡힌 건 신 혼자였다.

그건 운이 좋았던 걸까, 아니면 나빴던 걸까. 육천 멤버가 최소 한 명만 더 있었어도 클리어 시간을 3개월은 단축할 수 있었으리라.

"……."

"왜 그래? 갑자기 말도 안 하고."

"아니, 아무것도 아냐. 그보다 화폐 단위에 대한 이야기로 돌아가도 될까?"

하이 휴먼에 대한 이야기를 계속하면 자기 무덤을 파게 될 것 같았기에 신은 대화의 궤도를 수정하기로 했다.

"괜찮아. 이게 네가 사용하던 화폐야?"

"응."

"하아, 이런 귀중품을 가볍게 꺼내다니, 하이 휴먼이라는 말이 거짓말은 아닐 수도 있겠네."

티에라는 한숨을 쉬더니 금화를 손에 들고 유심히 바라보았다. 진품인지 확인하고 있는 것 같았다.

신은 티에라의 귀중품이라는 말에 의구심을 느꼈다.

"그렇게 귀중한 거야? 고작 1G(제일)인데?"

1G는 게임 속에서의 최소 단위였다. 실제 돈으로 환산한다면 1엔의 1,000분의 1 정도의 가치밖에 없었다. 덧붙이자면 신의 아이템 박스에는 억 단위의 제일이 들어 있었다.

"지금 제일 금화는 갖고 싶다고 해서 간단히 얻을 수 있는 게 아니야. 넌 잘 모르겠지만 제일 금화는 마법을 증폭해주는 매직 아이템이라고. 가끔씩 유적 같은 데서 발견된 제일 금화가 경매장에 나오면 최소 쥬르 백금화 10장, 즉 10억 J(쥬르) 이상의 가격이 붙어. 그리고 이 쥬르라는 게 지금의 공통 화폐야."

"이거 한 닢이 지금은 억 단위인 건가……."

"마법사라면 눈에 불을 켜고 갖고 싶어 할 거야. 스승님께서 보여주신 적이 있는데, 그것 말고 보는 건 처음이야. 그리고 말해두지만 10억 J라는 건 최저 금액이고, 급하게 구하려고 한다면 아마 그 10배는 들 거야."

"이거 한 닢에 그런 가치가……. 그런데 발견되는 빈도는 어떻지?"

"아주 희귀하게…… 라고 할 수밖에 없어. 새롭게 발견된 유적에서도 좀처럼 나오지 않으니까."

"그런 건가……. 무턱대고 환전했다간 괜한 주목을 받겠는데."

신은 적당한 곳에 팔아서 군자금으로 쓰려는 생각이었지만 그렇게 귀중한 걸 많이 꺼내는 건 위험하다고 판단했다.

"그러는 게 현명해. 넌 그런 부분은 허술해 보이니까."

"너무하네……. 하지만 환금이 안 된다면 지금 쓸 수 있는 돈이 아예 없는데."

"그것 말고 뭐 팔 만한 건 없어? 아까도 말했지만 조합 재료나 아이템이 있으면 우리 가게에서 사줄게."

"그랬지. 그러면 이건 어때?"

신은 아이템 박스에서 이동 중에 손에 넣은 아이템 카드를 꺼냈다.

게임 내에서는 아이템을 카드로 만들어 수납하는 시스템이 있었다. 그건 이쪽 세계에서도 마찬가지인지, 조합 재료를 아이템 박스에 수납하자 자동적으로 카드로 바뀌어 있었다.

카드에는 바뀌기 전의 아이템 그림이 그려져 있었고, 그 뒤에는 임의로 실체화할 수 있게 된다.

신이 카운터에 놓은 건 테트라 그리즈리, 트윈 헤드 스네이크, 프레임 보아의 이빨과 손톱, 모피, 고기 등의 조합 재료 카드와 갈색으로 빛나는 보석 카드였다.

조합 재료는 가공하거나 판매할 수도 있어서 활용도가 높았고, 게임 내에서는 여러 장소에서 거래된다.

보석은 몬스터를 쓰러뜨릴 때 드물게 나오는 아이템으로, 대장장이에게 건네면 무기나 방어구에 속성이나 추가 효과를 부여해준다. 따라서 조합 재료보다도 비교적 고가에 거래되는 아이템이었다.

이번에 신이 내민 보석 카드는 등급으로 따지면 최소 7등급이었다.

"아이템 카드……."

"응? 이상해?"

"아니, 아이템 박스를 갖고 있다면 당연하겠지. 아이템 카드도 나름대로 비싸니까 쉽게 꺼내지 않는 게 좋을 거야."

"귀찮아 죽겠네. 굳이 재료 상태로 가져와야 하는 거야?"

"그게 정상이야! 네가 이상한 거라고!"

"아, 알았어, 알았어. 알았으니까 진정해."

"정말이지, 계속 당황하게 만드네……."

티에라는 그렇게 말하면서도 즉시 아이템 카드에서 조합 재료를 실체화해서 감정을 시작했다. 사용법은 제대로 알고 있는 것 같았다.

"테트라 그리즐리와 트윈 헤드 스네이크, 프레임 보아까지. 전부 숲 안쪽까지 가야 만날 수 있는 흉악한 몬스터의 재료들 뿐이잖아. 진짜 넌 정체가 뭐야?"

"그렇게 물어봐도……. 그냥 여기에 오는 도중에 쓰러뜨린 거야. 그렇게까지 흉악하진 않았던 것 같은데."

"전부 기사 여러 명이 상대해야 겨우 이길 수 있는 몬스터 인데……. 됐어. 이렇게 일일이 놀라다간 끝이 없으니까."

초심자용 몬스터라고 생각했지만 이쪽 세계에선 의외로 위험한 몬스터인 것 같았다. 대부분 일격으로 쓰러뜨린 신으로 서는 그런 몬스터를 여럿이서 상대해야 한다는 기사들이 너무 약한 게 아닌가 걱정되었다.

"뭐, 신경 쓰지 마. 그보다도 감정 결과는 어떻지?"

"응. 상태도 좋고 카드화도 되어 있으니까 재료는 전부 쥬르 금화 1닢과 쥬르 은화 27닢으로 127만 J. 보석은 7등급이지 만 순도가 높으니까 쥬르 금화 25닢으로 2,500만 J 정도야."

"단위가 내 상식과는 너무 달라서 비싼 건지 싼 건지 잘 모르겠는데……."

"원래는 좀 더 적게 나가겠지. 보석은 그때그때의 시세에 따라 달라지는데, 지금은 약간 올라갔거든. 이런 등급과 순도라면 보통은 2,000에서 2,300만 J 정도야."

"오오, 운이 좋은데. 200만 이상 비싼 거구나."

"어떡할래? 이 가격으로 괜찮다면 사줄게."

"부탁할게. 아, 그건 그냥 줄게. 이제부터 잘 봐달라는 의미에서."

신은 카운터 위에 놓아두었던 금화를 가리켰다.

"……농담이지?"

"어째서?!"

"아니, 그렇잖아! 아까 하는 얘기 못 들었어?! 어느 세계에 10억 이상의 가치가 있는 제일 금화를 공짜로 주는 사람이 있느냐고!!"

"여기."

신은 자신을 가리켰다.

"……나중에 돌려달라고 해도 안 돌려줄 건데?"

"그럴 리가."

티에라는 의심쩍은 눈초리로 신을 쳐다보았지만, 금화의 매력에는 이기지 못했는지 재빨리 그것을 집어 들어 가슴 앞에서 움켜쥐었다.

그때 팔에 끼면서 강조된 티에라의 가슴에 신의 시선이 고정되어버린 건 남자의 슬픈 본성이라 할 수 있었다.

"아아, 꿈에도 그리던 제일 금화."

방금 전의 의심스러운 눈초리는 어디가고 황홀한 표정을 짓는 티에라. 그녀의 뺨이 살짝 상기된 탓인지 신은 묘한 섹시함을 느끼다 퍼뜩 정신을 차렸다. 그는 안 되지 안 돼, 하고 살짝 고개를 가로저으며 불건전한 생각을 떨쳐냈다.

"휴우, 기뻐해주니 다행이네. 엘프라면 마법을 쓸 일도 많을 테니까, 도움이─."

"잠깐!"

될 테지, 하고 이어지려던 신의 말을 티에라가 도중에 가로막았다. 그녀의 표정은 믿기지 않는다는 듯이 경악으로 물들어 있었다.

"……뭔데?"

"방금…… 엘프라고 했어?"

"그래, 했는데……. 어라? 티에라는 엘프가 아닌 거야?"

귀가 뾰족하고 긴 건 분명 엘프와 하이 엘프의 특징이었다.

신은 자신이 기억하는 지식이 잘못되지 않았다는 걸 확인한 뒤, 자신이 모르는 새로운 종족이라도 있나 싶어 고개를 갸웃거렸다.

"지금의 난 적발 흑안의 묘인猫人족으로 보여야 할 텐데."

"적발 흑안의 묘인족?"

묘인족이란 여성 플레이어와 일부 남성 플레이어에게 인기가 높았던 비스트 중 고양이 타입을 가리켰다.

비스트는 여러 파생 부족이 있었고, 같은 고양이 타입도 페

르시아 고양이나 얼룩무늬 고양이 등 종류가 많았다. 또한 얼굴과 팔 같은 곳까지 완전히 동물화하는 플레이어와, 귀와 꼬리, 날개 등 일부분만 동물화하는 플레이어로 나뉘었다.

어라? 하고 티에라를 유심히 살펴보았지만 신의 눈에 보이는 건 흑발 금안의 미소녀 엘프였다. 적발 흑안의 묘인족 따위 어디에도 없었다.

"내 눈앞에는 흑발 금안의 미소녀 엘프밖에 안 보이는데. 응."

"그럴 수가……."

일부러 「미소녀」 부분을 강조해보았지만 전혀 듣고 있지 않은 것 같았다.

"어째서? 분명 스승님이 환영 마법을 걸어주셨을 텐데."

"환영 마법?"

환영 마법이란 상대에게 환각을 보게 해 혼란시키거나 함정에 빠지게 만드는 마법이었다. 육천 멤버 중에도 환영 마법의 달인이 있었기에 신의 인상에 강하게 남아 있었다.

"으으…… 설마 들키다니……."

티에라는 마치 세상이 끝난 것 같은 얼굴로 고개를 떨구고 있었다.

신은 갑작스럽게 의기소침해진 모습을 보며 어떻게 상황을 타개해야 할지 필사적으로 생각했다. 하지만 아무리 생각해봐도 수습할 방법이 전혀 떠오르지 않았기에 모든 것을 솔직하게 이야기하기로 했다.

"저기, 티에라?"

"으! 왜, 왜……?"

상냥하게 말을 걸었다고 생각했지만 티에라는 몸을 크게 움찔거렸다.

"티에라가 엘프인 걸 꿰뚫어 본 것 말인데. 그건 내 체질 때문이야."

"체…… 질?"

"그래. 환영 마법이라는 건 상대가 환각을 보게 해서 현혹하는 마법이야. 하지만 마법에 내성이 강한 상대에게는 효과가 없을 때도 있어. 그래서 내게는 티에라의 진짜 모습이 보였던 거고."

"하지만…… 아무리 내성이 강하다고 해도 스승님의 마법이 간파당하다니……."

설명을 듣고서도 티에라는 믿지 못하겠다는 표정이었다.

신의 기억이 맞는다면 티에라의 스승인 슈니는 레벨 255의 하이 엘프다. 마법에 특화된 타입인 엘프의 상위 종족이므로 그녀의 마법은 꽤나 강력할 것이다.

하지만 신과 비교한다면 레벨은 몰라도 능력치는 아직 한참 모자란 수준이었다. 하이 휴먼이 가진 내성과 신의 능력치라면 환영 마법 따윈 있으나 마나 한 것이다.

신은 어떻게 해야 할지 생각하며 한숨을 쉬었다.

"저기."

"응?"

"너, 내 진짜 모습이 보인다고 했지?"

"흑발 금안의 미소녀 엘프라면 분명히 보이는데?"

"……."

대답이 없었다. 계속해서 농담을 받아주지 않자 신은 낙담
했다.

"……무섭지…… 않아?"

서툰 농담 같은 건 안 하는 게 나았다고 후회하고 있던 신
의 귀에, 자칫하면 그냥 흘려들을 만큼 작은 티에라의 목소리
가 들려왔다.

그건 마치 무언가에 겁을 먹은 어린아이 같았고―.

"뭐가 무섭다는 건데?"

신은 해이해진 정신을 빠르게 다잡으며 최대한 온화한 목
소리로 되물었다.

†

내가 무섭지 않으냐고.

티에라가 떨리는 목소리로 그렇게 말하자 신의 뇌리에 옛
육천 멤버 중 한 명의 얼굴이 스쳐 지나갔다.

오프라인 모임을 가지자는 이야기가 나왔을 때 그녀는 모

든 것을 털어놓았다.

신은 순수하게 게임이 재밌어서 폐인 플레이를 하고 있었지만, 그녀가 플레이하는 것은 병원에 장기간 입원하고 있어 시간이 남아돌기 때문이었다.

그때 그녀에게서 느껴지던 분위기가 지금의 티에라에게서도 풍겨 나오는 것 같았다.

그건 결국 진짜 자신을 들키는 걸 두려워하고 있다는 이야기였다.

당시에는 신을 비롯한 모두가 그녀를 따뜻하게 대해주었기에 그녀를 안심시킬 수 있었다.

그런 경험이 있었기에 신은 동요하지도, 표정을 바꾸지도 않았다.

"……이것도 모르는구나. 머리카락이 검은 엘프는 저주받은 불길한 상징이야."

티에라는 고개를 숙인 채로 말했다.

"불길한…… 상징인 건가."

"그래. 엘프의 머리카락은 처음 태어났을 때 모두 하얀색이야. 그게 성장과 함께 변화하면서 최종적으로 금이나 은, 초록, 파랑 같은 색이 돼. 믿어져? 내 머리카락도 원래는 은색이었거든."

중얼거리는 티에라는 자학적인 표정을 짓고 있었다.

"하지만 지금은 저주 때문에 새카맣게 변했어. 엘프는 말이야, 보통 머리카락이 검게 되는 경우는 없어."

"검어지지 않는다고?"

"응. 그래서 검은 머리의 엘프는 재앙을 불러오는 거야. 나도 그랬어. 저주 때문에 강력한 몬스터가 갑자기 습격해 오는 일이 몇 번이나 있었어. 덕분에 마을에서는 추방되었지."

"……."

"그 뒤에 정처 없이 떠도는 날 스승님이 거둬주셨어. 이 가게 주위에는 강력한 결계가 펼쳐져 있으니까 몬스터가 올 일은 없다면서. 벌써 100년 넘게 가게에서 나가본 적이 없어."

"100년이라…… 긴 시간이군."

"응. 하지만 누군가에게 폐를 끼치지 않고 살아갈 수 있으니까 그래도 괜찮아."

신은 그렇지 않다고 외치고 싶었다.

100년 넘게 가게에 갇혀 사는 게 괜찮을 리가 없다고 말해주고 싶었다. 하지만 말한다고 해서 아무것도 달라지진 않는다고 생각하며 참았다. 힘껏 움켜쥔 주먹이 아팠다.

방금 만난 소녀를 위해 자신이 왜 이렇게 분노하고 있는지, 신은 스스로도 잘 알 수 없었다. 하지만 계속 저런 표정을 짓게 해선 안 된다는 것만은 분명했다.

이 세계가 【THE NEW GATE】라면 티에라의 머리카락이 검게 변한 이유와 그 해결책이 분명 존재할 것이다.

신은 생각했다. 방금 한 대화 중에 뭔가 단서가—.

"티에라, 한 가지 확인하고 싶은 게 있는데."

"……확인하고 싶은 거?"

"그래. 방금 티에라의 머리카락은 원래 은색이었다고 했는데, 어떻게 해서 바뀐 거야?"

신은 그 부분이 해결의 실마리가 될 것 같다고 생각했다.

"어느 날 갑자기 저주를 받아서 검게 된 거야."

"갑자기?"

"그래, 갑자기. 평소처럼 잠이 들고 아침에 일어났더니 새카맣게 되어 있었어. 그때는 정말 뭐가 뭔지 알 수 없어서 얼마나 무서웠는지 몰라."

티에라는 이야기를 하면서 그때 일이 떠올랐는지, 자신의 몸을 끌어안으며 벌벌 떨고 있었다.

신은 그런 티에라를 보며 자신이 가진 지식 중에서 해당되는 정보를 찾아낸 뒤 두뇌를 풀가동했다.

"갑자기…… 머리카락 색이 바뀌었다……. 저주…… 캐릭터의 배색이 변화했고…… 몬스터에게 습격당했다……. 습격은 여러 번…… 몇 번씩이나……. 그것도 강한 몬스터가……. 캐릭터의 배색이 바뀌면서…… 몬스터에게 습격받기 쉬워진다고? 그런 일이……!!"

있을 수 있냐고 중얼거리려 했을 때 신의 뇌리에 스치는 게 있었다.

"있어…… 있다고!! 그 조건과 일치할지도 모르는 상태가!!"

"어? 뭐, 뭔데?"

신이 갑자기 큰 소리로 외치자 티에라는 몸을 또 움찔거렸다.

신은 그런 건 상관하지 않고 티에라를 바라보았다.

"왜 잊고 있었을까. 하지만 이걸로…… 응? 이상해. 어째서 스테이터스가 표시되지 않는 거지? 자동으로 발동되도록 설정해뒀을 텐데."

신이 티에라를 응시하고 있는 건 그녀의 스테이터스를 보기 위해서였다. 신의 예상이 정확하다면 스테이터스 창에 그것이 분명하게 표시될 것이다.

"으음, 스킬 화면을 열고, 【애널라이즈】…… 【애널라이즈】……. 아아, 여기 있네. 표시 대상이 플레이어와 몬스터 외에는 비활성화되어 있었구나. 이걸 전부 활성화하면……."

신은 설정을 바꾸고 다시 티에라를 바라보았다.

티에라의 눈에는 아무것도 없는 공간에 손가락을 움직이는 신의 모습이 약간 정신 나간 사람처럼 보였다.

"좋아, 스테이터스를 볼 수 있어. 내용은…… 이름과 레벨, 종족하고…… 앗! 좋아, 됐어어어어어어어어~~~~~~!!"

신은 자신의 예상과 일치하자 자기도 모르게 손으로 V자를 그렸다. 하지만 방금 전부터 신의 기행을 지켜보던 티에라는 계속해서 눈치만 살피고 있었다.

"티에라, 기뻐하라고! 불길한 저주의 정체가 뭔지 알아냈어."

"어?"

"어? 라니. 제대로 표시되었으니까 틀림없어. 네 머리 색이 바뀌고 몬스터에게 습격받게 된 원인은 【저주의 칭호(커스드 기프트)】였어."

"저주의…… 칭호?"

티에라는 무슨 의미인지 알아듣지 못하고 멍한 표정을 지었다.

【저주의 칭호】—그건 말 그대로 【THE NEW GATE】 내에서 돌발적으로 발생하는 저주였다.

원래 플레이어가 획득하는 칭호는 일정한 행동이나 퀘스트 클리어, 아이템 입수 결과를 통해 얻는 보조 능력이었다. 얻은 칭호에 따라 미미하게나마 능력치가 강화되거나 새로운 스킬을 사용할 수 있게 되기도 한다.

그에 반해 모든 플레이어에게 돌발적으로 발생하는 것이 【저주의 칭호】였다.

저주 해제 아이템인 【정화의 물방울】을 사용하거나 신성계 스킬인 【정화】로 소멸되기 전까지 능력치 저하, 해제할 수 없는 각종 상태 이상, 강력한 유니크 몬스터와의 랜덤 조우 등의 마이너스 효과가 지속적으로 부여된다.

어떤 효과가 붙는지는 완전히 랜덤이지만 【저주의 칭호】를 받은 플레이어는 예외 없이 캐릭터의 배색이 변경된다. 몸의 어딘가가 검게 변하고 간이 스테이터스 창을 불러내면 미소

짓는 사신 마크가 표시된다.

걸릴 확률은 0.1퍼센트도 안 되고 좋은 이야깃거리가 되기도 하므로 어떻게 보면 매우 희귀한 칭호라 할 수 있었다.

그리고 신이 본 티에라의 간이 스테이터스 창에는 미소 짓는 사신이 분명히 표시되어 있었다.

"좋아. 원인을 알아냈으면 나머진 간단하지. 티에라, 잠깐 카운터에서 나와서 가게 중앙에 서보겠어?"

"어, 응……."

무슨 상황인지 모르는 티에라는 혼란스러워하면서도 신의 말을 따라 이동했다.

"그럼 간다. 【정화】 발동!!"

신은 저주를 풀기 위해 티에라에게 오른손을 내밀고 신성계 스킬 【정화】를 사용했다. 이건 주로 신관이 사용하는 스킬이지만 신도 운 좋게 습득한 것이다.

신의 오른손이 서서히 금색으로 빛나기 시작했다. 그와 동시에 티에라의 온몸이 금색의 빛에 휩싸였다.

"뭐야…… 이거……. 따뜻해……."

티에라는 몸을 감싸는 빛에 놀랐지만 빛을 통해 전해지는 따뜻함 속에 위험한 느낌은 전혀 없었다. 티에라는 몸의 안쪽부터 깨끗해지는 기분 좋은 느낌과 함께 그 자리에 가만히 서 있었다.

5분 정도 지나자 서서히 빛이 약해지더니 이윽고 사라졌다.

"……아이콘은 사라졌는데……. 성공…… 인 건가……?"

신은 그렇게 중얼거리며 약간 당황하고 있었다.

티에라의 간이 스테이터스 창에서 사신은 분명 사라졌다.

하지만 그와 함께 원래대로 돌아와야 할 머리 색은 거의 까만 채로 남아 있었다. 달라진(원래대로 돌아왔다고 해야 할까) 건 머리카락에 은색의 브리지가 들어간 정도였다.

저주가 사라졌는지 판단하기 힘든 상황이었기에 두 사람 사이에서 뭐라 할 수 없는 긴장감이 감돌았다.

"어떻게…… 된 거야?"

"음, 저주는 사라졌는데……. 저기, 그 뭐냐. 머리 색은 완전히 원래대로 돌아오지 않았어…….'"

신은 방금 전까지 혼자서만 들떠 있던 탓에 말을 꺼내기가 무척 힘들었다.

"머리 색?"

"응…… 미안. 머리 색이 원래대로 돌아온 건 극히 일부뿐이야. 일단…… 확인해봐."

신은 낙담하면서 아이템 박스에서 거울을 꺼내 티에라에게 건넸다.

티에라는 「머리 색」이라는 말을 듣자 거울을 빼앗듯이 낚아채더니 자신의 눈앞에 비춰보았다.

거울에 티에라의 얼굴이 비추어졌다. 거기에는 평소와 다를 것 없는 자신의 얼굴이 있었다. 하지만 얼굴에 드리운 머리카락의 한 줄기, 그곳만이 반짝이는 은색으로 바뀌어 있었다. 그건 틀림없이 한때 티에라의 머리카락을 장식하던 색이었다.

"……윽, ……윽."

그걸 본 티에라의 눈이 서서히 촉촉해지더니 한 줄기의 눈물이 뺨을 타고 흘러내렸다.

첫 번째 눈물이 뺨을 타고 바닥에 떨어질 때에는 이미 둑이 터진 것처럼 눈물이 넘쳐흐르고 있었다.

"흐으…… 윽…… 흐윽……."

티에라는 옷소매로 눈물을 닦아내며 조용히 울었다.

그리고 그런 티에라 앞에서 극도의 혼란에 빠진 남자가 있었다.

그건 당연히 신이었다.

'어, 어떻게 해야 좋지……. 저주는 풀린 게 확실하지만 머리 색은 돌아오지 않았고, 티에라는 울고 있고. 사과해야 하나? 사과해야겠지? 그렇게나 요란을 피워놓고 뭐라고 사과해야 되는 거냐아아아아?!'

어린아이라면 모를까, 육체적으로는 성인 여성이라 불러도 될 만큼 성장한 소녀가 눈앞에서 울고 있었다. 심지어 자신 때문에 울고 있을지도 모르는 상황에서 신의 사고 능력은 한계에 부딪쳤다.

울고 있는 소녀에게 손수건 한 장(애초에 갖고 있지도 않았지만) 건네지 못하고 우물쭈물할 뿐이었다.

"흐윽…… 잠깐만…… 훌쩍…… 기다려, 줘……. 금방……
진정, 될 테니까……."

"아, 알았어. 천천히 해도 되거든. 얼마든지 기다릴게."

티에라가 말을 꺼내자 퍼뜩 정신을 차린 신은 뒤늦게 수건
(손수건이라는 아이템은 애초에 존재하지 않았기에 액세서리용 아
이템으로 대신했다)을 건넸다. 그리고 카운터에서 의자를 꺼내
티에라를 앉히고, 울음이 그칠 때까지 그 자리에 가만히 서
있었다.

†

5분 정도 지나자 티에라는 수건에 묻고 있던 얼굴을 들었
다. 눈물은 남아 있지 않았지만 눈은 아직 빨갛게 충혈되어
있었다.

"미안해. 이제 괜찮아."

"그, 그러시군요."

"갑자기 웬 존댓말?"

"아니, 뭐. 그렇게나 요란을 피워놓고 머리 색은 거의 그대
로니까 미안하기도 하고……."

티에라가 우는 동안 신은 계속 가시방석 위에 앉은 기분이
었다.

언뜻 보기에 티에라가 화를 내는 것 같지는 않았다. 어떻게 된 거지……, 하고 이번에는 신이 눈치를 보고 있었다. 방금 전과 입장이 완전히 뒤바뀐 것이다.

"그런 걸로 존댓말 쓰지 마……. 머리카락은 괜찮아. 100년 넘게 이 색이었는걸. 오히려 조금이나마 원래대로 돌아와서 기뻐."

티에라의 말은 진심인 것 같았다. 소중한 것을 되찾았다는 듯이 은은한 미소를 짓고 있었다. 방금 전까지 겁을 내던 모습은 온데간데없었다.

"그렇게 말해주니까 조금은 마음이 편해지긴 하네."

하지만 여성에게 머리카락은 목숨보다 소중하다는 말을 어머니와 여동생, 심지어 여자 사람 친구에게도 질리도록 들어왔기에 아무래도 기분이 석연치 않았다.

"내가 괜찮다고 말했으니까 됐잖아. 그보다도 저주가 사라졌다는 게 정말이야?"

신은 티에라가 이걸로 됐다고 말한 이상 자신이 가타부타 할 수는 없다고 생각하며 자신을 납득시켰다.

"응, 그건 틀림없어. 가게 밖에 나가보면 아마 알 수 있을 거야."

티에라가 받았던 저주는 『유니크 몬스터와의 조우 확률 상승』이었기에, 몬스터 침입 불가 결계가 펼쳐진 가게 밖으로 나가야만 효과가 사라졌다는 걸 증명할 수 있었다.

사실 이 가게 주위의 결계는 신이 쳐둔 것이다. 너무나 강력하기에 고레벨 유니크 몬스터조차 침입할 수 없었다.

【THE NEW GATE】는 현실감을 추구하는 게임이었다.

그 탓인지 게임 내에서 거의 모든 개체를 파괴할 수 있었고, 신처럼 점포를 소유한 플레이어를 노린 강도 플레이어도 존재했다. 그리고 거기에 대항해서 적의 침입을 막는 결계 스킬도 많이 있었다.

"솔직히 조금 무서워. 저주가 풀리지 않았으면 어떡하나 싶어서."

"그건 괜찮아. 사실은 나도 걸려본 적이 있거든."

"어? 어엇!! 너도 저주를 받은 적이 있는 거야?!"

"응. 나도 고레벨 몬스터가 마구 튀어나오는 타입이었어. 【정화】를 쓰면 저주는 틀림없이 사라져."

신이 저주에 걸린 건 능력치가 이미 800대 중반에 도달했을 때였다.

따라서 특별히 곤란할 건 없었고, 튀어나오는 유니크 몬스터들을 하나하나 쓰러뜨리면서 레벨 업이 쉬워졌을 뿐이었다. 동시에 레어 재료나 무기도 얻을 수 있어 오히려 저주에 걸리길 잘했다는 생각까지 들었다.

"지금까지 습격해 온 몬스터 중에서 레벨이 가장 높았던 게 뭐야?"

"가장 강했던 건 아마 혼 드래곤. 레벨은 200 정도였을 거야."

"렛서 드래곤의 상위종인가."

"알아?"

"응, 그 정도는 상식이지. 아무 문제도 없어."

혼 드래곤은 렛서 드래곤(날개가 없는 소형 드래곤)의 상위종으로, 렛서 드래곤보다 몸이 2배 정도 크고 이마에 뿔이 1개 솟아 있었다.

렛서 드래곤은 원래 레벨 100 정도의 몬스터인 데 반해 혼 드래곤은 약 2배인 레벨 200 정도였다. 방금 확인한 티에라의 레벨은 57이었으므로 싸워봐야 승산이 전혀 없었다.

【THE NEW GATE】에서 플레이어나 지원 캐릭터의 레벨 상한은 255지만 몬스터의 레벨 상한은 약 4배인 1,000이었다.

이건 신처럼 환생을 여러 번 거듭한 상급 플레이어를 위한 시스템이었다.

육천의 멤버들처럼 보스 몬스터를 가볍게 쓰러뜨릴 수 있는 플레이어도 질리지 않고 플레이할 수 있도록 레벨 1,000의 몬스터를 곳곳에 배치해둔 것이다. 이건 신조차 방심할 수 없는 레벨로, 평범한 플레이어라면 절대로 공략이 불가능했다.

그런 적을 상대해온 신에게 레벨 200의 유니크 몬스터 따윈 적수가 못 되었다. 설령 저주가 남아 있는 상태로 결계에서 나간다 해도 티에라의 안전은 완벽히 보장된 셈이었다.

"……혼 드래곤 같은 게 나타나면 기사단의 정예부대가 출동할 텐데."

"정예부대? 어째서 그런 엘리트 집단 같은 게 필요한 건데?"

"엘리트 같은 게 아니라 진짜 엘리트야. 여기에 오기 전에 봤을 테지만, 이 근처에 성벽이 있잖아."

"아아, 여러 가지 방어 효과가 부여되어 있던데."

"그건 베일리히트 왕국을 둘러싸고 있는 강화 성벽이야. 그리고 왕국 기사단의 정예부대는 대장의 레벨이 아마 158이고. 혼 드래곤은 레벨이 200 정도니까 대장보다도 40이 높아. 누군가가 그런 괴물을 쓰러뜨린다고 말한다면, 보통 머리가 어떻게 됐거나 허풍을 떤다고밖에 생각하지 않을 거야."

"158…… 이라고?"

"그래. 그리고 혼 드래곤은 왕국 2위의 실력자라도 혼자 상대할 수 없을 만큼 만만치 않다고."

티에라는 대장의 레벨이 높은 걸 보고 신이 놀랐다고 생각한 것 같았다.

하지만 사실은 레벨이 너무 낮아서 어이없어한 것이었다.

신 같은 플레이어의 기준에서 보면 레벨로만 따져도 간신히 중급자 소리를 들을 수 있는 정도였다.

신은 혼 드래곤보다 강한 몬스터가 한 번에 2, 3마리 나타난다면 이 나라는 망하는 게 아닌가 생각했지만 입 밖으로는 꺼내지 않았다. 지금까지 어떻게든 버텨왔다면 뭔가 방법이 있는 것이리라.

"……뭐, 문제가 없다는 건 정말이니까 가게를 나가보자."

"잠깐만. 내 이야기를 듣긴 한 거야?"

"똑똑히 들었어. 오히려 문제가 발생할 수 없다는 게 분명해졌을 정도야."

"문제가 발생할 수 없다니……. 뭐야? 설마 정말로 혼 드래곤 따위 상대도 안 된다는 거야?"

"그래."

"……저기, 확인하고 싶어서 그러는데, 지금 네 레벨은 몇이야?"

"255인데."

"……."

그녀는 입을 다물고 말았다. 신으로서는 정직하게 말한 것뿐이지만 티에라는 큰 충격을 받은 것 같았다.

"티에라?"

"255……? 스승님과 똑같다고?"

"그래. 내 레벨은 255, 일단 슈니하고 똑같아."

"정말로?"

"정말로."

"정말로 진짜야?"

"정말로 진짜야."

"정말로 진짜로 사실—."

"잠깐! 몇 번을 물어보려는 거야!"

가만 놔두면 끝이 없을 것 같았기에 신은 황급히 제동을 걸었다.

"티에라는 【애널라이즈】를 쓸 줄 모르는 거야? 제한을 해제할 테니까 내 스테이터스를 보면 금방 알 수 있을 거야."

"당연히 못 쓰지. 그런 걸 할 수 있는 건 스킬 계승자 정도라고."

"스킬 계승자가 뭔데?"

"……네 상식이 의심스러워지기 시작했어."

그것 역시 이쪽 세계의 주민이라면 당연히 알고 있는 개념 같았다. 하지만 신의 입장에서는 무슨 소리인지 전혀 알 수 없었다.

신은 모르는 건 전부 물어보려고 마음먹고 있었기에, 티에라가 어처구니없다는 표정을 지어도 신경 쓰지 않았다.

"상식이라고 해도 말이지. 외딴 시골에서 쭉 생활해왔으니까 잘 몰라서 그래."

게임의 세계에서 왔다고 할 수는 없으니 은둔자처럼 살아온 걸로 해두기로 했다. 그러면 세상물정을 잘 모른다 해도 이상하진 않을 것이다.

"알았어. 이 기회에 모르는 건 전부 가르쳐줄 테니까 물어볼 건 다 물어봐."

"잘 부탁드립니다."

이것저것 열심히 설명해주는 티에라에게 감사해하면서 신은 머리를 숙였다.

 "일단 스킬 계승자 말인데…… 이건 글자 그대로 지금은 사라진 스킬―신기神技라고도 불리는 기술을 전수받은 사람들이야. 자세히는 모르지만『영광의 낙일』이후로 많은 스킬이 사라졌고 지금 현존하는 스킬은 100개 이하라고 해."

 "100개 이하……."

 신은 그 숫자를 듣고 놀라움을 감추지 못했다. 【THE NEW GATE】는 스킬 수가 많은 게임으로 유명했다. 티에라가 말한 숫자는 신이 사용할 수 있는 스킬의 10분의 1도 되지 않았다.

 "지금은 스킬을 사용할 수 있다는 것만으로도 우대받을 수 있어. 보통 사람은 절대 무리지. 모험가와 기사처럼 싸움을 생업으로 삼은 사람도 아츠라는 약체화된 스킬을 사용하니까. 일단 기술명과 효과는 원래 스킬과 동일하지만, 위력과 효과는 원래의 3분의 1 정도야. 나도 마법을 사용하지만 스승님이 보여주신 마법 스킬과 내 마법 아츠는 위력이 전혀 달랐어."

 "흐음, 흐음. 약체화된 스킬이 아츠구나. 아츠 자체에 레벨 같은 건 있고?"

 스킬 중에는 레벨이 설정된 것도 있었다. 신이 사용하는 【애널라이즈·X】도 그랬다.

 스킬 이름 뒤에 Ⅰ~X이라는 문자가 있고 최소 레벨이 Ⅰ,

최고 레벨이 X이었다. 이건 주로 보조계 스킬에 많이 설정되어 있었다.

"특정 스킬에 레벨이 있다는 건 들었지만, 아츠에는 없어."

"아츠로만 싸워야만 한다면 힘들겠는데."

신 역시 스킬의 혜택을 받아온 입장이었기에 약체화되면 힘들어진다는 걸 잘 알 수 있었다.

"그런데 넌 스킬을 사용할 수 있다고 했잖아. 뭘 쓸 수 있는 거야? 아까 이야기하는 걸 보면 하나일 리는 없을 것 같고. 2개? 3개? 설마 4개라고 하진 않겠지?"

"아무리 그래도 그건 너무 적잖아. 확실히 1,000개 이상은 될 것 같은데. 세어본 적이 없어서 정확한 숫자는 잘 모르겠지만."

전혀 쓸 일이 없는 스킬도 제법 많단 말이지, 하고 농담처럼 말하는 신을 보면서 티에라는 잘못 들었나 싶어 고개를 갸웃거렸다.

"뭐? 1,000개? 어라? 내가 잘못 들은 건가?"

정확히 말하자면, 제대로 알아들었으면서도 이쪽 세계의 상식과 너무나 동떨어진 이야기였기에 농담처럼 느껴진 것이다. 지나친 놀라움은 현실감을 잃게 만들 때가 있다.

"역시 【애널라이즈】가 필요하겠어. 음~ 스킬 레벨 I 이면 제한을 해제해도 내 레벨은 볼 수 없을 테지만, 티에라가 갖고 있어도 손해 볼 건 없겠지. 그럼 【비전서 작성】 스킬을 사용해서……."

"……?"

또다시 공중에서 손을 움직이는 신을 보며 티에라는 의아한 표정을 지었다.

"제작 완료. 자, 받아."

"이게 뭔데?"

신이 티에라에게 건넨 건 한 장의 두루마리였다.

레벨과는 별도로 설정된 스킬의 숙련도를 충족하면 기술의 위력이 상승하거나 파생 기술을 습득하는 경우가 있다. 그중에서도 조금 특수한 것이 『비전서』라는 아이템 제작이었다.

『비전서』를 제작하면 두루마리 형태로 실체화된다. 그리고 이것을 사용하면 『비전서』에 적힌 스킬을 다른 플레이어에게 전수해줄 수 있었다.

당연하지만 스킬마다 만들 수 있는 『비전서』의 수는 정해져 있었다. 또한 『비전서』를 사용해서 스킬을 배운 플레이어는 자신의 힘으로 그 스킬의 습득 조건을 충족하지 않는 한 해당 스킬의 『비전서』를 제작할 수 없다. 그 외에도 여러 가지 제약이 걸려 있었다.

강력한 기술일수록 『비전서』의 제작 가능 개수가 적고, 처음부터 『비전서』를 제작할 수 없는 스킬도 있었다.

또한 스킬 사용에는 레벨 제한이 있는 경우가 많았기에, 『비전서』를 사용한다 해도 낮은 레벨이면 상위 스킬을 사용할 수 없었다.

【애널라이즈】는 플레이어라면 누구나 갖고 있다 해도 과언이 아닌 스킬이기에 특별한 제한도 없었다. 마음만 먹으면『비전서』를 얼마든지 제작할 수 있었다. 따라서 신은 즉시 뚝딱 제작해버린 것이다.

"그게 【애널라이즈】의 비전서야. 읽어보면 사용할 수 있게 될 거야."

서포트 캐릭터에도『비전서』를 사용할 수 있었기에 아마 효과가 있을 것이다. 효과가 없다면 순순히 사과할 생각이었다. 이런 일은 실제로 해보아야 결과를 알 수 있다.

"이걸로 스킬을 쓸 수 있게 되는 거야? 하지만 난 보답이 될 만한 건 아무것도 줄 수 없는데."

"보답?"

신은 대가 없이 줄 생각이었지만 티에라는 그렇게 받아들이지 않은 것 같았다.

"말했잖아. 스킬은 귀중하다고. 배우려면 큰돈을 지불하거나 제자로 들어가거나, 아무튼 쉽지가 않아. 설마 공짜로 준다고는 하지 않겠지?"

"어, 그러려고 했는데. 안 되는 건가?"

"……어쨌든 아무한테나 주려고 하지는 마. 큰일이 벌어지니까. 자칫 잘못하면 목숨을 노리는 사람이 나타날 수도 있어."

"그 정도야?!"

설마 스킬 하나 때문에 목숨을 노릴 거라고는 생각지도 못했던 신은 믿을 만한 녀석에게만 『비전서』를 전수해야겠다고 마음먹었다.

"너무 무섭네. 뭐, 티에라라면 괜찮을 것 같으니까 시험 삼아 사용해보겠어?"

"사용한 뒤에 대가를 청구하진 않을 거지?"

"그럴 리가 있냐!!"

'내가 무슨 악질 사기꾼이냐?!' 하고 신은 소리치고 말았다. 하지만 목숨이 위험해질 가능성도 있으므로 어찌 보면 티에라의 경고가 당연한 것인지도 몰랐다.

"하지만 스킬을 공짜로 준다는 건 전형적인 사기 수법이거든."

"속일 생각이면 좀 더 상위 스킬로 했겠지."

"나에게는 이것만 해도 충분히 귀중하지만……. 스킬을 여러 개 갖고 있는 것만으로도 엄청난 거니까."

"하지만 난 아츠를 사용할 수 없잖아. 갖고 있는 건 전부 스킬이고, 그게 당연하다고 생각해왔으니까 별로 실감이 나지 않아."

"그런 사치스러운 고민을……. 뭐, 됐어. 그렇게까지 말한다면 사양 않고 잘 받을게."

"그래, 그러려고 준 거야. 받아주지 않으면 오히려 곤란하지."

일단 납득한 티에라는 신이 재촉하자 그 자리에서 『비전서』를 읽기 시작했다.

그러자 티에라의 몸이 엷은 연초록색 빛에 휩싸였다가 10초 정도가 지나자 원래대로 돌아왔다.

이건 『비전서』를 사용해 스킬을 습득할 때의 화면 효과였다. 아무래도 무사히 습득을 완료한 것 같았다.

"어때?"

게임에서는 『비전서』에 문장 따윈 적혀 있지 않았고, 사용하면 두루마리가 소멸하면서 스킬이 추가될 뿐이었다. 따라서 이쪽 세계에서는 어떤 식으로 느끼는지 신은 무척 궁금했다.

"뭔가 이상한 느낌이야. 두루마리를 펼쳤더니 머릿속에 【애널라이즈】의 사용법과 효과 같은 게 흘러 들어왔어. 하지만 불쾌감은 없었어."

"헤에, 그런 건가."

신은 입으로는 감탄하면서도 성공했다는 데 내심 안도의 한숨을 내쉬었다. 만약 실패했다면 체면이 말이 아니었을 테니까.

"네 이름은 보이지만 다른 건 전부 이상한 모양이라 읽을 수 없어."

"역시 이름 정도는 보이는 건가. 그 이상한 모양은 물음표인데, 자신과 상대의 레벨이나 능력치가 너무 차이 날 때 표시되는 거야. 뭐, 나와 티에라라면 안 보이는 게 당연하겠지."

"응, 원래는 이름도 안 보이나 보네. 스킬 레벨과 거기 따른 열람 항목에 대한 것도 알게 됐어. 이렇게 표시되는 걸 보면 레벨이 안 보여도 네가 상당한 실력자라는 건 알겠어."

"그럼 몬스터가 나타나도 괜찮다는 말도 믿을 수 있겠지?"

"이렇게 되면 믿을 수밖에 없잖아……."

【애널라이즈】를 전수해준 덕분에 티에라는 신을 믿어볼 마음이 생긴 것 같았다. 티에라 본인도 지금까지 강력한 몬스터들에게 습격을 당해왔기에 불안감을 떨쳐낼 수 없었던 것이리라.

"일단 내가 먼저 나가서 주위를 살핀 뒤에 목소리를 낼게. 그러면 따라와 줘."

"알았어."

신은 만약을 위해 달의 사당 주위에 몬스터가 없는지를 살폈다. 그리고 【서치(적 탐색)】도 사용해가며 근처에 적이 없다는 걸 확인했다.

하지만 게임에서는 아무것도 없는 공간에서 갑자기 적이 출현하는 경우도 있기에 아직 긴장을 놓을 수는 없었다.

"됐어!"

티에라는 가게 문으로 얼굴을 내밀고 있다가 신의 목소리가 들리자 마음을 굳게 먹고 가게 밖으로 발을 내디뎠다.

달의 사당에는 【배리어(방벽)·X】과 【월(장벽)·X】이 펼쳐져 있었다.

【배리어·X】은 레벨 900~1,000(사용자의 능력치에 따라 달라진다) 이하의 몬스터가 침입하는 것을 완전히 차단하고, 공격을 받으면 반격까지 하는 신비한 벽이었다.

그리고【월·X】은 레벨 230~255(사용자의 능력치에 따라 달라진다) 이하의 플레이어가 침입하는 것을 차단하는 신비한 벽이었다.

전부 최고 레벨이었기에 설령【스루(통과)】스킬을 사용하더라도 침입은 불가능했다.

상인 역할을 하는 레벨 낮은 플레이어들은 고레벨 플레이어에게 의뢰해서 그런 스킬들을 펼치게 하는 경우도 있었다.

덧붙이자면【월·X】은 적용 대상을 잘못 설정하면 가까운 사람도 들어올 수 없게 되므로 주의가 필요했다. 신이 운영할 때의 달의 사당에는 무기를 든 플레이어의 침입 금지나 가게 안에서의 스킬 사용, 무기 장비 금지 같은 세밀한 조건이 붙어 있었다.

현재 2개의 결계 스킬은 달의 사당을 중심으로 반경 20메르 정도의 범위로 전개되어 있었다.

가게 입구까지 몬스터가 접근할 리는 없었기에 티에라가 현관에서 우물쭈물할 필요는 없었지만, 과거의 트라우마를 고려해보면 어쩔 수 없는 일이었다.

"이쪽이야."

"으, 으응."

신이 손짓하자 티에라는 천천히 그에게 걸어왔다. 신이 서 있는 곳은 결계 밖으로 1메르 떨어진 곳이었기에 신에게 다가서면 당연히 결계 밖으로 나올 수밖에 없었다.

"……."

"……."

신은 주위를 경계하며 신경을 곤두세웠다. 티에라는 긴장한 탓에 잠시 말이 없었다.

5분 정도 그러고 있었을까. 여전히 주위에 변화는 없었고 부드러운 바람이 두 사람의 머리카락을 간지럽혔다.

"아무 일도 안 일어나는데."

"아무 일도 안 일어나네."

5분 정도가 더 지난 다음에 신은 문제가 없을 거라 판단했다. 저주에 걸린 상태라면 10분에 1번은 몬스터의 습격을 받기 때문이다.

"몬스터, 안 오네."

"응."

처음 5분 동안은 잔뜩 긴장하고 있던 티에라도 지금은 주위를 둘러볼 여유가 생긴 것 같았다.

"저주, 풀렸잖아?"

"그런…… 것 같아."

티에라는 하늘을 올려다보며 대답했다. 그녀의 눈에 비친

하늘은 한없이 넓고 푸르렀다. 가게의 창문을 통해 보던 조각 난 하늘이 아니었다.

바람을 느끼고, 햇빛을 느끼고, 숲의 냄새를 느꼈다. 티에라의 가슴에 그리움이 번졌다.

신은 하늘을 올려다보는 티에라를 응시하며 가슴을 쓸어내렸다.

이제 티에라는 몬스터의 그림자를 두려워할 필요도, 주위에 폐를 끼칠까 봐 신경 쓸 필요도 없어졌다. 이제부터는 가게 밖으로 자유롭게 나갈 수 있는 것이다.

"하늘은 참 넓구나."

마치 그걸 방금 깨달은 사람처럼 티에라가 중얼거렸다.

"맞아."

그리고 잠시 동안 두 사람은 함께 하늘을 올려다보았다.

시야 끝에 보이는 티에라의 눈가에서 무언가가 빛나는 것 같았지만 신은 아무 말도 하지 않았다.

†

"슬슬 돌아가자."

티에라가 말하자 신은 하늘을 올려다보던 시선을 그녀 쪽으로 돌렸다.

"그럴까."

처음부터 티에라의 저주가 풀렸다는 걸 확인하기 위해 밖으로 나온 것이므로 특별한 이의는 없었다. 둘은 가게 안으로 돌아왔다.

"그건 그렇고, 정말 저주가 풀리다니……."

카운터로 돌아오고 나서 티에라는 천천히 중얼거렸다. 머리로 이해는 되지만 역시 좀처럼 실감이 나지 않았던 것이다.

"【정화】도 굳이 따지자면 희귀한 스킬이고, 습득하느라 고생도 했으니까 이 정도는 당연히 풀려줘야지."

"저주는 【정화】로 풀 수 있는 거구나. 설령 그걸 알았다고 해도 실행하는 건 어려웠을 테지만."

"어째서? 아무리 스킬이라 해도 신관이라면 갖고 있는 거 아냐?"

"그렇지도 않거든. 【정화】를 쓸 수 있는 건 대부분 고위 신관이니까 간단히는 만날 수 없어. 내 경우엔 저주의 특성상 밖으로 나갈 수 없고, 여기로 와달라고 할 수도 없잖아."

"……능력치 저하 같은 거면 차라리 어떻게든 됐을 텐데 말이지."

능력치 저하는 저주에 걸린 순간부터 모든 능력치가 10분의 1이 된다.

졸개 몬스터와의 전투조차 긴장해야 하므로 레벨이 낮은 티에라로서는 위험하기 그지없었다. 하지만 그렇다 해도 지금까지 티에라가 겪어온 일보다는 나았으리라.

"뭐, 지금은 이렇게 풀렸으니까 생각해봐야 부질없지만."

"그래. 이제부터는 안심하고 외출할 수 있잖아."

"응, 흑발 엘프는 어딜 가나 미움받지만, 머리 전체가 까맣지만 않으면 그렇게까지 기피 대상은 아니거든."

신은 조금 놀라며 되물었다.

"응? 전부만 아니면 되는 거야?"

"그래. 저주에 걸리면 머리카락을 염색해도 금방 검게 변해버리니까, 일부나마 다른 색이 섞여 있으면 저주 상태가 아니라는 걸 알 수 있거든."

"그렇구나."

게임에서는 머리를 물들이는 행위를 할 수 없었지만 그런가 보다 하고 신은 납득했다.

애초에 게임에서 저주에 걸린 플레이어는 재빨리 아이템을 사용하거나 신관에게 부탁했기에 신은 잘 모를 수밖에 없었다.

"아, 그렇지. 깜빡할 뻔했는데 여기 재료하고 보석 값이야."

티에라는 그렇게 말하며 카운터 위에 주머니를 올려놓았다. 금화와 은화가 다 합해서 50닢 이상 들어 있었기에 상당히 부풀어 올라 있었다.

"아이템 박스에 들어가려나?"

일단 시험 삼아 아이템 박스에 넣어보았다.

그러자 메뉴 화면의 소지금 표시 부분에 쥬르 금화 26닢,

쥬르 은화 27닢이라는 내용이 추가되었다. 화폐 단위별로 표시되는 것 같았다. 정말 편리한 기능이었다.

"금화가 사라졌어……. 편리하구나."

자기도 갖고 싶다고 티에라가 말했지만 신은 쓴웃음을 지을 수밖에 없었다. 아이템 박스 확장용 아이템이 있다면 어떻게든 됐을지도 모르지만, 공교롭게도 지금은 갖고 있지 않았다.

"어쨌든 금전적으로 오늘 숙소 걱정은 하지 않아도 되겠네."

"혹시 베일리히트 왕국에 들어갈 셈이야?"

"그럴 셈인데, 왜?"

"잠깐만. 그렇다면 서비스로 좋은 걸 줄게."

티에라는 카운터 안쪽에 있는 방으로 들어갔다. 신의 기억이 정확하다면 그곳은 휴식용 개인 공간이었다.

티에라는 3분도 지나지 않아 돌아오더니 종이 한 장을 내밀었다.

"이게 뭔데?"

"달의 사당의 소개장이야. 이게 있으면 귀찮게 순서를 기다리지 않고 바로 입국할 수 있어."

아무래도 입국하려면 수속을 밟아야 하는 것 같았다. 오늘 중에 숙소를 잡고 싶었던 신에게는 정말 다행이었다.

"고마워. 여기까지 와서 노숙하는 꼴은 면하고 싶었는데.

하지만 괜찮겠어? 오늘 처음 만난 녀석에게 소개장이라니."

신뢰할 수 있는 인물이 아니라면 역시 위험하지 않은가. 그렇게 생각한 신에게 티에라는 당치도 않다는 듯이 고개를 가로저었다.

"풀리지 않을 거라 생각했던 불길한 저주를 풀어줬고, 또 실행력도 있어. 덤으로 바보처럼 착하고. 문제 같은 건 없어……. 게다가 이 정도로는 은혜를 갚았다고 할 수 없는 거고."

"바보처럼 착하다니……. 그리고 마지막 부분을 제대로 못 들었는데, 뭐라고 이야기한 거야?"

"구, 궁금해할 것 없어! 그것보다도 내가 문제없다고 하면 된 거니까 순순히 받아 가라고."

티에라는 소개장을 신에게 떠넘기듯 내밀었다. 고개를 숙이고 있어 달아오른 얼굴은 보이지 않았지만, 빨개진 귀만 봐도 부끄러워하고 있다는 걸 누구나 알 수 있었다.

"알았어, 알았어. 그러면 사양 않고 받아둘게."

반드시 거절해야 할 정도의 이유는 없었다. 신은 티에라가 내민 소개장을 받아 들고 아이템 박스에 집어넣었다.

그리고 귀가 빨개진 이유에 대해서는 언급하지 않기로 했다.

"그러면 난 이제 슬슬 가볼게. 또 몬스터를 사냥하면 물건을 팔러 올 테니까 잘 부탁해."

"실력이 있다는 건 알겠지만 너무 무리하지는 마. 죽어버리면 죽도 밥도 안 되는 거니까."

"알고 있어. 그럼 갈게."

"또 방문해주시길 기다리고 있겠습니다."

신은 점원답게 고개를 숙이며 배웅해주는 티에라에게 가볍게 손을 흔들며 달의 사당을 뒤로했다.

†

그 뒤로 신은 숲을 똑바로 가로질러 성벽 앞에 도착한 뒤, 그대로 성벽을 따라 걷기 시작했다.

성벽의 어떤 부분에 입구가 있는지 알 수 없었기에 나아가는 방향은 감으로 정해야만 했다. 도시를 둘러싸고 있으니까 가다 보면 도착하리라는 생각으로 살짝 빠르게 걸었다.

시간을 확인할 방법이 없다는 건 아쉬웠지만 아직 해는 높이 떠 있었다. 적어도 어두워지기 전에는 도착할 것이다.

"그건 그렇고, 정말 튼튼해 보이는 성벽이군."

신은 다시금 성벽을 보며 생각했다.

【애널라이즈】는 원래 플레이어나 몬스터의 상세한 정보를 보는 스킬이기에 자세한 것까지는 알 수 없었지만, 성벽에 부여된 마법은 전부 스킬 레벨이 Ⅴ 이상인 것 같았다.

티에라가 스킬은 전부 귀중하다고 이야기한 걸 보면 우수한 스킬 계승자가 있는 것이리라.

15분 정도 걸어가자 성벽 앞에 행렬이 이어진 게 보였다. 아무래도 그곳에 성문이 있는 것 같았다.

가까이 다가가자 다양한 복장을 한 사람들이 있었다.

누더기 옷을 입은 휴먼 소년, 갑옷을 몸에 걸친 비스트 여성, 그리고 작은 용을 데리고 있는 드워프도 있었다. 로브를 입고 있는 건 마법사일 테고, 커다란 마차에 타고 있는 건 상인일까.

천천히 나아가는 행렬의 다채로운 인종 구성 때문에 신은 자꾸 여기저기로 눈길이 갔다.

게임 안에서는 모든 플레이어가 예쁜 복장을 하고 있었기에(일부러 이상한 복장으로 다니는 사람도 있었지만) 그 위화감에 새삼스럽게 놀라고 있었다.

성문이 보이는 위치까지 오자 위병으로 보이는 남자가 입구에서 신분증 같은 것을 확인하거나 마차에 실린 짐을 간단히 검사하고 있었다.

티에라에게 받은 소개장이 있으면 바로 입국할 수 있을 것이기에 신은 줄을 서지 않고 그 옆으로 똑바로 걸어 나갔다.

줄에서 벗어나 나아갔기 때문일까. 문까지 20메르 정도 남았을 때 위병이 신을 발견했다. 그는 뭔가 수상쩍다는 표정을 짓고 있었다.

"거기, 당신! 도시에 들어오고 싶다면 제대로 줄을 서줘! 그러지 않으면 들여보낼 수 없어."

위병은 그렇게 말하며 줄의 맨 뒤쪽을 가리켰다. 행렬이 너무 길어서 신에게는 맨 뒤쪽이 보이지 않았다.

"으음, 이걸 보여주면 줄을 서지 않고 도시에 들어갈 수 있다고 하던데……."

신은 아이템 박스에서 티에라에게 받은 소개장을 꺼내 위병에게 건넸다. 아이템 박스를 사용했다는 걸 들키지 않도록 품에서 꺼내는 시늉을 하는 것도 잊지 않았다.

신이 내민 소개장을 받아 든 위병은 아직 석연치 않은 표정을 짓고 있었다. 하지만 거기 적힌 내용을 보고 마지막까지 읽어 내려갔을 때에는 손이 떨리고 있었다.

"달의 사당에서 보낸…… 소개장……."

"네. 점원 분에게 받았는데요."

신은 위병이 왜 놀라는지 전혀 알 수 없었기에 '이 사람 손이 떨리는데 괜찮나?' 하고 걱정하고 있었다.

"진짜인지 확인하고 싶군. 따라오게."

"알겠습니다."

진짜인지 가짜인지 판단이 안 서는 걸까, 아니면 진짜라는 걸 믿을 수 없다는 걸까. 위병은 즉시 원래 자리로 돌아가더니 다른 위병들을 불러 모아 무언가를 의논하기 시작했다.

신은 특별히 할 일도 없었기에 성문 앞에 서 있는, 보통 말보다 1.5배 정도 큰 대형마를 바라보고 있었다.

【애널라이즈·X】을 통해 그것이 그림·호스라는 걸 알 수

있었다. 레벨은 33으로 낮지만 어엿한 몬스터다. 한동안 보지 못했기에 바로 알아보지 못한 것이다.

근처에 조련사가 있는 것이리라. 사람이 접근해도 얌전히 있었다.

신이 멍하니 그런 생각을 하고 있는데, 방금 신에게 말을 걸었던 위병이 돌아왔다.

"기다리게 해서 죄송합니다. 이쪽입니다."

"네, 알겠습니다."

방금 전과는 전혀 다르게 매우 정중한 태도였다. 돌변했다고 할 정도는 아니지만 위화감은 가시지 않았다.

'그 소개장이 그렇게 대단한 건가?'

신은 위병의 태도가 바뀐 것 때문에 괜한 주목을 받고 싶진 않았다. 원래 세계로 돌아갈 수단을 찾기 위해서라도 처음부터 눈에 띄는 짓을 할 필요는 없었다.

줄을 선 사람들의 의아한 시선을 느끼며 통과한 성문 너머에는 커다란 광장이 있었다.

대형 마차가 지나다니고 사람들의 왕래도 많았다. 얼핏 보면 휴먼, 비스트, 드워프가 많았고 이따금 엘프나 픽시의 모습도 보였다.

광장 구석에는 여러 노점이 들어서 있어 먹을 것, 무기, 장식품, 심지어 수상한 아이템까지 팔고 있었다.

신이 멈춰 서서 주위를 두리번거리자 성문에서 말을 걸었던 사람 말고 다른 위병이 그에게 다가왔다.

"여기서 모험가 길드 쪽으로 안내해드리겠습니다. 괜찮으십니까?"

"어? 아, 네. 부탁드립니다."

아무래도 신이 따라오지 않는 걸 깨닫고 되돌아온 모양이다. 안에 들어가면 당연히 혼자 행동할 거라 생각하고 있던 신은 얼빠진 대답을 하고 말았다.

"뭔가 특별한 예정이라도 있으십니까? 괜찮으시다면 안내해드리겠습니다."

"아니요, 예정은 없으니까 모험가 길드 쪽으로 갑시다. 그리고 존댓말은 필요 없어요."

"하지만 달의 사당의 소개장을 갖고 계신 분께 실례를 범할 수는……."

"아니, 괜찮으니까요. 저도 그냥 편하게 대할게요."

"……그렇습니까. 알겠—."

"반말."

"……알았어, 알았어. 그냥 편하게 하면 되는 거지?"

신으로서도 소개장은 우연히 받은 거나 마찬가지였기에 거만하게 굴 생각은 없었다. 그걸 이해했는지 안내역인 위병은 허물없는 말투를 썼다. 아마 그게 평소 모습일 것이다.

"이해해줘서 다행이야."

신은 고개를 가볍게 끄덕였다.

"정말이지, 소개장 갖고 있는 녀석들은 다 이렇다니까. 존 댓말 쓰는 게 뭐 어때서."

"나는 아무래도 익숙하지 않거든. 난 신이라고 해. 잘 부탁해."

신도 원래는 평범한 학생이다. 자신보다 나이가 많은 사람에게 존댓말을 듣는 건 아직 익숙하지 않다.

"난 베이드야. 이 도시에서 쭉 살았지. 모르는 게 있으면 물어봐."

그렇게 말하며 웃는 베이드는 짧게 자른 갈색 머리와 수염 탓에 곰이 웃는 것 같은 인상을 주었다.

【애널라이즈·X】으로 본 베이드의 레벨은 100. 기사단의 최강자가 158이라고 들었지만, 신은 그가 강한 건지 약한 건지 제대로 판단할 수 없었다.

"그러면 일단 도시에 관한 건 나중에 묻기로 하고. 어째서 나를 모험가 길드로 안내하려고 한 거야?"

모험가 길드에는 한번 가볼 생각이었지만, 그걸 위병에게 이야기한 기억은 없었다.

"그야 소개장에 그렇게 해달라고 적혀 있었으니까 그렇지. 누구라도 그렇게 했을걸."

"그랬구나. 아, 일단 확인해두는 건데, 달의 사당의 소개장이 얼마나 대단한 거야?"

"그것도 모르면서 보여준 거냐?!"

무슨 일인지 무척 놀라고 있었다.

"아니, 이 나라에 오는 건 처음이기도 하고. 달의 사당에 간 것도 거의 우연 같은 거였거든."

"우연히 가서 소개장을 받아 왔다고? ⋯⋯너, 정체가 뭐 야?"

"평범한 떠돌이."

"⋯⋯그걸 누가 믿겠냐? 뭐, 됐어. 다른 나라에서는 어떨지 몰라도 이 나라에서는 그 소개장만 있으면 임금님도 알현할 수 있을 만큼 대단한 물건이라고. 소개장을 위조하려는 녀석 들까지 있을 정도니까."

아무래도 티에라가 준「서비스」는 엄청난 것이었나 보다.

'티에라. 이런 건 서비스로 줄 만한 물건이 아니잖아⋯⋯.'

신은 그렇게 굉장한 물건이라는 것도 모르고 있었다는 걸 살짝 후회했다.

사실 통행증의 대용품 정도로 생각했을 뿐이었다. 베이드 의 이야기가 사실이라면 놀라는 것도 당연하다 할 수 있었다.

"혹시나 해서 말해두지만, 잃어버리면 난리 난다."

"⋯⋯아까 그 위병한테 주고 못 받았는데."

신은 소개장을 돌려받지 못했다는 것을 뒤늦게 깨달았다. 그래서 황급히 유턴하려 하자 베이드가 그를 제지했다.

"괜찮아. 소개장이라면 내가 갖고 있어. 다른 사람 같으 면 절대 몸에서 떨어뜨리지 않고 갖고 있었을 테니까 말이지.

나쁜 생각을 하는 바보가 나오기 전에 이미 회수해뒀어."

"베이드, 굿 잡!!"

센스 있게 행동해준 베이드에게 신은 자기도 모르게 엄지를 치켜들었다. 말투와 생김새 때문에 거친 이미지가 강했지만, 이 남자는 의외로 착실한 것 같았다.

신은 받아 든 소개장을 아이템 박스에 있는 『소중한 물건』 칸에 넣어두었다. 이 칸에는 도난 방지 기능이 있기에 【훔치기】나 【강탈】 같은 스킬에 도난당할 걱정도 없었다.

"그래. 그리고 깜빡하고 있었는데, 모험가 길드에 가면 엘스라는 접수원 아가씨에게 그 소개장을 보여주면 돼."

"엘스?"

"엘프 모험가지만 길드의 접수원 일도 맡고 있어. 그 소개장에 엘프가 사용하는 고대 문자가 적혀 있더라고. 모험가 길드의 엘프는 엘스뿐이야. 아마도 엘스에게 보낸 것일 테지."

"알았어. 길드에서 물어볼게."

엘프라면 티에라의 지인인지도 모른다. 신은 확실히 기억해두었다.

소개장에 대한 이야기가 마무리되자 신은 베이드에게 도시에 관해 가르쳐달라고 부탁했다.

"그러고 보니 이 나라에 오는 건 처음이라고 했지. 그러면 일단 도시의 대략적인 구획부터 알려줘야겠군. 아까 네가 들어온 곳이 남문이야. 성문은 동서남북에 하나씩 있지만 가장 자주 사용되는 게 남문이지."

"어째서 남문을 자주 사용하는 건데?"

"인접한 구획과 관련이 있어. 남문 옆에는 상업 지구가 있거든. 이 나라는 중앙에 왕성이 있고 그 주위를 귀족과 대상인 같은 부유한 녀석들의 저택이 둘러싸고 있지. 그리고 그바깥쪽을 둘러싼 게 4개의 구획이야."

"흐음, 흐음."

"남쪽은 방금 말한 대로 상업 지구. 아이템, 식료품, 잡화─생활에 필요한 건 대부분 여기서 살 수 있지. 그리고 동쪽이 길드 지구. 모험가 길드와 상인 길드, 대장장이 길드 같은많은 길드 본부가 여기에 있어. 서쪽은 주택 지구. 도시의 주민은 대부분 여기에 살고 있지. 모험가나 물건을 들여온 상인이 묵는 여관도 이쪽에 있어. 마지막으로 북쪽인데……. 일단개발 지구라 불리고 있지."

북쪽에 대한 설명이 나오자마자, 베이드의 유창하던 설명이 기세를 잃고 말았다. 신은 베이드가 무엇을 말하려는 건지짐작이 갔다.

"개발이라는 건 명목상일 뿐이고, 사실은 슬럼가라는 건가?"

"역시 눈치챘군. 맞아. 개발 지구라고 부르고는 있지만 결국 달리 갈 곳 없는 녀석들의 집합소야. 흘러든 이유야 제각각이지만 말이지. 아무튼 치안은 최악이야. 볼일이 없다면 가까이 가지 않는 게 좋아."

베이드는 심각한 표정으로 신에게 충고해주었다.

어느 곳이든 나라가 커질수록 그런 『좋지 않은 장소』가 생기기 쉬운 법이다. 베이드도 그 정도는 알고 있는 것 같았고, 어떻게든 잘되면 좋겠다며 한숨을 내쉬었다.

신은 베이드에게서 여러 가지 정보를 들으며 도시의 모습을 관찰했다.

상업 지구에서는 다양한 사람들을 볼 수 있었지만, 길드 지구에 들어서자 딱 봐도 모험가 같은 풍모의 사람들이 늘어났다. 전신 갑옷을 입거나 대검을 짊어진 사람도 있었다.

그중에서도 검을 차고 있는 드래그닐을 봤을 때는 자기도 모르게 말을 걸 뻔했다.

베이드의 이야기에 따르면, 대륙의 동쪽에 위치한 섬나라 『히노모토(일본日本이라는 말과 동일한 의미다－역주)』라는 나라의 무기인 것 같았다. 【THE NEW GATE】에서는 들어본 적 없는 국명을 접하자, 신은 꼭 가봐야겠다고 조용히 마음먹었다.

그러는 사이 신과 베이드는 모험가 길드에 도착했다.

주위에 비해 눈에 띄게 큰 건물에는 방패 위에 검과 창이 X 자로 그려진 간판이 걸려 있었다. 아무래도 이것이 모험가 길드의 마크인 것 같았다.

"내 역할은 여기까지야. 나머진 스스로 잘 해보라고."

"그래, 안내해줘서 고마워."

살짝 손을 흔들며 사라지는 베이드의 모습을 눈으로 배웅하고 나서, 신은 모험가 길드의 문을 열었다.

나아가는 첫걸음 | Chapter 2

THE **NEW GATE**

길드 건물 내부는 출입구에서 봤을 때 오른쪽이 안내 데스크, 왼쪽이 술집으로 되어 있었다. 중앙은 홀이었고 그 안쪽에 수많은 의뢰서가 붙어 있는 게시판이 보였다.

　게임일 때의 모험가 길드는 우락부락한 NPC들이 모여 있는 경우가 많았다. 하지만 홀은 깨끗하게 정리되어 있었고, 누군가의 노성이나 품평하듯 훑어보는 모험가들의 시선도 없었다.

　시선을 위로 올리자 믿기지 않게 샹들리에가 있었다. 신도 실제로 보는 건 처음이었다.

　왠지 샹들리에를 떨어뜨려 적을 깔아뭉개는 장면이 떠올랐다. 물론 직접 해본 적은 없었다.

　술집에서는 모험자 집단이 일을 끝마치고 왔는지 건배를 하고 있었다.

　그걸 본 신도 약간의 공복감을 느꼈지만 식사는 접수가 끝난 뒤에 해도 괜찮겠다 싶어 반대편에 있는 카운터로 향했다.

　"모험자 길드에 어서 오십시오. 오늘은 어떤 용건이십니까?"

　접수 데스크에 있던, 직원으로 보이는 여성이 말을 걸어왔다. 갈색 머리카락을 길게 기른 미인이었다. 역시 길드의 접수원은 미녀여야 한다는 통념을 따른 것일까.

덧붙이자면 그 옆에는 얼굴에 흉터가 있는, 키 2메르 정도의 거한이 있었다. 신이 접수 데스크로 오면서 자연스레 여성쪽을 고른 것은 말할 것도 없었다.

"모험가 등록을 하고 싶은데요."

"등록 신청은 왼쪽 계단을 올라가서 두 번째 방에 있는 수속 데스크에서 하실 수 있습니다. 초기 등록이시면 비용으로 은화 한 닢이 필요한데 괜찮으시겠습니까?"

"네, 괜찮아요. 고맙습니다."

신은 접수원 여성에게 인사를 하고 계단을 올라갔다. 게임에서는 따로 수속 같은 건 없었다고 생각하면서 두 번째 방의문을 열었다.

안에는 책상 3개가 나란히 있었고, 그중 하나에서 한 남성이 무언가에 대해 설명을 듣고 있는 중이었다. 아무래도 신처럼 등록을 하러 온 사람 같았다.

신은 주저하지 않고 비어 있는 가운데 책상으로 다가갔다.

"여기는 모험가 등록을 하는 곳입니다. 제대로 찾아오신 건가요?"

"……아, 네. 확실합니다."

신이 허둥대며 대답한 건 눈앞에 있는 여성의 얼굴이 1층에서 만난 여성 접수원과 완전히 똑같았기 때문이었다. 다른 점이라면 머리카락을 포니테일로 묶었다는 정도일까.

"왜 그러시나요?"

"아니요. 1층에서 접수하시는 여성분과 얼굴이 똑같아서요."

"그 사람은 제 언니입니다. 쌍둥이라 다들 자주 헷갈리지만요. 아, 그보다도 등록을 하신다고 하셨죠? 오늘의 수속을 담당할 시리카 린도트입니다. 잘 부탁드립니다."

"신이라고 합니다. 잘 부탁합니다."

"일단 등록하시려면 초기 비용으로 1만 J가 필요합니다. 괜찮으십니까?"

"네."

신은 아이템 박스에서 쥬르 은화를 한 닢 꺼냈다. 일단 품에서 꺼내는 시늉을 하긴 했지만 약간 부자연스러웠는지도 모른다. 하지만 시리카는 특별히 수상쩍어하는 기색 없이 은화를 받아 들었다.

"그러면 이걸 작성해주세요."

건네받은 서류에는 이름, 종족, 주요 무기, 마법 사용 여부 같은 항목이 있었다.

"전부 적어야 하는 건가요?"

"아니요. 필수 항목은 이름과 종족뿐입니다. 하지만 어느 정도 정보를 제공해주셔야 저희가 지원해드리기 쉽습니다. 그러니 괜찮으시다면 모든 항목을 기입해주세요. 하지만 이건 강요는 아닙니다. 적지 않았다고 해서 다른 멤버들보다 불이익을 받는 건 아니니, 그 점은 안심해주세요."

"알겠습니다."

출신을 적는 칸도 있었기에 신은 어떻게 할지 망설였지만, 특별한 문제는 없는 것 같았기에 중간중간 넘겨가며 내용을 적어나갔다. 종족은 만약을 위해 휴먼으로 해두었다.

무기는 검, 마법은 사용 가능, 나이는 실제 연령에 데스 게임 기간인 1년을 더해 21세로 해두었다.

새삼스럽지만, 서류는 일본어로 적혀 있었다. 지금까지 당연한 듯이 대화하던 언어도 일본어였다.

신으로서는 의사소통이 편했기에 다행이었다. 판타지에서 흔히 등장하는 지렁이 기어 다니는 글자로 적혀 있으면 어쩌나 싶어 약간 불안해했던 것이다.

작성을 끝낸 서류를 건네자 시리카는 내용을 대충 훑어보았다. 미흡한 부분이 없나 확인하고 있는 듯했다.

"이름은 신 님이 맞으신가요?"

"네. 맞습니다."

"그러면 서류는 이걸로 됐습니다. 다음으로 이 길드 카드에 피를 한 방울 떨어뜨려주세요."

시리카는 트럼프 카드와 비슷한 크기의 은색 카드와 바늘을 내밀었다.

게임에서는 등록만 하면 끝이었지만 여기선 카드가 발행되는 것 같았다.

신은 바늘로 손끝을 찔러 카드에 피를 떨어뜨렸다. 카드는 피를 튕겨내지도 않고 스펀지에 물이 닿았을 때처럼 순식간에 흡수해버렸다.

"이걸로 수속은 끝났습니다. 길드 카드는 모험가의 신분을 보증하는 카드지만 가공하려면 하루가 걸리니까 내일 이후에 발급해드리겠습니다."

"알겠습니다."

바로 주는 건 아닌 것 같았다. 기분이 들떠 있던 신은 허탕을 친 기분이었다.

"길드에 대한 설명으로 넘어가도 되겠습니까?"

"네, 부탁합니다."

"먼저 모험가 랭크에 관해 말씀드리면 최고인 SS를 필두로 S, A, B, C, D, E, F, G의 9단계로 나뉩니다. 신 님은 오늘 처음 등록하셨기에 G랭크입니다. 의뢰를 달성할 때마다 포인트가 가산되어 그에 따라 랭크가 상승합니다. 의뢰에 실패하거나 혹은 포기할 경우에는 현재의 포인트에서 해당 의뢰만큼의 포인트가 깎이고, 일정 수준보다 적어지면 랭크가 내려가게 됩니다. 또한 보수의 2배 금액을 위약금으로 지불해야 하니 주의가 필요합니다. 받을 수 있는 의뢰는 기본적으로 자신의 랭크보다 2단계 위까지입니다. 단, C랭크 이상이 되면 1랭크 위의 의뢰까지만 받을 수 있습니다. 2명 이상의 멤버로 파티를 짤 수도 있습니다. 그 경우에는 랭크가 높은 멤버에 맞춰서 의뢰를 받을 수 있으므로, 편성 여부에 따라 3단계 이상 높은 의뢰에 참가할 수도 있습니다."

"파티는 최대 몇 명까지 가능한가요?"

신은 문득 궁금해졌기에 질문해보았다. 게임 때는 6명까지였다.

"최대 인원은 6명입니다. 그 이상의 인원으로 의뢰를 받아들이는 경우는 복수 파티에 의한 합동 작업 형태가 됩니다. 이건 상당히 규모가 큰 안건이나 강력한 몬스터의 토벌 의뢰 등에서 자주 볼 수 있습니다."

파티 멤버 수는 바뀌지 않은 것 같았다. 하지만 보스 클래스의 몬스터 토벌 같은 예외를 제외하면 같은 의뢰(게임에서는 퀘스트라 불렸다)를 여러 파티가 맡을 수는 없었기에 부분적으로는 다른 듯했다.

"의뢰에는 잡무, 채취, 토벌, 호위 등 여러 가지가 있습니다. 여기서도 다소의 지원은 해드리지만, 길드의 중개 없이 의뢰를 받아 문제가 생긴 경우나 실력에 맞지 않는 의뢰를 수행하다 중상을 입거나 사망할 경우 저희 길드는 일절 관여하지 않습니다. 의뢰를 받아들일 때는 주의해주세요."

"의뢰했던 내용이 실제와 다른 경우는 어떻게 되죠? 토벌 의뢰를 받고 갔더니 의뢰했던 것보다 강력한 몬스터가 있다든가 하면."

"그런 경우는 의뢰를 포기하셔도 좋습니다. 보고는 해주셔야 하지만 위약금은 발생하지 않습니다. 위험할 수 있는 의뢰는 길드에서도 확인을 해두지만, 모든 의뢰를 체크할 수는 없으니 항상 조심하는 마음을 잊지 말아주세요."

신은 정보망이 발달하지 않은 이상 어쩔 수 없는 일이라고 생각했다.

시리카는 조심하라고 했지만, 데스 게임 때는 몬스터의 난입은 물론이고 플레이어끼리의 습격도 있었으므로 경계의 중요성은 뼈저리게 알고 있었다.

"몬스터를 토벌할 때 입수한 재료는 길드에서도 판매할 수 있습니다. 괜찮으시다면 이용해주세요. 다음으로—."

시리카의 설명은 그 뒤로 20분 정도 이어졌다. 모든 것을 기억할 필요는 없었고, 모르는 게 있으면 그때마다 물어보면 된다고 했다.

한 번의 설명으로 모든 것을 이해할 수 있는 사람은 좀처럼 없다고 한다.

"—길드에 관한 설명은 이상입니다. 길드 카드에 대한 내용은 건네드릴 때 다시 이야기해드릴 테니 이걸로 오늘 필요한 수속은 끝났습니다. 뭔가 질문이 있으신가요?"

"의뢰는 바로 받을 수 있는 건가요?"

"의뢰 수령은 길드 카드가 발행된 뒤부터 가능합니다. 길드 카드는 성문 통행증 역할도 하므로 오늘은 도시 밖으로 나가지 않는 걸 권해드립니다."

"알겠습니다. 더 물어볼 건 없어요."

"수고하셨습니다. 신 님의 활약을 기대하겠습니다."

정갈한 자세로 인사하는 시리카에게 고개를 숙인 뒤, 신은 수속 데스크에서 나왔다.

1층으로 내려오자 신은 처음 이야기했던 접수원 여성에게 말을 건넸다.

"아까는 고마웠습니다."

"수속은 무사히 끝나신 것 같네요. 세리카 린도트라고 합니다. 앞으로 잘 부탁드립니다."

"신이라고 합니다. 저야말로 잘 부탁합니다. 수속 데스크에 있던 시리카 씨의 언니가 맞으신가요?"

"시리카가 담당했나 보네요. 시리카는 제 여동생이 맞습니다. 쌍둥이다 보니 동생이라는 느낌은 별로 없지만요."

"깜짝 놀랐어요. 순간이동이라도 한 줄 알고."

"처음 오신 분들 중에는 의아한 표정을 지으며 돌아가는 경우도 있어요. 저기 저분처럼."

신이 세리카의 시선을 따라가자 그곳에는 세리카를 보고 고개를 갸웃거리며 길드 건물에서 나가는 신입 모험가가 있었다. 방금 전까지 신의 옆에서 설명을 듣던 사람이었다.

"길드 내에서도 다들 자주 헷갈리곤 해요. 신 님은 헷갈리지 말아주세요."

신은 빙긋 웃는 세리카에게서 순간적인 압박감을 느꼈다. '곤란하다니까요'라며 웃고는 있지만 내심 많이 신경을 쓰는지도 몰랐다.

"노, 노력하겠습니다……. 아, 잠깐 묻고 싶은 게 있는데 괜찮을까요?"

신이 그렇게 말을 이은 건 베이드에게 들었던 이야기를 마무리 짓기 위해서였다.

특별히 세리카일 필요는 없지만, 옆 카운터에 있는 남자는 신을 유심히 쳐다보고 있었기에 웬만해선 다가갈 수 없었다. 아니, 다가가고 싶지 않았다. 이유는 모르겠지만 신의 직감이 경보를 울리고 있었다.

"네, 용건을 말씀하세요."

"여기서 엘스라는 모험가가 접수원을 하고 있다고 들었는데요."

보아하니 접수 데스크에 있는 건 세리카와 거한 둘뿐이었다. 접수원『아가씨』라고 한 걸 보면 설마 저 남자가 엘스일 리는 없을 거라 생각하며, 신은 그가 아니기를 간절히 기원했다.

"엘스 말인가요? 죄송하지만 엘스는 지금 의뢰를 받아 도시 밖으로 나갔습니다. 문제가 없다면 오늘 중으로 돌아올 예정이니 내일 길드 카드를 받으러 오실 때 여기로 와주세요. 자리에 없을 땐 전언을 받아둘게요."

아무래도 운이 나빴던 것 같았다. 모험가인 이상 항상 여기에 틀어박혀 있을 수는 없을 것이다. 몇 주 뒤에 돌아오는 게 아닌 것만 해도 그나마 다행이었다.

"알겠습니다. 그러면 내일 다시 올게요."

신은 세리카에게 살짝 고개를 숙인 뒤 술집 쪽으로 이동했다. 이제 슬슬 배가 고팠던 것이다.

술집 한쪽에서는 아까 본 모험가 집단 외에도 몇 사람의 손님이 더 있었다. 평균 레벨은 90 전후였다.

신은 빈자리에 앉아 메뉴를 보았다. 하지만 일본어로 적혀 있음에도 요리 이름만 봐선 어떤 요리가 나오는지 알 수 없었다.

그래서 신은 일단 오늘의 추천 세트를 주문했다.

잠시 기다리자 빠르게 요리가 나왔다.

"오늘의 추천 요리입니다, 신 님."

"아, 네…… 에……?"

갑작스레 들린 말에 신은 고개를 돌렸다. 어째서 그의 이름을 알고 있는 건지 의아했지만, 그곳에 있는 웨이트리스의 얼굴을 보자 납득함과 동시에 당황하고 말았다.

그건 방금 전 헤어졌던 세리카였기 때문이다.

"저기…… 방금 전까지 접수 데스크에 있었죠?"

"네."

"저와 이야기할 때는 그런 복장이 아니었던 것 같은데요?"

"네. 접수 데스크에서는 길드의 제복을 입고 있었죠."

"옷을 갈아입은 건가요?"

"물론입니다."

"갈아입는 게 너무 빠르지 않아요? 그리고 웬 웨이트리스?"

"이 정도는 보통입니다. 접수 데스크가 한가할 때는 이쪽 일을 돕고 있거든요."

'보통이 아니니까 그렇죠……'라고 말하고 싶었지만 신은 입 밖으로 내진 않았다.

신이 접수 데스크에서 멀어진 뒤 세리카가 여기 나타나기까지 불과 3분. 무리라고 생각하는 게 당연했다.

그리고 요리 역시 주문한 지 1분 만에 완성된 셈이었다. 나온 건 두께 3세메르 정도의 스테이크와 생야채 샐러드, 그리고 수프였다. 도저히 그런 짧은 시간에 만들 수 있는 요리가 아니었다.

"자, 맛있게 드세요. 식어버리면 모처럼 만든 요리가 불쌍하잖아요."

"네에, 뭐, 그럼 잘 먹겠습니다."

신은 그렇게 말하며 음식을 먹기 시작했다. 세리카는 무슨 일인지 신의 앞자리에 앉아 있었다.

세리카가 접수 데스크를 비운 덕분에 현재 남아 있는 건 그 거한뿐이었다. 신은 하필 이런 시간에 길드를 찾아오는 남성 모험가들에게 심심한 위로를 보냈다.

'그건 그렇고, 이 전개는 뭐야…….'

도저히 마음 편히 먹을 수가 없었다. 누군가가 보는 앞에서 식사를 한다는 건 아무래도 거북한 법이다.

스테이크 고기는 입에서 살살 녹아 꽤 맛있었다. 샐러드도 아삭아삭한 식감이 좋았고, 닭고기를 우려낸 걸로 보이는 수프도 제법 훌륭한 완성도였다.

하지만 상황이 안 좋았다. 식사를 즐길 수가 없지 않은가.

"다른 손님들은 신경 안 써도 되는 건가요? 웨이트리스인 세리카 씨."

"다른 웨이트리스가 상대하고 있으니까 괜찮아요."

그녀는 정말로 신이 앉아 있는 테이블에 죽치고 있을 생각인 것 같았다.

"그렇게 보고 있으면 먹기 힘든데요."

"신경 쓰지 마세요."

세리카는 싱글거리는 미소로 대답했다. 하지만 신경 쓰지 말라고 하면 오히려 더 신경이 쓰이는 법이다. 신의 불편함은 더욱 커져만 갔다.

"하아, 정말 뭡니까? 신입한테 텃세 부리는 건가요?"

"사실 잠깐 확인하고 싶은 게 있어서요."

"그러면 처음부터 그렇게 말하면 되잖아요."

"확인하기 전에 신 님이 어떤 사람인지 잠깐 지켜보고 싶었어요."

하지만 신은 그냥 놀리고 있다는 생각밖에 들지 않았다.

"그래서 확인하고 싶은 게 뭐죠?"

신이 묻자 세리카는 목소리를 약간 낮추었다.

"네. 신 님이 어떤 소개장을 갖고 계시다는 연락을 받아서요. 그걸 잠깐 보여주실 수 있을까요?"

소개장이라는 말을 듣고 생각나는 건 하나밖에 없었다. 아무래도 신이 생각했던 것보다 일이 커진 것 같았다.

"……그것 말이군요. 확실히 갖고 있긴 한데요."

"별실에서 확인해봐도 될까요?"

"식사가 끝난 뒤라면 괜찮습니다. 하지만 방에 들어가 보니 길드 마스터와 대면하게 된다는 식의 상황이라면 사양하고 싶은데요."

"……."

신은 농담으로 말한 거지만 세리카는 예상과 달리 입을 다물어버렸다. 게다가 시선도 약간 불안정해졌다.

"……사양…… 하고 싶은데요."

"……죄송합니다. 데려오라는 지시를 받았거든요."

"정말로?"

자기도 모르게 반말이 나왔다.

"정말입니다."

세리카가 바로 대답하자 신은 어째서 등록한 첫날부터 길드의 최고 권력자와 만나야 하나 싶어 어깨를 축 늘어뜨렸다.

혹시 그 소개장을 갖고 있으면 앞으로도 계속 성가신 일만 생기는 게 아닐까 싶었다.

"……내일 만나면 안 될까요?"

신은 이세계에 온 첫날에 발생할 만한 이벤트는 아니라고 생각하면서 한숨을 쉬며 교섭해보았다.

"다시 한 번 죄송하지만, 이미 여기 오셨습니다……."

세리카는 그렇게 말하며 신의 등 뒤로 시선을 보냈다.

그건 결국 그곳에 길드 마스터가 있다는 이야기였고—.

'뒤, 뒤돌아보고 싶지 않아아아!!'

방금 전부터 누군가가 서 있다는 건 알고 있었지만, 설마 그게 길드 마스터일 줄은 상상도 하지 못했다. 하지만 계속 가만히 있을 수도 없었기에 마지못해 상반신을 움직였다.

신의 등 뒤에 서 있던 길드 마스터는 예상 밖의 인물이었다.

"……."

"기다릴 수가 없어서 말이지. 식사 중에 미안하네만 내가 직접 만나러 왔네."

핫핫하, 하고 웃으며 말을 건넨 건 방금 전에 안내 데스크에 있던 거한이었다.

신을 유심히 바라보던 바로 그 남자였다.

신의 직감이 요란하게 경보를 울린 이유가 있었다.

"아니, 당신이야?!"

신의 목소리가 길드 건물 안에서 크게 울려 퍼졌다.

"아니, 그게~ 직원에게서 연락을 받고 꼭 만나보고 싶어서 말이지."

신이 당신이라고 부른 걸 크게 신경 쓰는 기색도 없이, 길드 마스터는 웃으며 말을 건넸다.

"발크스 님. 되도록이면 좀 더 기다려주시는 게 좋았을 텐데요."

"그런 말 마. 역시 궁금하더군……. 신 군이라고 했지. 난 발크스라 하네. 미안하지만 내 방에 와주지 않겠나?"

길드 마스터라면 노인이라는 인식이 있었기에 신은 놀라고 말았다. 발크스의 외모는 30대 후반에서 40대 초반 정도였다.

얼굴을 커다랗게 긁힌 흉터가 그의 거대한 몸집과 함께 상당한 위압감을 뿜어내고 있었다. 그런데도 꽤나 넉살 좋은 미소를 짓고 있다 보니 그런 박력 넘치는 외모도 효과가 없었다.

길드 마스터처럼 보이는 부분이라면 그의 레벨이 228로, 지금까지 본 가운데서 가장 높다는 점일 것이다.

"네에. 상관없지만 밥은 좀 먹자고요."

"물론이네. 갑자기 밀어닥친 건 이쪽이니. 그러면 저쪽에서 기다리고 있도록 하지."

발크스는 그렇게 말하며 안쪽에 있는 방으로 걸어갔다.

신은 꽤나 쉽게 물러난다고 생각했지만, 식사 뒤에 벌어질 일을 생각하면 우울한 기분은 변함없었다.

"그런데 길드 마스터가 꽤 젊으시네요. 이런 곳의 수장은 경험이 풍부하고 나이 많은 사람이 맡을 거라 생각했는데요."

"신 님의 말씀도 전혀 틀린 건 아닙니다. 실제로 다른 도시의 길드 마스터 대부분은 나이가 많으신 분들이니까요. 하지만 발크스 님은 과거 S랭크 모험가셨기에 경험과 인맥 면에서도 다른 길드 마스터들에게 뒤지지 않습니다."

"과거에 S랭크였다고요?"

신은 아직 이쪽 세계의 상식을 잘 몰랐지만, 방금 들은 이야기를 통해 생각해보면 S랭크 모험가는 그렇게 많지 않은 것 같았다. 레벨을 생각했을 때 발크스도 상당한 실력자일 것이다.

그런 생각을 하며 식사를 끝낸 뒤, 신은 길드 마스터 때문에 자신에게 쏠린 주위의 시선을 느끼며 세리카를 따라 접수 데스크의 안쪽으로 나아갔다.

그곳에는 몇 개의 방이 있었다. 신이 안내받은 곳은 응접실도 겸하고 있는지 책상과 책장 외에도 테이블과 소파 같은 가구가 배치되어 있었다.

가격은 알 수 없지만 전부 고급품으로 보였다. 그러면서도 실내 분위기와 서로 조화를 이루고 있는 건 역시 대단하다고 해야 할까.

"모험가 길드에 온 걸 환영하네. 아까는 실례가 많았군. 다시 한 번 정식으로 내 소개를 하지. 길드 마스터를 맡고 있는 발크스 하임이네."

신과 세리카가 응접실에 들어오자 발크스는 자기소개를 하며 오른손을 내밀었다.

"신입니다. 잘 부탁합니다."

신도 자기 이름을 밝히며 오른손을 내밀었다. 맞잡은 발크스의 손은 딱딱하고 거칠면서 전사의 손이라 할 수 있을 만한 힘이 느껴졌다.

"앉게나."

발크스가 자리를 권하자 신은 소파에 앉았다. 그때 절묘한 타이밍으로 차를 내온 건 분명 신과 함께 이곳에 들어왔던 세리카였다.

뭐가 이렇게 빠른가 생각하며 신이 차를 한 모금 마시자 발크스가 말을 꺼냈다.

"신 군. 서둘러서 미안하지만 달의 사당에서 받은 소개장을 보여줄 수 있겠나?"

"여기 있습니다."

신은 아이템 박스에서 소개장을 꺼내 발크스에게 건넸다. 발크스는 소개장을 펼치더니 거기 다른 종이를 가져다 댔다. 그러자 소개장의 중심에 적힌 초승달 모양이 은색으로 빛나기 시작했다.

"이건……."

"달의 사당에서 발급하는 소개장은 조금 특수하거든. 소개장끼리 가까이 대면 마력이 공명해서 이렇게 문장이 빛나는 거지. 즉, 이건 진품이라는 이야기일세."

발크스의 이야기에 따르면, 확인하는 방법은 그 밖에도 여러 가지가 있었고, 어떤 방법을 쓰든 간에 가짜라면 금방 들통나는 것 같았다.

"이런 장치가 되어 있었던 건가……."

신은 의외의 기능에 놀라면서도 티에라의 얼굴을 떠올리며 어차피 알게 될 거 미리 설명해주면 좋았을 거라고 생각했다.

"듣지 못한 건가?"

"서비스라면서 그냥 준 거라서요."

"서비스……? 준 사람은 슈니 씨였나? 아니면 티에라 군이었나?"

"티에라였어요. 슈니는 가게에 없었고요."

"티에라 군이었군. 그녀가 설명을 깜빡하다니, 어지간히 중요한 일이 있었나 보군……. 그녀의 사람 보는 눈은 정확하니까 말이지. 나도 약간 자신이 있지만, 아직 그녀에겐 미치지 못해."

우리 쪽에 와줬으면 할 정도지, 라며 발크스는 웃었다.

100년 동안 이어진 저주가 풀리는, 티에라에겐 중요한 사건이 벌어졌으니까 설명을 잊어버리는 것도 무리는 아닐 것이다.

그건 그렇고 사람을 보는 눈이 있다는 건 역시 오래 산 덕분일까.

"윽!"

티에라의 나이에 대해 생각하다가 신의 등줄기가 오싹해졌다. 문득 불타오르는 화염을 배경으로 섬뜩한 미소로 압박해오는 티에라의 얼굴이 떠올랐기 때문이다.

'나이에 대해 생각하는 건 그만두자. 목숨이 위태로울 것 같으니까……'

무척 좋지 않은 예감이 들었기에 신은 생각하는 것을 그만두었다.

"……? 왜 그러지?"

"아니요, 아무것도……."

"그런가? 그러면 아까 하던 이야기를 계속하겠네. 어느새 딴 데로 새고 말았군."

발크스는 그렇게 말하며 자세를 바로 고쳤다. 아무래도 지금부터가 본론인 것 같았다.

"티에라 군이 깜빡했다고 하니 내가 대신 소개장의 효력을 설명해주겠네. 먼저 그게 있으면 거의 대부분의 나라에 심사 없이 입국할 수 있네. 각 길드에서도 여러 가지 도움을 받을 수 있고 신용도 보장되지. 또한 베일리히트 왕국을 비롯한 일부 국가에서는 국왕을 알현하는 것까지 가능하네. 어떻게 보면 이 정도로 신원을 확실히 보증해주는 물건도 없을 테지."

의심하고 있던 건 아니지만 베이드가 말한 내용은 사실이었다. 방금 알게 된 길드나 신원 보증에 대한 혜택도 상당히 파격적인 대우라 할 수 있었다.

"그 정도의 효력을 가진 소개장이네. 누가 갖고 있는지 알려지면 빼앗으려 드는 사람도 나오지."

"확실히 그렇겠네요."

이것만 있으면 위험물 수송, 테러, 암살 같은 일이 상당히 쉬워질 것이다. 범죄자들이라면 눈에 불을 켜고 갖고 싶어 할 것이 분명했다.

"그래서 말인데 이야기를 듣고 싶군. 자네가 소개장을 지킬 수 있는 힘이 있는지를. 없다면 당장이라도 그걸 파기하는 걸 추천하네."

"……."

신은 생각했다. ―이대로 소개장을 보유하고 있을 때의 장점과 단점을.

장점은 국가 간 왕래가 쉬워지고 각국 정부의 신뢰를 얻기 쉬워진다는 점일 것이다.

단점은 소개장을 소유하고 있다는 게 알려지면 습격당할 위험이 있다는 점일까.

장점은 신에게 당장 필요하진 않았다. 방금 전 길드 카드를 갖고 있으면 비교적 간단히 다른 나라에 입국할 수 있다고 들었고, 섣불리 국가적인 일에 관여할 필요도 없다는 게 신의 생각이었다.

반면 단점도 큰 문제가 될 것 같지는 않았다.

이미 여기까지 오는 도중에 소개장을 위병에게 보여주었고, 성벽 앞에 줄을 서 있던 사람들이 목격했을 가능성도 있었다. 그런데다 길드에도 보고가 되었다.

이쪽 세계의 기밀 정보가 얼마나 철저히 관리되는지는 모르지만, 이미 불특정 다수의 타인에게 알려져도 이상할 건 없었다.

하지만 아이템 박스의『귀중품』칸에 넣어두고 좀처럼 꺼내지만 않으면 해결되는 일이기도 했다.

그렇게 하면 옛 육천 멤버조차 손을 댈 수는 없었다.

누군가가 넘기라고 협박해도 갖고 있지 않다고 대답해버리면 상대가 그걸 부정할 방법은 없었다.

"지킬 수 있습니다."

신은 잠시 생각한 뒤에 그렇게 결론지었다.

"그게 자네의 결단인 건가?"

"네."

"후회하지 않을 건가?"

"물론이죠. 소개장의 효력은 방금 알게 되었지만, 자칫 잘못하면 가게의 신용을 잃게 할 수도 있는 물건―그런 중요한 걸 제게 주었다는 건 그만큼 저를 신뢰해주었다는 뜻이기도 합니다. 그렇다면 그 마음에 보답해야겠죠."

신은 당당하게 웃어 보였다.

그렇다. 장점이나 단점 같은 걸 생각하기 전부터 답은 이미 정해져 있었던 것이다. 신변의 위협에 대해 너무 낙관적인 걸 수도 있지만, 신이 목숨을 위협받은 건 사실 한두 번이 아니었다. 데스 게임이 된 【THE NEW GATE】에서 보낸 1년 동안, 그는 암살이나 기습에 대처할 수 있을 만한 경험치를 쌓아두었다.

다만 가능하다면 겪고 싶지 않았던 경험이었다.

"훗, 그 말을 기다리고 있었네. 그래야 소개장을 가진 자라 할 수 있지."

"그렇게 대단한 사람은 아니지만요."

"겸손은 그만두게. 뜸을 들이긴 했지만 거의 망설이지 않았을 테지?"

"어떻게 아시죠?"

발크스는 신의 마음속을 꿰뚫어 보고 있는 것 같았다. 얕볼 수 없는 인물이었다.

"그건 그렇고 한 가지 묻고 싶은데, 자네의 레벨은 어느 정도지? 내 입으로 이런 말 하기는 뭣하지만, 나도 나름대로 수많은 수라장을 지나온 사람이거든. 자네가 상당한 실력자라는 건 알 수 있네."

역시 전직 S랭크. 【애널라이즈】 스킬 따위 필요 없이 상대의 실력을 꿰뚫어 보는 능력을 갖고 있는 것 같았다.

"……꼭 말해야만 하나요?"

"길드 입장에서도 모험가의 레벨은 어느 정도 파악해두고 싶거든. 모든 모험가에게서 대강의 숫자를 보고받고 있다네. 레벨이 낮은 모험가에게 위험한 의뢰를 맡게 할 수는 없으니까 말이지."

단순히 흥미 삼아 물어보는 건 아닌 것 같았다. 레벨에 따라 어느 정도의 실력인지 판단할 수 있기에 길드 차원에서 확인해두고 싶은 것이리라.

"알겠습니다. 저의 레벨은 150 이상입니다."

"흐음. 신 군. 아까도 말했지만 겸손은 좋지 않아."

발크스는 신의 대답에 눈썹을 찡그렸다. 역시 100 이상 낮은 수치라면 거짓말인 게 뻔히 보이는 걸까.

"안 되나요?"

"안 되네. 방금 말한 레벨은 자네의 원래 실력보다 몇 단계는 낮을 테니."

이 나라의 2위 실력자가 158이라 했기에 그냥 넘어가 주길 바랐지만 통하지 않았다.

"【애널라이즈】 없이도 용케 아시는군요."

"괜히 길드 마스터로서 많은 모험가들을 봐온 게 아닐세."

"하아, 그러면 어쩔 수 없죠. 제 레벨은 200 이상입니다."

그럼에도 신은 아직 진짜 레벨을 말하지 않았다. 떠보려는 듯이 단숨에 50레벨을 올려서 보고한 것이다.

"호오."

발크스는 감탄한 듯이 미소 지었다.

"대단하군……."

벽 쪽에 서 있던 세리카는 놀란 나머지 얼떨떨한 표정을 짓고 있었다.

"그렇게 놀랄 일인가요?"

'당신도 200레벨 넘으면서 그래?' 하고 신은 생각했지만 발크스가 표정을 바꾼 건 다른 이유가 있어서였다.

"혹시나 해서 묻는 건데, 자네 나이가 정확하게 21세가 맞나?"

"네."

"자네만큼 젊은 나이에 레벨이 200을 넘는 사람은 흔치 않다네. 이 나라의 1위 실력자와도 호각으로 싸울 수 있을 것 같군."

150은 너무 낮았지만 200은 반대로 너무 높았던 것 같았다.

"1위 실력자는 레벨이 어느 정도죠?"

"230이네. 이 나라의 둘째 공주님이지."

"정말입니까……."

'공주님, 세다!! 정예부대의 대장보다 강한 공주라니…….'

예상을 크게 빗나간 대답에 신은 어처구니가 없었다.

나라 제일의 실력자라기에 왕이나 왕자, 혹은 근위대의 멤버 정도로 생각했더니만, 설마 공주님이었을 줄이야.

"기사단하고 차이가 너무 크시 않나요? 티에라는 정예부대의 대장이 2위 실력자고 레벨이 158이라고 하던데요."

"정예부대의 대장? 아아, 기사단장 말인가. 그의 레벨은 지금 188까지 올랐네. 티에라 군에게 그 이야기를 했던 게 꽤나 예전이었거든. 잘못 알고 있었나 보군."

"그렇다 해도 공주님 쪽이 더 위네요."

"둘째 공주님은 무인 체질이시거든. 자주 거리에 얼굴을 비치셔서 사람들에게 인기도 많지."

"왕족이 거리에 자주 나와도 괜찮은 건가요?"

"웬만한 불량배 따위는 상대도 안 되니까 문제 될 건 없네."

왕국 최강이라는 건 허명이 아닌 것 같았다. 듣자 하니 티에라가 말한 혼 드래곤을 쓰러뜨린 적도 있다고 한다. 너무 저돌적인 공주님이라 생각하며 신은 한숨을 쉬었다.

"그럼, 신 군. 실은 확인하고 싶은 게 한 가지 더 있는데, 괜찮겠나?"

"……내용에 따라서요."

역시 불길한 예감밖에 들지 않았다.

"뭐, 간단한 일이네. 나하고 한 번 싸워주게."

"죄송한데, 그만 가봐도 될까요?"

"유감스럽지만 거부권은 없다네."

발크스는 단호하게 거절했다. 아마 신의 진짜 힘을 봐두고 싶은 것이리라. 레벨과 실력이 반드시 비례하진 않는다는 걸 알고 있는 것이다.

"대충 예상은 했습니다."

"미안하군. 길드 입장에서도, 내 개인적인 입장에서도 확인해두고 싶다네⋯⋯. 아니, 반드시 확인해야만 하네."

불길한 예감이 적중하자 신은 얼굴을 찡그렸다.

접수 데스크에서부터 자신을 유심히 쳐다보고 있었지만, 그의 눈빛에는 어딘지 모르게 호전적인 의지가 담겨 있었다. 주먹으로 말하는 유형의 사람이었다.

신은 자신의 의사가 무시되어 약간 마음이 불편했지만, 이쪽 세계의 S랭크 모험가가 어느 정도의 실력인지 알아보기 위해 직접 싸워봐도 손해 볼 건 없다고 생각했다.

발크스의 표정을 봤을 때, 길드 마스터의 입장이긴 하지만 싸우고 싶다는 건 본인의 의지인 것 같았다.

거절하는 건 쉬워도 길드와 섣불리 대립해서 길드 카드를 받지 못하게 되면 쓸데없는 문제가 생길 수도 있었다.

"⋯⋯알겠습니다. 실력을 확인해야만 안심이 된다는 것도 이해는 되니까요."

신이 소개장을 소지하고 있다는 게 널리 알려졌을 경우, 그가 얼마나 강한지 누군가가 공식적으로 발표해준다면 바보 같은 생각을 하는 녀석들이 줄어들 거라는 생각도 있었다. 이 말은 굳이 입 밖으로 내지 않았다.

"어디서 할 거죠?"

"길드 멤버만이 사용할 수 있는 훈련장이 있네. 거기서 하도록 하지. 준비 시간이 필요한가?"

"아니요, 별로."

"그럼 바로 가세나."

발크스의 안내로 응접실을 나와 통로를 나아가자 또 비슷한 크기의 방에 도착했다. 내부에는 가구 같은 물건은 전혀 없었고, 중앙에 축구공 크기의 수정이 공중에 떠 있었다.

신이 게임 중에 자주 보았던 워프 포인트와 닮아 있었다.

"훈련장은 지하에 있거든. 이 워프 포인트에서 갈 수 있네."

아무래도 명칭은 그대로 똑같은 것 같았다. 사용법도 게임 때와 변화가 없었고, 수정을 만지면서 마음속으로 생각하자 다른 장소로 순간 이동되었다.

도착한 곳은 상당한 넓이의 콜로세움 같은 장소였다. 중앙의 넓은 공터에서 훈련이 행해지고, 주변의 관람석 같은 장소에서 휴식을 취하거나 다른 모험가의 훈련을 견학할 수도 있는 것 같았다.

구경꾼들 앞에서 싸우고 싶지 않았던 신의 바람이 통했는지, 공터에는 아무도 없었다.

"한산해 보이는데, 언제나 이런가요?"

"아니, 여기는 제2훈련장으로, 이번처럼 특별한 경우에 사용하는 장소일세. 일반 모험가는 제1훈련장을 사용하고 있지. 원래 이곳은 허가 없이 사용할 수 없으니까 외부자가 들어올 일은 없네."

"그렇군요."

주변을 신경 쓰지 않고 싸울 수 있는 환경인 것 같았다. 주목받고 싶지 않은 신에게는 천만다행이었다.

"그럼 시작해볼까."

그 말과 함께 발크스의 온몸이 푸른빛에 휩싸였다. 하지만 불과 1초 만에 빛은 사라졌고, 그곳에는 푸른 경갑과 팔 보호구를 장비한 발크스가 서 있었다.

경갑은 활동성을 중시한 것 같았고 일반적인 갑옷보다 두께가 얇았다. 반대로 팔 보호구 쪽은 두꺼웠고, 팔꿈치부터 손, 심지어 손가락까지 푸른색 철갑으로 뒤덮여 있었다.

게임에서 팔에 장비하는 아이템은 외관이 일본풍이면 팔 덮개, 서양풍이면 팔 보호구로 표시되었다. 큰 차이가 있는 건 아니지만 팔 덮개는 AGI(Agility)에, 팔 보호구는 VIT(Vitality)에 약간의 보너스가 붙는다.

발크스가 팔 보호구를 장비한 건 얇은 갑옷으로 방어력이 낮아지는 걸 보완하기 위해서일까.

【애널라이즈】로 본 발크스의 직업은 권투사였기에 장비는 예상대로였다. 하지만 히어로가 변신하듯이 갑옷과 팔 보호구를 장착하는 모습을 보자 신도 놀랄 수밖에 없었다.

【THE NEW GATE】에서는 무구를 장비할 때 갑옷이면 몸이, 팔 덮개라면 손이 빛에 휩싸인 뒤에 실체화되었다. 이건 아바타의 체격을 확인한 뒤 최적의 크기로 변화하기 위해서

였다. 따라서 발크스처럼 약간 화려하다고 할 수 있는 변신 장면은 나오지 않는 것이다.

'······저런 모션이 있었던가?'

"왜 그러지?"

"아니요, 아무것도."

하지만 발크스의 장착 방법이 이쪽 세계에서는 평범한 걸 수도 있기도 아무 말도 하지 않기로 했다.

한편 신은 특별히 장비할 것이 없었다.

어느 정도로 힘 조절을 해야 할지 대충 알고 있었기에 무기는 들지 않기로 했다. 이런 말 하긴 뭣하지만 섣불리 무기를 사용했다간 발크스를 죽일 수도 있었다.

"그럼 간다!!"

그렇게 외친 순간 발크스의 모습이 흐릿해지며 신을 향해 일직선으로 돌진해왔다. 두 사람의 거리는 10메르 정도였지만 순식간에 5메르 정도를 주파했다.

"장비가 좋으면 빨라지는군."

원래는 환생 보너스를 얻지 못한 휴먼이 이 정도의 속도를 낼 수는 없었다. 신은 발크스의 장비가 그것을 가능케 한다는 걸 눈치채고 있었다.

"흡!"

"어딜!"

신은 바람을 가르는 소리와 함께 뻗어온 주먹을 흘리며 상대의 장비를 자세히 확인했다.

경갑은 【푸른 수정의 경갑】, 팔 보호구는 【창아의 팔 보호구】였다. 둘 다 가게에서 팔아본 적이 있었기에 틀림없었다.

"좋은 장비를 갖고 있네요!"

"고생해서! 손에! 넣었으니 말일세!"

신은 얼굴을 찡그리면서도 발크스가 내뻗는 공격을 전부 받아냈다.

【푸른 수정의 경갑】은 AGI에 높은 보정을 부여해주는 레어 방어구였다.

【창아의 팔 보호구】는 공격력이 높은 유니크 무기로, 평범한 무기에 없는 능력도 갖추고 있었다. 레벨 600의 유니크 몬스터이자 근접전에서는 약간 상대하기 껄끄러운 블루 밋츠하운드라는 몬스터의 이빨이 재료였다. 맨손 계열 무예 스킬을 주로 사용하는 상급 플레이어에게 필요한 경우가 많았다.

"역시 그렇게 간단히 맞아주진 않는 건가."

"큰소리를 쳐놨으니까요. 당연합니다."

공격을 받아내기만 하는 신을 경계했는지, 발크스는 맹공을 멈추고 일단 거리를 벌렸다. 쓴웃음을 지으며 말하고 있지만, 그의 눈은 신의 실력을 정확히 가늠하기 위해 날카롭게 빛나고 있었다.

신이 적극적으로 공격하지 않는 건 【창아의 팔 보호구】에 담긴 어떤 능력을 경계하고 있기 때문이었다.

그 능력은 '상대의 공격을 팔 보호구로 방어했을 때, 원래 받았어야 할 대미지의 10분의 1을 공격자에게 되돌려준다'는 것이었다.

효과가 발동하는 조건은 팔 보호구에 직접적인 물리 공격이 가해졌을 때뿐이었다. 실력이 동등한 상대와 싸울 때는 조금씩 효과를 발휘하는 장비였다.

다만 공격한 쪽의 STR이 아이템을 장비한 쪽보다 100 이상 높은 경우는 발동하지 않기에 지금의 신에게는 단순히 공격력만 높여주는 장비일 뿐이었다.

오히려 신이 경계하고 있는 건 【창아의 팔 보호구】의 효과가 발동하지 않는다는 걸 발크스에게 들키는 일이었다.

'역시 자기가 가진 장비 정도는 자세히 알고 있겠지. 만약 효과가 발동하지 않으면 STR이 100 이상 차이 난다는 걸 들키게 돼. 그러면 레벨 외의 요소도 궁금해할 테고……. 또 추궁당하는 것도 귀찮으니까 어떻게든 한 방에 끝내야겠군.'

신과 발크스의 레벨이라면 STR은 보통 100 이상 차이 나지 않는다. 하지만 【임계자】 칭호에 의해 1,000 이상의 차이가 발생했다.

아무리 길드 마스터라 해도 그에게 모든 것을 털어놓을 생각은 없었다.

강하다는 건 이미 들켰으니 최대한 봐주면서 괜찮은 실력으로 평가받기 위해 어떻게 해야 할지, 신은 계속해서 생각하고 있었다.

얼굴을 찡그리고 있던 건 그 때문이었다.

"무슨 생각을 하는 거지?"

"당신이 강하니까 어떻게 공격해야 좋을지 몰라서요."

"홋. 방금 전 싸우는 방식을 보니 아무래도 내 장비의 능력도 알고 있는 것 같더군. 이걸 아는 사람은 그다지 많지 않네만."

"글쎄요. 무슨 말씀이신지."

서로 농담을 나누면서도 신은 생각을 멈추지 않았다.

방금 전의 공방전에서 알게 된 점은 발크스가 공격 횟수로 승부하는 유형이라는 점이었다.

권투사는 사정거리가 짧지만 그만큼 공격 속도가 뛰어나기에 발크스의 전투 스타일도 당연하다고 할 수 있었다.

문제는 【푸른 수정의 경갑】에 의한 속도 증가 때문에 공격 속도가 더욱 상승되었다는 점이었다. 적당히 봐주면서 쓰러뜨리기는 조금 어려울 것이다.

'성가신 건 팔 보호구인데……. 한번 시험해볼까.'

신은 현재 사용할 수 있는 스킬을 확인하고 자세를 잡았다.

그의 움직임에 발크스가 반응하는 것보다도 빠르게, 신은 발을 내디뎠다.

신의 모습이 잔상과 함께 발크스에게 달려들었다. 신이 서 있던 자리에서는 흙먼지가 피어올랐다.

"쉿!!"

신은 단숨에 거리를 좁히며 오른쪽 주먹을 내뻗었다.

속임 동작 없이 정직한 공격이었지만 그 속도는 발크스가 아슬아슬하게 반응할 수 있는 정도였다. 그래서 발크스는 반사적으로 팔 보호구를 이용한 방어 자세를 취하고 말았다.

'걸려들었어!'

신은 확신과 함께 작전을 실행했다.

발크스에게 향하던 자신의 주먹을 팔 보호구에 닿기 직전 멈추고, 오른발로 발크스의 다리를 걸었다.

"윽!"

발크스는 바로 왼쪽으로 몸을 피하려 했지만, 의식이 신의 주먹에 집중되어 있던 탓에 반응이 늦어지고 말았다.

빠르게 내뻗은 공격으로 발크스의 몸이 허공에 떠올랐다.

【창아의 팔 보호구】는 적의 공격이 직접 닿지 않으면 효과가 없으므로 대미지 반사가 발동되지 않았다는 걸 들킬 염려는 없었다.

신은 무방비가 된 발크스의 팔 보호구를 붙잡고 즉시 맨손계 무예 스킬 【버들 던지기】를 발동했다.

【버들 던지기】는 몬스터 포획용이었기에 극히 낮은 대미지만 줄 수 있는 기술이었다. 따라서 발크스에게 치명상을 입힐 가능성은 없었다. 일시적으로 상대를 마비 혹은 기절시키는 효과도 있었지만, 이번에는 미리 효과를 꺼두었기에 주저 없

이 스킬을 사용할 수 있었다.

【버들 던지기】로 신에게 붙잡힌 발크스의 몸이 공중에서 깔끔한 원을 그리며 낙법을 취할 틈도 없이 지면에 격돌했다. 신은 마무리로 관절기를 사용했다.

"휴우. 일단 이 정도면 되지 않나요?"

발크스가 움직이지 못하는 걸 확인하고 나서 신이 물었다. 【임계자】의 효과가 없었다면 이만큼 깨끗하게 승부가 나진 않았으리라.

"……설마 이 정도로 간단히 제압당할 줄이야. 대미지가 이상하게 적던데, 마지막 기술은 스킬이었나?"

"그건 비밀입니다. 손에 든 카드를 너무 많이 보여주는 것도 좀 그러니까요."

"하핫, 그것도 그렇군. 내가 졌네. 자네의 실력은 잘 봤어. 이 정도면 걱정 없겠군."

기술에서 벗어나 일어선 발크스는 다시 한 번 악수를 권했다.

"……?"

"아까 했던 건 길드 마스터로서의 악수, 그리고 이건 달의 사당에서 인정받은 사람들끼리 나누는 악수일세."

"그런 거군요."

신은 고개를 끄덕이며 발크스의 손을 잡았다. 똑같은 악수지만 전에 했던 것과는 무언가가 다른 것 같은 느낌이 들었다.

"무슨 일이 있으면 언제든 말해주게. 길드 차원에서도, 내

개인적으로도 가능한 한 도와주겠네."

"한 사람만 그렇게 도와줘도 괜찮은 건가요?"

"문제 될 건 없네. 길드는 G랭크 모험가에게, 나는 개인적인 친구에게 도움을 주는 것뿐이야."

조직에 속한 이상 과도한 협력은 할 수 없다는 걸 은근히 돌려서 말하는 듯했다. 길드의 수장이라면 당연한 일이었기에 신은 그걸로 충분하다고 대답했다.

훈련장에서 길드로 돌아오자 워프 포인트가 있는 방에서 세리카가 기다리고 있었고, 두 사람에게 수고했다며 포션을 건네주었다.

조금도 다치지 않았기에 신은 사양하려고 했지만 갖고 있어도 손해 볼 건 없다는 발크스의 말에 일단 받아두기로 했다.

"자네가 모험가로서 활약하는 걸 기대하고 있겠네. 그럼 나중에 보세나."

신은 발크스와 헤어지고 세리카와 함께 길드의 홀 쪽으로 이어지는 통로를 걸어갔다.

"발크스 님과의 대결은 어떠셨나요?"

말없이 걷는 게 어색했던지, 세리카는 발크스와의 대결에 관한 화제를 꺼냈다. 싸운 시간이 생각보다 짧았기에 궁금해하는 건지도 모른다.

"싸우기 까다로웠어요. 또 붙을 일이 없길 기원하고 있네요, 절실하게."

"그렇게 흔히 있는 일은 아니니까 안심해도 될 거예요."

"훈련한다는 명목으로 또 대련 같은 걸 하자고 할 것 같은데요……."

설령 훈련이라 해도 길드 마스터와 싸우는 사태는 더 이상 없으면 좋겠다고 생각하며 신은 한숨을 쉬었다.

한편 세리카는 신의 모습에서 위화감을 느끼고 있었다. 도저히 레벨이 200이 넘는(실제로는 상한선인 255지만) 강자로는 보이지 않았던 것이다.

레벨이 높은 모험가는 일반인과는 다른 위압적인 분위기를 풍기는 경우가 많았다.

업무 때문에 그런 인물을 자주 접하는 세리카도 여전히 무의식중에 몸이 떨리는 경우가 적지 않았다.

그런데 어깨를 살짝 늘어뜨리며 한숨짓는 신에게는 그런 느낌이 전혀 없었다. 세리카는 오히려 이상한 안도감 같은 것을 느끼고 있었다.

'신기한 사람이야…….'

세리카가 그런 생각을 하는 사이 두 사람은 홀에 도착했다.

"오늘은 수고 많으셨습니다. 길드 카드는 내일 이후로는 언제든지 받으러 오셔도 됩니다. 푹 쉬고 난 뒤에 찾아와 주세요."

"그렇게 할게요. 아, 혹시 괜찮다면 추천할 만한 여관을 가르쳐주지 않으실래요? 이 도시에 오늘 처음 온 거라 잘 모르거든요."

신은 혹시나 해서 물어보았다. 좋은 여관의 기준은 잘 모르지만, 첫날부터 형편없는 여관에서 묵고 싶진 않았다.

"그러면 주택 지구에 있는 여관인 혈웅정穴熊亭이 좋겠네요. 식사도 맛있으니까 분명 마음에 드실 거예요. 길드 앞의 큰길을 오른쪽으로 똑바로 나아가면 곰의 앞발이 그려진 간판이 보일 테니까, 그걸 찾아가면 될 거예요."

"……알겠습니다. 혈웅정이라고요. 고마워요."

신은 혈웅穴熊이라는 단어에서 문득 불길한 예감이 들었지만, 세리카가 소개해주는 거니 괜찮을 거라 생각하기로 했다.

신은 세리카에게 고맙다고 말하며 길드를 나섰다.

그리고 '곰과 만나지 않게 해주세요' 하고 느긋한 생각을 하며 여관을 향해 걸어가기 시작했다.

길드를 나와 걸은 지 25분.

신의 눈앞에는 곰의 앞발이 그려진 간판이 있었다. 세리카가 말한 그대로였기에 여기가 혈웅정일 것이다.

닫힌 문 안쪽에서 웃음소리가 계속해서 들려왔다. 정말 즐거운 분위기인 것 같았다.

"여기가 맞나 보네."

신은 만약을 위해 다시 한 번 간판을 확인한 뒤에 문의 손잡이를 잡았다. 천천히 문을 열자 여관 내부의 소란스러움이 더욱 크게 들렸다.

홀에는 카운터식 좌석과 다인용 테이블이 7개 있었다. 테이블은 5개가 이미 꽉 차 있었고, 테이블마다 모험가로 보이는 집단이 맥주잔을 손에 든 채로 떠들어대고 있었다.

신이 입구에서 그런 풍경을 바라보고 있자 갑자기 등 뒤에서 내리쬐던 햇볕이 차단되었다.

신은 무슨 일인가 싶어 뒤를 돌아보았다.

"응?"

시야에 들어온 건 꽃모양 자수가 들어간 앞치마와, 신의 3배는 될 만큼 두꺼운 팔뚝이었다.

"어서 오세요! 혼자 오셨나?"

굵은 목소리가 머리 위에서 들려왔기에 신은 시선을 올렸다. 그러자 바위처럼 강인한 얼굴에 흉악하게만 보이는 미소를 띤 인물과 눈이 마주쳤다.

"엄청 크네……."

신은 자기도 모르게 중얼거렸다.

신도 180세메르를 넘기는 큰 키였다. 하지만 신의 눈앞에 있는 인물은 거의 230세메르 정도 되어 보였다. 그야말로 거인이었다.

"왜 그래, 형씨? 기운이 없구먼."

"앗! 저기, 당신은?"

신은 남자의 말에 정신을 차렸다. 하지만 동문서답을 하고 말았다.

"나 말이야? 난 이 혈웅정의 주인이자 간판 아저씨! 도우머 베어다!"

"……아저씨…… 라고?"

"그래! 그 사람을 보기 위해 손님들이 모여드는 인기 스타! 바로 내가 간판 아저—."

"그건 간판 여점원이잖아!"

신은 더는 참을 수 없어 소리치고 말았다.

"으음. 좋은 지적이군!"

그리고 자칭 간판 아저씨는 무슨 이유인지 엄지를 치켜들었다.

"가게를 잘못 들어왔나……."

"그렇게 부끄러워 말라고, 청년."

"아니, 누가 부끄러워한다고 그래! 대체 어떻게 보면 그렇게 되는 건데?"

어느새 콩트의 한 장면이 되어가고 있었다.

"좋아, 형씨!!"

"더 해, 더 해!!"

취객들의 함성에 신은 한숨을 쉬었다. 완전히 구경거리 신세가 되어 있었다.

"하아, 다른 여관이라도 찾아야―."

"잠깐, 뭐 하는 거야!!"

그때 신의 중얼거림을 지워버리듯이 한 여성의 목소리가 실내에 울려 퍼졌다.

목소리는 도우머의 뒤에서 들려온 것 같았지만, 거구에 가려진 탓에 신에게는 그녀의 모습이 전혀 보이지 않았다.

"아빠. 이상한 소리 좀 하지 말라고 내가 평소에도 이야기 했잖아. 이상한 소문이라도 나면 어쩌려고 그래?"

말투는 온화했지만 목소리는 분명히 화를 내고 있었다. 아무 상관 없는 신마저도 무심결에 겁을 집어먹을 정도였다.

"아니, 이건 말이지, 그냥 깜짝 이벤트……."

"시끄러워."

변명마저 일축당하고 말았다. 방금 한 발언으로 볼 때 목소리의 주인공은 도우머의 딸일 테지만, 혼내는 쪽과 혼나는 쪽이 뒤바뀐 것 같다는 느낌이 들었다.

"여긴 내가 알아서 할 테니까 아빠는 주방에서 엄마나 도와드려!"

"아, 알았어."

도우머는 어깨를 축 늘어뜨리며 주방 쪽으로 사라졌다. 그의 등이 갑자기 작아 보이는 건 기분 탓이 아닐 것이다.

"갑자기 이상한 걸 보게 해서 미안해. 오늘은 식사하러 온 거야? 아니면 숙박하러?"

도우머의 존재는 이제 물건처럼 취급되고 있었다.

그건 그렇고 도우머가 사라지면서 숨겨져 있던 딸의 모습을 겨우 볼 수 있었다.

갈색 머리카락을 단발로 자른 소녀였다. 얼굴에 지은 미소는 영업용일 테지만, 그래도 충분히 매력적이었다. 예쁘다는 말보다 귀엽다는 말이 잘 어울렸다.

방금 전의 대화가 아니었다면, 신은 도우머와 눈앞의 소녀가 부녀 관계일 거라고는 상상조차 하지 못했을 것이다.

"아~ 숙박으로 부탁해. 아버지는 항상 저러는 거야?"

"웬만하면 잊어줬음 하지만…… 가끔씩. 모험가들은 대부분 성격이 좋으니까 괜찮지만, 상인들은 보통 불쾌해서 기분을 풀어주느라 애먹을 때도 있어. 숙박은 저녁 식사와 아침 식사까지 포함해서 쥬르 은화 2닢이야. 욕실을 사용하고 싶을 때는 그때그때 말해줘. 요금은 쥬르 동화 4닢. 아침 식사는 9시 종이 울릴 때까지는 언제든 먹을 수 있어."

"알았어."

숙박비로 쥬르 은화 2닢이 비싼 건지 싼 건지는 몰랐지만, 지금 가진 돈이면 여유가 있었기에 수락하기로 했다.

"언제까지 여기 묵을지 모르는데, 그럴 때는 어떻게 해야 되지?"

"그러면 하루마다 요금을 지불하거나, 일정한 날짜만큼 한꺼번에 지불하고 부족하면 추가로 내는 방법이 있어. 일단 확인해두는 건데, 넌 모험가지?"

"응. 오늘 처음 등록하고 오는 길이야. 세리카 씨가 여길 소개해줬거든."

"세리카 씨의 소개로?! 그러면 빨리 얘길 했어야지. 쥬르 은화 1닢과 쥬르 동화 90닢이면 돼. 모험가라면 한꺼번에 지불하는 쪽이 나을 거야. 의뢰 때문에 며칠 동안 숙소를 비워두는 일이 자주 있을 테니까. 요금을 지불하지 않은 상태에서 나가버리면, 안에 있는 물건은 이쪽에서 처분하게 되니까 조심하고."

모험가에게 장기 의뢰는 드문 일이 아니기에 한동안 돌아오지 못하게 될 때도 있다. 그렇게 되면 하루마다 요금을 지불할 수 없게 된다.

위험한 의뢰를 맡은 모험가는 사망할 가능성도 있었다. 언제 돌아올지 모르는 모험가의 방을 요금도 미지불된 채로 남겨두는 건 여관 입장에서 커다란 손해였다.

"그러면 한꺼번에 지불해둘까. 일단은 이걸로."

신은 그렇게 말하며 품(인 것처럼 보이면서 아이템 박스)에서 쥬르 금화를 1닢 꺼내 건네주었다.

"50일 치구나. 남은 돈은 어떻게 할래?"

"욕실을 사용하게 될 테니까 사용료는 거기서 빼줄 수 있을까?"

"알았어. 부족해지면 말할게. 그러면 숙박 명부에 이름을 써줘. 만약 대필이 필요하면 쥬르 동화 2닢이야."

"아니, 괜찮아……. 이거면 돼?"

소녀는 신이 적은 명부를 확인하더니 객실 열쇠를 건네주었다.

"……응, 괜찮아. 신 씨라는 이름이구나. 그럼 이걸 받아. 방은 2층에 있는 201호실이야. 귀중품을 넣는 박스는 알고 있어?"

"박스? 아니, 처음 듣는데."

신은 고개를 갸웃거렸다.

"그러면 알아둬서 손해 볼 건 없어. 박스가 있는 여관은 우수 업소라는 증거니까. 박스라는 건 한마디로 귀중품을 맡겨두는 금고 같은 거야. 넣어둔 본인과 관리자가 아니면 열 수없고, 물리 공격과 마법 같은 스킬, 아츠에게서 안의 내용물을 지켜줘. 박스 자체도 매직 아이템이지만 말이지. 어쨌든 거기에 넣어두면 여관 전체가 파괴된다 해도 내용물은 무사할 거야. 어때? 굉장하지! 웬만한 여관에서는 좀처럼 볼 수 없는 거라고."

박스에 대해 설명하면서 가게 선전까지 덧붙이는 걸 보면 참 야무진 아이라는 생각이 들었다.

적어도 주변 가게보다 우수하다는 건 틀림없을 것이다. 신은 간판 아저씨가 없다면 완벽했을 거라는 쓸데없는 생각을 하며 웃음을 터뜨릴 뻔했지만 간신히 참아냈다.

열쇠를 받아 든 신은 그대로 2층으로 올라갔다. 특별히 놓아둘 짐이 있는 건 아니지만 어떤 방인지 한번 확인해두려고 생각한 것이다.

신이 묵을 201호실은 2층의 가장 끝에 있었다.

5평 정도의 실내에는 책상과 의자, 침대와 옷장이 배치되어 있었고 혼자 묵기에는 충분한 넓이였다.

방 안쪽에는 아까 설명받은 박스로 보이는 물건이 있었다. 그 밖에는 그럴듯한 물건이 없는 걸 보면 틀림없으리라.

그리고 놀랍게도 방에는 화장실—그것도 수세식 화장실이 있었다.

원래 【THE NEW GATE】에는 화장실이라는 게 존재하지 않았다.

아무리 현실성을 추구한다 해도 게임 안에서까지 배설 행위를 하고 싶어 하는 사람은 제작자 중에 없었던 것이리라.

넓은 필드를 누비다 갑자기 화장실에 가고 싶어지고, 그런 와중에 몬스터에게 습격당하기라도 하면 엄청난 자괴감에 빠지고 말 것이다.

데스 게임이 된 뒤에도 그건 바뀌지 않았기에 신이 화장실을 보는 건 어언 1년 만이었다.

혈웅정이라는 여관의 수준을 생각해보면 방마다 화장실이 있는 게 당연하다 할 수 있었다.

다만 화장실이 필요 없는 생활을 보내온 신은 놀라움과 그리움이 뒤섞인 묘한 기분에 빠져들었다.

"설마 화장실을 보고 그립다는 생각을 하게 될 날이 올 줄이야……."

1년 만에 보는 화장실을 과연 아무 문제 없이 사용할 수 있을까……. 신은 약간 불안해지는 게 사실이었다.

✝

신은 방 안을 한차례 확인한 뒤에 문을 꼭 잠그고 아래층으로 내려왔다.

식사와 함께 정보 수집을 하기 위해서였다. 일단 길드에서도 식사를 했기에 배는 그렇게 고프지 않았다. 그러나 모처럼 요금에 식사비가 포함되어 있으니만큼 먹지 않는 것도 아까웠다. 신은 무슨 요리를 주문할지 고민하고 있었다.

1층에서는 방금 전과 마찬가지로 모험가들이 모여 수다를 떨고 있었다.

게임할 때의 버릇으로 자신도 모르게 레벨을 확인하게 된다. 【애널라이즈·Ⅹ】에 따르면 모험가들의 평균 레벨은 120 정도였다.

'그러고 보니…….'

신은 달의 사당에서 본 기사들을 떠올렸다.

그다지 자세히 보긴 않았지만 그들의 레벨은 100~110 언저리였다.

마지막으로 남았던 알디와 두 기사는 레벨이 좀 더 높은 것 같았는데, 신은 이 나라 모험가와 기사의 역학 관계에 대한 쓸데없는 고민을 했다.

신은 빈자리에 앉아 요리를 주문한 뒤에 음식이 나올 때까지 주위의 소음에 귀를 기울여보았다.

일정 범위 내의 소리를 선명하게 들리게 해주는【귀 기울이기】나 특정한 소리를 들리지 않게 하는【노이즈·캔슬】같은 스킬을 사용하면 떨어진 자리에 앉은 사람의 중얼거림까지도 들을 수 있었다.

게임에서는 메뉴에 표시된 것 외에는 선택할 수 없었다. 하지만 이쪽 세계에 온 뒤부터 선택은 사용자, 즉 신의 생각 하나로 자유롭게 선택할 수 있었다.

그곳에서 들려오는 건 대부분이 무의미한 잡담이었다. 하지만 이런 곳에서 얻는 정보는 결코 무시할 수 없다는 게 신의 생각이었다.

대부분의 게임에서도 그렇지만, 생각지도 못한 곳에서 생각지도 못한 정보를 입수하는 경우가 많기 때문이다. 그게 이 세계에서도 통할지는 알 수 없었지만, 어차피 신은 이쪽 세계의 상식조차 잘 모르기에 사소한 이야기라도 들어서 손해 볼 건 없었다.

『그거 들었어? 또 빌헬름이 마물 무리와 한판 벌였다던데.』

『배고파~. 밥 먹자, 밥.』

『북쪽 숲에서 스컬페이스가 나타났다는 소문 들었어?』

『최근에 히르크 약초가 많이 채취된다더군.』

『맥주 맛있네.』

『주문해도 될까요~?』

『간판 아저씨…… 라고?』

『츠구미, 여기 술 좀 따라줘~. 잠깐만, 도우머, 이건 놓다…… 아~~~~.』

취한 남성 한 명이 공중에 떠올랐지만 신경 쓰는 사람은 아무도 없었다. 평소에도 흔히 있는 일이려니 하며 신도 그냥 지켜보았다.

한편 몇 가지 신경 쓰이는 단어가 들렸기에 신은 머릿속에서 정리해보았다.

특별히 언급해야 할 것은 스컬페이스였다.

이건 언데드 계열 몬스터이며, 스컬페이스·○○처럼 뒤에 폰이나 잭, 퀸 등의 등급을 나타내는 단어가 붙는다. 등급에 따라 몬스터의 레벨이 크게 다르기 때문에, 분명히 확인하지 않았다간 전멸할 위험이 있었다.

"많이 기다렸지? 주문한 요리가 나왔습니다."

그 목소리에 신은 퍼뜩 정신이 들었다. 평소와 다른 종류의 스킬을 사용하고 있던 탓에 상당히 집중하고 있었던 모양이었다.

목소리가 들린 방향으로 고개를 돌리자 도우머의 딸이 요리를 테이블 위에 올려놓고 있는 중이었다.

"멍하니 있던데, 무슨 일 있어?"

"아아, 잠깐 생각할 게 있어서. 저기, 이름이……."

"아, 내 소개를 안 했구나. 츠구미 베어라고 해. 엄마 아빠는 주방에 계실 때가 많으니까, 무슨 일이 있으면 나한테 말해줘."

"알았어. 이미 알고 있을 테지만 난 신이야. 일단 모험가고."

"일단?"

"아직 길드 카드를 못 받았거든."

"그렇구나. 그런데 방금 무슨 생각을 그렇게 한 거야? 랭크를 빨리 올리려면 어떻게 해야 하나, 뭐 그런 생각?"

요리를 올려놓은 뒤에는 일을 하러 돌아갈 거라 생각했지만, 츠구미는 테이블 맞은편 자리에 앉더니 흥미진진한 얼굴로 질문했다.

신참 모험가가 그렇게 신기한 걸까.

"랭크는 천천히 올리면 돼. 외딴 시골 출신이라 이쪽 상식을 잘 모르거든. 주변 사람들을 보면서 참고하고 있었어."

"그렇구나. 난 이 도시에서만 살았는데, 다른 나라의 상식도 그렇게 많이 다르진 않다고 들었어."

"그래? 뭐, 조심해서 나쁠 건 없잖아."

"흐음~ 넌 참 특이하구나. 처음 모험가가 된 사람은 빨리 강해지고 싶다거나 랭크를 올리고 싶다는 사람이 대부분인데. 낮은 랭크의 모험가는 자주 얕보인다면서."

"그럴 테지. 하지만 상관없어. 난 특이한 놈이니까. 무시당할 때는 그에 맞는 대응을 하면 돼."

신은 자신만만하게 히죽 웃어 보였다. 일반적인 모험가의 이미지가 어떤지는 잘 몰랐지만, 보통은 실력에 자신이 있는 사람이 많을 테니 이 정도면 그럴듯해 보일 거라는 생각이었다.

"헤에, 실력에 자신이 있나 보네?"

"나름대로. 위험할 때는 잽싸게 도망치지만 말이야. 죽고 싶진 않으니까."

굳이 소란을 일으킬 생각은 없었지만, 머지않아 무슨 일에 휘말릴 것 같은 느낌이 든다고 신의 직감이 경고하고 있었다.

"그건 그렇고 자연스럽게 의자에 앉던데, 다른 테이블은 안 봐도 되는 거야? 종업원이잖아."

"주문이 있으면 부르는 소리가 들릴 테니까 괜찮아. 그리고 봐, 지금은 엄마도 나와 있고."

츠구미의 시선을 쫓아가자 그녀와 똑같은 갈색 머리카락을 목 뒤로 묶은 여성이 다른 테이블에서 주문을 받고 있었다.

신은 츠구미가 엄마를 닮았구나 생각하며 납득했다. 츠구미가 성장하면 이렇게 되지 않을까 싶은 미인이었다.

"농땡이 치는 거잖아……."

"농땡이 아냐. 정보 수집이야, 정보 수집."

"신참 모험가 상대로?"

"장래가 유망할지도 모르잖아. 그리고 이래 봬도 많은 모험가들을 봐왔으니까 사람 보는 눈이 있는걸."

자기 가슴에 손을 얹으며 말하는 츠구미의 표정은 자신감이 넘치고 있었다.

"헤에, 그럼 난 어떤데?"

"글쎄…… 대충 85점 정도?"

"……좋아해야 하는 건가?"

높다면 높은 점수지만 채점 기준을 알 수 없기에 순순히 기뻐할 순 없었다.

"살짝 기대할 만하다는 정도야."

"엄격하네. 감점 요소는?"

"향상심이 낮다는 점, 그게 가장 커. 이제 막 모험가가 된 것치고는 너무 침착하고. 자기 실력을 과신하는 것 같진 않지만 높은 곳으로 올라가려는 의지가 없으면 대성하기 힘들어. 내 경험상 그렇다는 이야기지만."

"향상심이라. 뭐, 그건 차차 생각해볼게."

애초에 모험가로 이름을 떨치기 위해 길드에 등록한 건 아니기 때문에 대충 열심히 해보자는 생각밖에 없었다. 아무래도 그게 츠구미의 마음에 들지 않았던 모양이다.

"여유 만만하네……. 뭐, 그게 너다운 건지도 모르지만. 흠,

더 이러고 있으면 진짜 혼날 것 같으니까 그만 일하러 갈게. 잘 해봐."

츠구미는 윙크를 하며 자리에서 일어나더니 주문을 받기 위해 홀을 돌기 시작했다.

어느새 손님이 늘어나 테이블이 전부 꽉 차 있었다.

다인용 테이블을 혼자 점령하고 있는 것도 눈치가 보였기에, 신은 요리를 재빨리 먹어치운 뒤 방으로 후퇴했다.

사람이 많아지면 문제가 발생할 가능성도 높아진다. 신참 모험가는 얕보인다는 츠구미의 조언에 순순히 따르기로 한 것이다.

방에 돌아와도 할 일이 있는 건 아니었다. 굳이 만들자면 짐 정리 정도였다.

이쪽 세계에 온 뒤로 대략적인 확인만 해두었기에 소지품을 하나하나 정리하는 일도 필요했다.

짐 확인이 끝난 뒤에는 목욕탕을 빌려서 가볍게 땀을 씻어내고 잠들기 편한 복장이 되었다. 하지만 사실 평소 입고 있는 장비에서 일부를 벗어둔 것뿐이었다.

방 내부에 결계 스킬을 전개해두고 침대에 들어가는 건 게임할 때부터 이어진 습관이었다. 탐지 계열 스킬도 있기에 그렇게 간단히 기습당할 일은 없을 테지만 조심해서 나쁠 건 없었다.

침대는 푹신푹신하고 편안했다. 신은 마음속으로 세리카에게 감사해하면서 수마에 몸을 맡겼다.

얕게 잠이 들면서 멍해진 머릿속에서 문득 깜빡하고 있던 일이 떠올랐다.

그러고 보니—.

"전언을…… 안 남겼…… 네……."

그를 알고 있을지도 모르는 슈니를 찾았음에도, 여러 가지 일이 있었던 덕분에 티에라에게 전언을 남기지 못한 것이다.

†

아침에 일어나 처음 눈에 들어온 건 낯선 천장이었다.

여긴 어디냐고 중얼거릴 뻔했지만 차츰 어제 있었던 일들이 생각나기 시작했다.

오리진과의 싸움, 이세계로의 차원 이동, 티에라가 걸린 저주, 길드에서 벌인 전투…….

눈을 떠보니 병원 같은 곳의 침대 위에 누워 무사히 로그아웃되어 있었다면 얼마나 좋았을까.

"그런 행운이 있을 리 없겠지."

신은 중얼거리며 주위를 둘러보았다. 방 안은 아직 어두웠고 해가 뜨기 전이라는 걸 알 수 있었다.

1층에서는 사람이 움직이는 기척이 느껴졌다. 아무래도 이쪽 세계의 사람들은 상당히 빨리 일어나는 체질인 것 같았다.

"결계, 탐지 계열 스킬 전부 이상 없음. 기상하자마자 주위를 확인하다니, 일본에 있을 때의 나라면 생각도 못하던 일인데."

잘 때도 경계를 게을리하지 않게 된 건 언제부터였을까. 신은 쓴웃음을 지으며 이불 밖으로 나왔다.

창문을 열자 바깥 공기가 실내에 들어왔다.

살짝 쌀쌀한 바람을 느끼며 아래를 내려다보자 길을 지나는 사람들의 모습이 눈에 들어왔다. 인적은 드물었지만 도시가 점점 활기를 띠어가고 있다는 걸 알 수 있었다.

혈웅정은 다른 건물보다 방의 위치가 조금 높았기에 주택가인 서쪽 지구가 한눈에 보였다. 신은 게임과 다르게 그래픽이 아닌 도시의 모습을 어느새 넋 놓고 보고 있었다.

빨리 잠자리에 들어서인지 졸리지는 않았고 머리도 맑았다. 다시 자고 싶은 마음도 들지 않아 잠시 창밖을 내다보고 있자 도시를 뒤덮은 성벽 쪽에서부터 태양이 천천히 얼굴을 내밀기 시작했다.

어둑어둑했던 도시가 차츰 따뜻한 빛에 휩싸여갔다.

잠시 지나자 주위가 확 밝아졌고 길을 걷는 사람들도 늘어나 있었다.

신도 아이템 박스에서 재킷과 바지 같은 장비를 꺼내 갈아입은 뒤 방문을 잠그고 아래층으로 내려왔다.

1층에는 신처럼 식사를 하러 온 사람이나 이미 식사 중인 사람, 가게에서 나가는 사람까지 나름대로 많은 숫자가 모여 있었다.

얼핏 보니 대부분 모험가였다. 일출과 함께 행동을 시작하는 건 아무래도 드문 일이 아닌 것 같았다.

"좋은 아침. 어제는 잘 잤어?"

인사를 해온 건 츠구미였다. 빈 쟁반을 들고 있는 걸 보면 요리를 나르고 오는 길인 것 같았다.

"좋은 아침. 어젯밤은 푹 잤어. 덕분에 오늘 아침은 상쾌하게 눈을 떴고."

"그건 다행이네. 너도 아침 먹을 거지? 금방 가져올 테니까 앉아 있어."

"응, 잘 부탁해."

어제는 전체를 둘러볼 수 있는 테이블에 앉았지만, 오늘 아침은 그렇게 열심히 정보를 수집할 마음이 들지 않았기에 카운터 좌석에 자리를 잡았다.

나온 음식은 호밀 빵과 스튜였다.

호밀빵은 너무 딱딱하지 않은 바게트 정도의 식감이었고, 스튜는 온갖 야채와 고기가 듬뿍 들어가 있어 보기보다 푸짐했다.

주위를 둘러보자 다들 빵을 스튜에 찍어 먹고 있었다. 역시 호밀빵을 그대로 먹는 경우는 별로 없는 것 같았다.

"맛있는데."

푹 끓인 것이리라. 스튜의 건더기에는 전부 맛이 잘 배어 있고 입안에서 살살 녹을 만큼 부드러웠다. 그걸 빵과 곁들여 먹어보니 이게 또 별미였다.

예상보다 훨씬 맛있었기에 신은 빵과 스튜를 2번 정도 리필한 뒤에 한숨을 돌렸다. 그리고 과식하고 말았다는 것을 조금 반성했다.

"아침부터 잘 먹네."

"어제도 그랬지만, 여기 요리가 너무 맛있어서."

"그렇게 말해주니 기쁜데? 보답으로 한 가지 알려줄게. 길드에 카드를 받으러 가려면 좀 기다렸다가 출발하는 게 좋을 거야."

"이 시간에 가면 뭐가 있는 거야?"

"이른 아침에는 특히 붐비거든. 랭크가 낮으면 새치기를 당하거나 억지로 파티에 참가시키는 경우가 있으니까 조심하는 게 좋아."

"뭔가 좀 살벌하네. 길드 직원들은 말리지 않는 거야?"

"노골적인 행동이야 말리겠지만, 그런 녀석들은 꼭 들키지 않게 교묘히 움직이잖아."

"하긴. 그런 일에는 어지간히 능숙하겠지."

신은 틀림없이 소인배들일 거라 생각하며 시간을 늦추어 가기로 했다. 그런 인간들과 엮인다고 해서 곤란할 건 없었지만, 굳이 문제가 생길 만한 행동을 할 생각은 없었다.

"그런 녀석들이 꼭 중요할 땐 도움이 안 되는 거야."

"동감이군."

"뭐, 그러니까 좀 기다렸다가 천천히 가도록 해."

츠구미는 그 말만 남기고 주문을 받기 위해 다른 손님이 기다리는 테이블로 걸어갔다.

신은 츠구미의 배려에 대해 마음속으로 감사해한 뒤, 과실음료를 마시며 잠시 시간을 때우기로 했다. 딱히 할 일은 없었기에 어제와 마찬가지로 주위 대화를 주워듣거나 모험가가 가진 장비나 도구를 관찰했다.

게임할 때 자신이 아무 생각 없이 쓰던 아이템이 이쪽 세계에서는 매우 희귀하다는 걸 알게 된 건 오늘 아침이었다.

갈아입을 옷을 꺼내려고 아이템 박스를 열었을 때 문득 달의 사당에 진열되어 있던 무기나 도구가 떠올랐던 것이다.

그곳에 진열된 물품은 초심자용부터 그보다 약간 높은 레벨의 물건들이었고, 중급자가 쓸 법한 장비도 있긴 했지만 그나마도 손에 꼽을 정도였다.

상급자용 장비를 가게에 쭉 진열해놓았던 신은 살짝 슬퍼지기까지 했다.

그런 이유도 포함해서 역시 다른 사람의 장비가 궁금하긴 했다. 어젯밤에도 조금 봐두긴 했지만, 모험가가 많이 들락거리는 지금이 관찰하기는 더 좋았다.

"……."

신은 과실음료가 든 컵을 기울이며 다른 테이블로 자연스레 시선을 옮겼다.

대충 보니 무기는 동이나 철제가 많았고 그 이상의 물건은 얼마 없었다. 방어구도 가죽이나 철제뿐이었고, 마법이 부여된 장비를 착용한 사람은 거의 없었다.

어쩌면 게임 때보다 장비나 아이템의 질이 저하된 것은 아닐까.

신은 그런 가능성을 고려해 옷을 갈아입을 때 되도록 낮은 랭크의 장비를 선택해두었다.

지금 신이 입고 있는 건 『흙도마뱀의 재킷』과 『귀신 거미줄의 바지』였다. 둘 다 레벨 70이면 사냥할 수 있는 몬스터의 재료를 사용해 만든 장비였다.

하지만 모든 장비가 한계까지 강화되어 있기 때문에 성능은 약 4배까지 끌어올려져 있었다.

허리에 찬 검 『카즈우치數打』도 그랬다.

『카즈우치』는 사무라이 직업이 되면 얻을 수 있는 초기 장비로, 당연히 성능은 낮았다. 설령 강화되어 있다 해도 플레이어 대부분은 레벨이 오른 뒤에 팔거나 창고에 넣어두는 무기였다.

그런 장비임에도 주위 모험가들의 무기보다 성능이 좋은 걸 보면, 이쪽 세계의 무기 퀄리티를 충분히 알 만했다.

이렇게 되니 발크스가 갖고 있던 장비는 상당한 귀중품이라고 할 수밖에 없었다.

그 뒤로 30분 정도 시간 때우기 겸 정보 수집을 한 뒤, 신은 웅혈정을 나섰다.

†

신은 길드로 이어지는 길을 걸어가며 거리의 풍경을 바라보았다.

어제 지났을 때는 시간대 때문인지 그렇게까지 인파가 많지는 않았다. 하지만 지금 서쪽 지구에서 남쪽 지구, 그리고 동쪽 지구로 이어지는 큰길은 어딜 가나 대혼잡이었다.

길가에는 여러 가지 가게가 늘어서 있어 아침 식사를 하는 사람이나 점심용 도시락을 사는 사람들로 북새통을 이루고 있었다. 또한 노점에는 무기나 매직 아이템처럼 모험에 필요한 물건부터 어디 쓰는지 짐작도 안 가는 수상한 도구까지 여러 가지가 진열되어 있었다.

아직 해가 뜬 지 2시간밖에 안 되었다는 게 믿기지 않을 만큼 활기가 넘쳤다.

신은 노점을 구경하면서 길드를 향해 걸어갔다. 무기를 가진 모험가도 많았기에 신이 검을 차고 있다고 주목받을 일은 없었다.

그래도 신은 【서치】를 사용하고 말았다. 아무래도 경계하는 게 버릇이 되어버린 것 같았다.

소개장도 갖고 있으니 조심해서 나쁠 건 없다고 생각하며 스킬 사용을 멈추지 않았다.

40분 정도 걸어가자 간신히 모험가 길드 간판이 보였다. 인파를 헤치며 온 탓인지 어제보다 시간이 많이 걸렸다.

신은 문을 열고 나오는 모험가 집단과 엇갈리듯 건물 안으로 들어섰다. 시간을 늦추었음에도 아직 사람이 많은 것 같았다.

접수 데스크에는 세리카 외에 엘프 여성이 있었다. 티에라와 똑같이 가늘고 뾰족한 귀가 보였기에 분명 엘프일 것이다.

신은 접수 데스크에 다가가 먼저 세리카에게 말을 건넸다.

"안녕하세요. 길드 카드를 받으러 왔는데요."

"안녕하십니까, 신 님. 길드 카드 말씀이시죠. 가져올 테니 잠시만 기다려주세요. 그리고…… 엘스, 이분이 아까 이야기한 신 님이야."

세리카가 말을 걸자 옆쪽 데스크에 앉아 있던 엘프 여성이 신에게 다가왔다.

"안녕하세요, 신 님. 엘스 바르트라고 합니다. 어제 저를 찾으셨다고 들었는데 무슨 용건이신가요?"

20대 중반 정도로 보이는 엘스는 미인 종족인 엘프답게 아름다웠다.

허리까지 내려오는 머리카락은 숲의 나무들처럼 선명한 녹색이었다. 호수를 연상시키는 푸른 눈동자에 키는 여성치고 큰 170세메르 후반 정도였다.

모델 뺨치는 스타일과 미모. 그런데도 모험가를 하고 있다니, 세상에는 알 수 없는 일이 참 많은 법이다.

계속 물끄러미 쳐다보고만 있을 수도 없었기에 신은 바로 이야기를 꺼냈다.

"이것 말인데요. 아마 당신에게 보낸 것 같다고 들었거든요."

신은 아이템 박스에서 달의 사당의 소개장을 꺼내 엘스에게 건넸다. 도난 방지 처리를 이미 해둔 뒤였다. 가짜와 바꿔치기하거나 갖고 도망치려 하면 아이템이 자동으로 주인에게 전송된다.

"저에게…… 라고요?"

신이 애매하게 돌려서 말하자 엘스는 고개를 갸웃거리며 소개장을 펼치고 내용을 읽어 내려갔다.

그러다 갑자기 눈이 크게 떠지더니 차츰 믿을 수 없는 것을 본 사람처럼 멍하니 중얼거렸다.

"설마…… 아니, 하지만…….''

동료의 반응을 보며 살짝 걱정하는 표정을 짓는 세리카와, '대체 뭐라고 적힌 거야?' 하고 내용이 궁금해진 신.

티에라가 저주에 관한 내용을 적은 것일까. 하지만 티에라는 그걸 비밀로 해두었다고 하지 않았던가. 신은 도저히 짐작조차 할 수 없었다.

엘스는 어지간히 놀랐는지, 신과 세리카의 존재를 완전히 잊어버린 것처럼 혼자 뭔가를 중얼거렸다. 하지만 퍼뜩 정신을 차리며 신에게 시선을 보냈다.

"저기…… 무슨 일이죠?"

신은 자신을 뚫어지듯이 바라보는 엘스의 눈빛에 약간 움츠러들었다.

"네가…… 티에라를…… 고맙다. 나도 감사 인사를 하고 싶군."

엘스는 말하자마자 당돌하게 고개를 숙였다. 갑자기 말투까지 바뀌어 있었다.

"죄송한데요, 무슨 상황인지 모르겠어서 그러는데……."

너무나 갑작스러운 일이라 신은 뭐가 뭔지 영문을 알 수 없었다.

"앗…… 미안하군. 나도 동요한 모양이다. 세리카, 잠깐 자리를 비울 테니 여길 부탁한다. 여기서 하기에는 좀 곤란한 이야기라서. 미안하지만 안쪽 방으로 안내할 테니 나머지는 거기서 듣지 않겠는가?"

그게 평소의 말투인지 엘스가 익숙하게 지시를 내리자 세리카는 웃으며 대답했다.

"알겠습니다. 접수 데스크에는 다른 분을 오시라고 할게요."

"알겠습니다……."

두 번째로 별실에 안내받게 된 신은 뭔가 또 무슨 문제인가 싶어 약간 어깨를 늘어뜨리면서도 제안을 수락했다.

두 사람은 어제와 마찬가지로 접수 데스크 안쪽의 통로를 지나 응접실로 보이는 방에 들어왔다.

엘스는 문 열쇠를 잠근 것뿐만 아니라 뭔가를 더 조작한 뒤에 소파에 앉았다. 신도 마찬가지로 자리에 앉았다.

"다시 한 번 감사 인사를 하고 싶군. 티에라의 저주를 풀어 줘서 정말로 고맙다."

"아아, 그런 거구나."

아무래도 엘스는 티에라의 저주에 대해 알고 있는 것 같았다. 소개장에는 어제 벌어진 일이 적혀 있었으리라.

"고개를 들어줘. 난 그렇게 거창한 생각으로 한 일이 아니니까."

"그래도 괜찮다. 나도 저주 해제 방법을 찾고 있었지만 단서 하나 찾아낼 수 없었다. 그걸 네가 해준 거다. 감사를 받아야 마땅해."

어쩌면 그녀가 어제 모험하러 나간 것 역시 저주를 풀기 위해서였는지도 모른다.

"웬만하면 주위에 알리진 말아줬으면 좋겠어. 그리고 그게 원래 말투야?"

"알고 있다. 숲의 정령의 이름을 걸고 이 정보를 누구에게도 밝히지 않겠다고 약속하마. 솔직히 말하면 공공연히 말할 수 있는 내용도 아니니까 말이지. 말투는 이게 가장 말하기 편하다. 그런 사소한 부분은 신경 쓰지 않는 사람이라고 티에라가 적었던데, 혹시 불쾌했던 건가?"

"말투는 편하게 해. 나도 편하게 말할 테니까. 그래서? 이 방에 데려온 이유는 그것뿐만이 아니잖아. 방금 문에 뭔가를 하는 것 같았고."

"그건 도청 방지 마법이다. 이제부터 내가 하는 이야기는 길드 직원도 들으면 안 되니까 말이지. 개인적인 질문이긴 하지만."

신은 한숨을 내쉬었다. 엘스의 태도에서 자신에게 관심이 있다는 게 대충 느껴지긴 했지만, 이건 직권 남용이라는 생각도 들었다.

"일단 말해두지만 모든 것을 대답할 생각은 없어."

"그건 알고 있다. 하지만 50년 넘게 찾았는데도 단서 하나 발견하지 못한 저주 해제 방법—그걸 꼭 알고 싶었던 거다."

지적 호기심 때문이었으리라. 하지만 그 외에도 선망과 갈망이 뒤섞인 감정을 엘스의 눈빛에서 읽어낼 수 있었다.

50년. 신이 살아온 것의 2배가 넘는 시간 동안 티에라를 위해 애써온 것이다. 설령 이제는 필요가 없어졌다고 해도 그게 무슨 방법인지 알고 싶어 하는 게 당연했다.

어쩌면 그 밖에도 저주에 걸린 사람들이 있을지도 모른다.

"저주를 해제한 방법이 소개장에 적혀 있지 않았던 거야?"

"서둘러 쓴 것 같더군. 거기까진 적혀 있지 않았다. 그건 그렇고, 어떤가? 최대한의 보답은 하겠다. 내게 가르쳐줄 순 없겠나!"

엘스는 소파에서 몸을 앞으로 내밀며 다그쳤다. 미인이 다그치는 건 나쁘지 않은 느낌이었지만, 신은 살벌한 기세에 눌리고 말았다.

이쪽 세계의 상식을 잘 모르는 신은 섣불리 【정화】에 대해 이야기해도 되는 건지 좀처럼 판단이 서질 않았다.

하지만 엘스는 티에라의 저주에 대해 알고 있었고, 그런 티에라가 굳이 소개장에 메시지를 적을 만한 상대였다. 게다가 티에라를 위해 해제 방법을 오랫동안 찾아왔다고 하지 않는가.

신은 가르쳐줘도 문제가 없을 거라고 결론지었다.

"알았으니까 앉아. 다 알려줄 테니까 좀 진정해."

신은 흥분한 엘스를 소파에 앉히며 자신도 다시 자리에 앉았다.

"저주를 푸는 방법, 그건 신성계 스킬 【정화】야. 그 외에도 방법은 있지만, 지금 내가 아는 범위 내에서는 이게 가장 확실한 방법이지."

지식적으로 알고는 있지만, 아이템으로 저주를 해제한 경험은 아직 없었기에 단언하지 않기로 했다.

"【정화】라…… 설마 그 스킬에 그런 효과도 있었을 줄이야."

'그것만 알았어도' 하고 엘스는 분한 표정을 지었다.

티에라의 말에 따르면, 【정화】를 습득한 사람은 대부분이 고위 신관이라고 했다. 뭔가 연줄 같은 게 닿아 있었는지도 모른다.

"【정화】를 습득…… 아니, 이 경우는 계승이었지. 그런 녀석이 얼마나 있는 거야?"

신은 문득 질문을 꺼냈다.

"모른다. 【정화】를 익히기 위한 조건은 교회에서도 제법 지위가 높은 사람들만 알고 있으니 말이지. 효과도 전부 밝혀진 게 아니다. 애초에 교회에 속하지 않았으면서 【정화】를 쓸 수 있는 사람은 들어본 적도 없지."

"뭐…… 라고?"

엘스의 대답에 신은 어깨를 축 늘어뜨렸다.

교회 내에서도 희귀한 스킬을 쓸 수 있다는 것이 알려지면 상당히 귀찮아질 거라고 쉽게 상상할 수 있었다. 스킬을 사용할 수 있다는 것만으로도 충분히 주목을 받을 텐데, 그 스킬이 희귀하다는 걸 알게 되면 엮이고 싶지 않은 인간들까지 우르르 몰려올 것만 같았다.

"불길한 예감만 드네……. 부탁이니까 아무한테도 말하지 말아줘."

"물론이다. 나도 스킬 보유자니까 스킬 때문에 발생하는 트러블이 많다는 건 잘 알고 있다. 티에라를 구해준 네 비밀인데 당연히 지켜야지."

엘스는 별일 아니라는 듯이 대답했다. 조직에 속한 이상 윗사람에게 보고할 의무가 있지 않나 생각했지만, 신의 쓸데없는 걱정인 것 같았다.

"뭐, 조심해준다면 됐어."

죽어도 지키라는 말은 농담이라도 할 수 없었다. 농담으로 한 말을 진지하게 들어버릴까 봐 두려웠던 것이다.

어디까지가 세이프고 어디부터가 아웃인지, 신은 아직 농담에 대한 감조차 잡지 못하고 있었다.

게다가 성가신 일에 휘말리는 건 사양하고 싶었지만, 목숨까지 걸어가며 엄수해야 할 비밀은 아니었다.

"그건 그렇고 네 덕분에 무거운 짐 하나를 덜어낸 기분이다. 안전을 위해서라지만 몇십 년 동안 그 집 안에서만 살아가야 하는 건 가혹하니까 말이지."

"동감이야. 내가 저주를 풀어준 것도 그런 생각 때문이었어. 그러고 보니 엘스는 저주에 대해 어떻게 알고 있었던 거야? 티에라가 먼저 이야기를 꺼냈을 것 같지는 않은데."

마을에서 쫓겨났을 정도였다. 같은 엘프에게는 더욱 이야기하려 하지 않았으리라.

"나와 티에라는 같은 마을 출신이다. 모험가가 되어 세계를 돌아다니다가 잠깐 고향에 돌아왔을 때 서로 알게 됐지. 당시에는 지극히 평범한 엘프였거든. 예쁜 은발 소녀였다."

"그랬구나."

"티에라가 저주에 걸렸다는 말을 듣고 서둘러 마을에 돌아
왔지만 이미 추방당한 뒤였다. 어떤 저주였는지 들었을 때는
솔직히 살아 있을 거라 생각하지 않았지."

강력한 몬스터를 끌어당기는 저주를 받고 혼자서 살아남을
가능성은 낮았다. 실제로 슈니가 보호해주지 않았다면 생존
확률은 0퍼센트나 다름없었으리라.

"저주에 걸리고 슈니에게 도움을 받은 건가……. 운이 좋은
건지 나쁜 건지 모르겠네."

"그걸 정하는 건 티에라 본인이다. 네 덕분에 저주도 풀렸
으니까 이제부터는 행복해졌으면 좋겠군."

"맞아. 우리가 판단할 일은 아니겠지. 그럼 이 이야기는 여
기서 마무리하자. 또 물어보고 싶은 거 있어?"

"아니, 이제 없다. 시간을 빼앗아서 미안하군."

"괜찮아. 엘스의 마음을 이해 못하는 건 아니니까."

대화 시간이 30분도 되지 않았기에 시간을 빼앗겼다고 하
기도 애매했다.

응접실을 나와 접수 데스크로 돌아가자 세리카와 다른 여
성 접수원이 이야기를 하고 있었다. 엘스가 돌아온 것을 본
여성 접수원은 가볍게 고개를 숙인 뒤 세리카를 남겨두고 2층
으로 올라갔다.

"이제 된 건가요?"

"네. 이야기는 끝났습니다."

신은 세리카의 데스크 맞은편으로 돌아가며 대답했다.

"미안, 세리카. 덕분에 이야기가 잘 끝났다."

엘스는 고맙다는 말과 함께 옆의 접수 데스크에 앉아 모험가들의 의뢰서를 처리하기 시작했다.

"그러면 신 님, 이게 길드 카드입니다. 신분증도 겸하게 되므로 잃어버리지 않도록 주의해주십시오. 어떤 이유로 분실하시든 상관없이, 재발행 시에는 쥬르 은화 10닢이 필요합니다."

"알겠습니다."

신은 세리카가 준비해둔 길드 카드를 받아 들었다.

카드에는 이름, 랭크, 소속, 파트 같은 정보가 기재되어 있었다. 어제 시리카가 해준 설명에 따르면, 전용 도구를 사용하지 않는 이상 본인 외의 누구에게도 보이지 않게 되어 있다고 한다.

"그럼 바로 의뢰를 받아볼까."

신은 게시판으로 이동해서 붙어 있는 의뢰서들을 살펴보았다. G랭크의 의뢰는 채취나 잡심부름 같은 게 대부분이었고 위험도가 낮은 대신 보수도 적었다.

하지만 평균적인 보수가 쥬르 은화 1닢인 걸 보면 역시 모험가는 일반적인 직업에 비해 고소득 직종인 것 같았다.

"이걸로 할까."

신은 의뢰서를 한 장 떼어내 접수 데스크에 있는 세리카에게 가져갔다.

"이 의뢰로 부탁합니다."

"히르크 약초를 채취하는 일이군요. 이건 항상 나와 있는 의뢰라 기한은 정해져 있지 않습니다. 히르크 약초 30포기당 쥬르 은화 1닢이 보수로 지급됩니다."

"2배인 60포기를 모아 오면 보수도 2배가 되는 건가요?"

"네, 히르크 약초는 포션의 원료이기 때문에 항상 수요가 있거든요. 다른 의뢰를 수행하는 김에 채취해 오는 분도 계시죠. 이 의뢰를 받으시겠습니까?"

"네. 아, 히르크 약초가 어떤 건지 잘 몰라서 그러는데, 샘플 같은 게 있을까요?"

"있습니다. 잠시만 기다려주세요."

사실 게임에서 본 적은 있지만 혹시 모르니 확인해두기로 했다. 만약 형태나 색이 달라졌다면 헛걸음을 할 수도 있었다.

세리카는 접수 데스크 안쪽에 놓인 책장에서 국어대사전보다도 두꺼운 책을 꺼내 왔다.

품에 끌어안고 온 책을 데스크 위에 올려놓을 때 작게 '영차' 하는 목소리가 들리자 신은 살짝 귀엽다는 생각을 했다.

"휴우, 이 책은 식물도감입니다. 히르크 약초는…… 이쪽이네요."

신은 친절하게 히르크 약초의 페이지를 펼쳐준 세리카에게 감사해하면서 약초의 모양과 서식지를 확인했다.

모양은 게임 때와 특별히 달라진 건 없었고, 잎이 톱날 같으며 10~15세메르 정도의 식물이었다. 한 곳에서 많이 자라나므로 30포기 모으기가 그렇게 어려운 일은 아닐 것이다.

"동쪽 숲에서 북쪽 숲에 걸쳐 분포하는 건가."

설명문에 따르면, 특히 숲 깊은 곳에서 자주 발견된다고 한다.

"히르크 약초를 채취하다 자신도 모르게 숲 깊은 곳까지 들어가 버리는 분도 많으니까 조심하세요. 너무 깊숙이 들어가면 흉포한 몬스터에게 습격당하는 경우도 있으니까요."

"조심할게요."

달의 사당까지 오는 길에 이미 동쪽 숲을 가로지른 적이 있었지만, 그건 말하지 않는 게 좋을 것 같았다. 흉포한 몬스터의 아이템 카드는 이미 여관의 숙박비가 되어 있었다.

"조심히 다녀오세요."

신은 세리카의 배웅을 받으며 길드를 나섰다.

'지도도 하나 사둬야겠는데.'

신은 앞으로의 일정을 생각하며 동문을 향해 걷기 시작했다.

†

신이 길드를 나온 뒤의 길드 휴게실.

서류 정리를 마친 엘스와 세리카는 차를 마시며 신에 관해 이야기하고 있었다.

"세리카. 상당히 늦은 질문이지만, 그 사람이 어떤 자인지 알고 있나?"

"아, 아직 말해주지 않았구나. 나도 자세하게 아는 건 아니지만……."

신이 길드를 찾아온 건 어제였다.

소개장을 갖고 있다는 건 이미 알고 있었기에, 세리카가 엘스에게 가르쳐줄 수 있는 건 발크스와 있었던 일 정도였다.

"『푸른 늑대』를 가볍게 제압했다고 해야 하려나. 그 사람이 상당한 실력자라는 건 나도 눈치채고 있긴 했지만."

동료끼리였기에 세리카도 편한 말투로 이야기하고 있었다.

그 일을 엘스에게도 알려주라는 발크스의 지시가 있었기에 이야기해도 문제는 없었다. 만약을 위해 고유 명사는 나오지 않도록 두 사람 다 신경 쓰고 있었다.

덧붙이자면 『푸른 늑대』란 발크스를 가리키는 말이었다.

그리고 엘스가 신과 발크스에 대한 이야기를 들을 수 있는 건 엘스의 『직책』과 관련이 있었다.

"과연 그렇군. 그래서 보이지 않았던 거다."

세리카의 이야기를 듣자 엘스는 납득했다는 얼굴로 고개를 끄덕였다.

"보이지 않았다니, 그게 정말이야?"

세리카는 믿을 수 없다는 표정이었다.

엘스는 길드 내에서도 서브 마스터 다음으로 권력이 있는 간부였다. 그건 엘스가 스킬 【애널라이즈·Ⅶ】의 보유자이자 『관찰자』의 칭호를 갖고 있기 때문이었다.

그래서 자신보다 레벨이 높은 상대라도 이름과 레벨을 꿰뚫어 볼 수 있었고, 가명을 사용하는 사람도 금방 간파할 수 있었다. 실제로 발크스의 레벨도 한눈에 간파한 적이 있었다.

그런 엘스가 '안 보인다'고 말하는 신은 대체 어떤 자일까.

애초에 신이라는 이름이 진짜인지조차 알 방법이 없었다.

"뭐, 그렇게 걱정할 필요는 없을 테지. 티에라가 악인에게 소개장을 줬을 리는 없고, 직접 이야기를 해보면서 이상하게 느껴진 점은 거의 없었으니."

"『푸른 늑대』도 그건 같은 의견이었어. 살짝 특이하다는 생각은 들지만."

세리카는 신에게서 느낀 이상한 안도감을 떠올리며 중얼거렸다.

"특이하다…… 라. 확실히 그렇군. 실력과 분위기가 어울리지 않는다고 해야 할지, 뒤죽박죽이라고 해야 할지."

"맞아. 나는…… 그래, 안도감 같은 게 느껴졌어."

느긋한 분위기 속에서, 두 사람은 누가 먼저랄 것도 없이 불쑥 중얼거렸다.

"모르겠군……."

"모르겠어……."

생각하면 할수록 신의 인물상이 흐릿해져갔다.

불안을 느껴도 이상할 게 없는 상황이었지만 두 사람의 마음은 평온하기만 했다.

†

신은 길드에서 나온 뒤에 특별히 딴 길로 새지 않고 동문을 나왔다.

한동안 가도를 나아가다가 길을 벗어나 숲으로 들어섰다.

동쪽 숲은 신참 모험가가 많이 가는 장소로, 흉포한 몬스터도 별로 없다고 한다.

그건 동문을 지날 때 베이드가 가르쳐준 정보였다. 오늘만 해도 신참 몇 명이 동쪽 숲을 향해 갔다고 이야기해주었다.

베이드는 어제 남문에 있었지만 일정 시간마다 경비하는 문이 바뀌기 때문에 한동안은 동문의 경비를 맡는다고 했다.

게임 때라면 30분도 걸리지 않고 끝나는 간단한 퀘스트였다. 길드의 의뢰를 한번 체험해본 뒤, 다음에는 이쪽 세계에 관해 조사해볼 생각이었다. 그래서 빨리 끝내고 도서관에 들러야겠다고 생각하며 신은 길을 나아갔다.

신참이 가는 장소지만 숲 속은 울창한 나무들 때문에 어둑어둑했다.

낮은 레벨의 마물이나 야생 짐승 정도밖에 없다고 들었지만, 처음 오는 사람은 꽤나 무서울 수도 있을 것 같았다.

신은 타인의 정보와 상관없이 경계를 늦추지 않았다.

신의 기억이 정확하다면 히르크 약초는 탁 트이거나 햇빛이 잘 드는 곳에 자라기 때문에 일단은 그런 위치를 중점적으로 찾아보았다.

요즘 히르크 약초를 찾기 쉽다는 이야기도 들었기에 신은 금방 끝내고 돌아갈 수 있을 거라 생각하고 있었다.

†

"……없어."

숲에 들어온 지 벌써 3시간째.

"……없어!"

수확률…… 0포기.

"……없잖아아아아아!!"

히르크 약초는 아직도 발견되지 않았다.

의기양양하게 숲에 들어와 게임 때의 기억에 의지하며 숲 속을 돌아다녔지만 단 1포기도 채취하지 못했다.

"이상해…… . 아무리 그래도 1포기 정도는 찾을 법도 한데."

어느 정도 숲 안쪽까지 들어와 있었고 주위에 다른 모험가의 기척이 없는 걸 보면 누군가가 선수를 친 것 같지도 않았다.

"더 안쪽으로 가볼까."

숲의 깊숙한 곳에서 더 잘 발견된다는 도감의 정보를 믿으며 신은 거침없이 나아갔다. 당연히 주위는 더욱 어둑해지고 야생 동물 같은 기척이 여기저기서 느껴지고 있었다.

신은 조금 더 나아가면 몬스터가 나올 것 같다고 느껴지는 장소까지 가서 주위를 탐색하기 시작했다.

탁 트인 장소나 햇빛이 잘 드는 장소는 없었기에 처음부터 샅샅이 뒤져야만 했다.

풀숲 사이나 나무뿌리 근처 등 눈에 띄는 곳은 전부 찾아보았지만 히르크 약초의 모습은 어디서도 볼 수 없었다.

"배고프네…… ."

시간은 정오를 지나 이미 해가 높이 떠올라 있었다. 오랫동안 걸어 다녔기에 얼마 전부터 배가 꼬르륵 소리를 내고 있었다.

"밥이나 먹을까."

공복 상태로 찾아봐야 작업 효율은 좋지 않았다. 신은 기분 전환도 겸해서 점심을 먹기로 했다.

마침 커다란 나무 그루터기가 있었기에 그 위에 아이템 박스에서 꺼낸 요리를 놓고 먹기 시작했다.

메뉴는 핫도그와 콜라였다.

아이템 박스에 수납된 요리 아이템은 시간이 지나도 부패하지 않았다.

어제 아이템을 정리할 때 요리 아이템을 문제없이 먹을 수 있다는 걸 알았기에 그걸 점심에 먹기로 정해둔 것이다.

게임에서는 요리 아이템을 먹으면 능력치가 상승하거나 HP가 회복되는 등의 효과가 있었지만 아무래도 그런 부분은 무효화된 것 같았다.

그 밖에도 여러 가지 귀중한 요리 아이템이 있었지만 그것들은 완전히 고급 요리라 할 수 있었다. 물론 특별한 효과가 있다해도 몬스터와 싸우며 요리를 먹을 여유 따윈 없을 것이다.

"꿀꺽, 음, 휴우. 자, 그럼 다시 찾아볼까."

시간이 얼마 걸리지 않아 점심 식사가 끝났다. 정크 푸드라서 가능한 빠른 식사였다.

냄새에 이끌려 야생 동물이나 몬스터가 모여드는 걸 막기위해 재빨리 먹을 수 있는 음식을 고른 것이다.

신은 바로 히르크 약초 찾기를 재개했지만, 또 3시간이 지나고도 역시 찾아내지 못했다.

이렇게 되니 차라리 속은 시원했다. 동쪽 숲의 모든 히르크약초는 이미 씨가 마른 것 같았다.

1시간이 더 지나자 역시 힘들었기에 신은 일단 숙소로 돌아가기로 했다.

육체적으로는 아직 얼마든지 움직일 수 있었지만, 이만큼 찾았는데도 소득이 없는 상황 때문에 정신적인 피로를 느낀 것이다.

문까지 돌아오자 마침 위병들이 교대를 하고 있었다. 아무래도 순찰과 문지기를 교대로 맡게 되는 모양이다.

순찰에서 돌아온 병사 중에 베이드가 보였기에, 신은 도시에 들어가기 위한 길드 카드를 확인받으며 그와 가볍게 대화를 나누었다.

"여어. 피곤해 보이는데 무슨 일 있었어?"

"그게 말이지. 히르크 약초를 찾으러 동쪽 숲에 갔다 왔는데, 하루 종일 찾았는데도 수확이 없어……."

"이봐, 그건 대충 찾아도 쉽게 눈에 띌 텐데. 오늘도 신참 몇 명이 제대로 완수하고 돌아오는 걸 봤다고."

"뭐…… 라고……?"

다른 신참들은 의뢰를 달성했다는 말에 신은 경악했다. 베이드는 거기에 추가 타격을 날렸다.

"다들 점심시간 전에는 돌아온 것 같던데……. 너 설마 하루 종일 찾아다닌 거야……?"

"……그래."

신은 왼손으로 얼굴을 감싸며 어깨를 축 늘어뜨렸다. 게임 때는 SS랭크의 모험가였던 그의 자존심이 이세계에서 산산조각 나고 있었다.

"뭐, 저기, 그 뭐냐. 기운 내라고."

"크윽, 위로의 말이 가슴을 찌르는군⋯⋯."

히르크 약초 수집이 간단한 의뢰라는 건 주지의 사실이었기에, 베이드도 뭐라고 해야 할지 모르고 있었다.

"뭐, 이런 일은 운도 필요하니까. 오늘은 재수가 없었다 생각하고, 내일 열심히 해봐."

"그래⋯⋯ 내일은 더욱 깊은 숲 속으로 가봐야겠어."

"너무 깊숙이 가지는 마. 네가 그런 실수를 할 일은 없을 테지만, 안쪽으로 잘못 들어갔다가 죽는 신참이 많거든."

"알고 있어. 그럼 수고."

이 의뢰는 기한이 정해져 있지 않으므로 서두를 필요는 없었다. 다만 이 정도로 안 나오면 오히려 오기로라도 찾아내고 싶어지는 게 인지상정이었다.

이렇게 된 이상 북쪽 숲에도 가봐야겠다고 생각하며 신은 내일의 계획을 세우기 시작했다.

다음 날.

새벽녘에 눈을 뜬 신은 바로 행동을 개시했다.

장비를 확인하고 웅혈정에서 아침 식사를 한 뒤에 인파를 헤치며 나아갔다.

중간에 도구점에 들러 왕국 주변이 그려진 간단한 지도를 구입했다. 어제는 가까운 곳이니 괜찮겠다 싶어 구입하지 않았지만, 이제 그런 말을 할 상황이 아니었기에 생각을 바꾼 것이다.

말이 지도지, 왕국과 주변을 약도처럼 그린 수준이었고 그렇게 자세한 내용은 실려 있지 않았다. 하지만 아직 왕국에서 벗어날 생각은 없었기에 북쪽 숲까지만 나와 있으면 충분했다.

도구점을 나와 잠시 걸어가자 동문 근처에 사람들이 모여들어 있는 게 보였다. 무슨 일인가 싶어 신도 가까이 가보았다.

그때 마침 마차라는 걸 간신히 알아볼 정도로 파괴된 탈것과 마부가 성문을 통해 들어왔다. 그 뒤로 모험가 몇몇이 걸어오고 있었다.

마부는 멀쩡했지만 모험가들은 한눈에 중상이라는 걸 알 수 있었다. 멀쩡한 사람은 한 명도 없었고 서로를 부축하며 걷고 있었다.

그야말로 간신히 목숨만 건져 도망쳐 온 모습이었다.

"무슨 일이 있었던 거지?"

이상한 광경에 구경꾼들이 몰려들었지만 가까이 다가가려는 사람은 없었다. 위병들이 사정 청취하는 모습을 멀찍이서 지켜볼 뿐이었다.

'모험가 레벨은 131과 129, 118하고 134인가.'

이 나라의 기사단장이 188레벨—아마 A랭크 정도의 능력이라 치면 그들은 C나 D랭크 정도의 모험가일 것이다.

갑옷과 마차에 새겨진 흠집은 검에 의한 것으로 보였지만, 마차의 지붕이 날아간 걸 보면 도적이 습격한 것 같진 않았다.

잠시 지나자 구경꾼도 흩어지고 모험가들은 치료를 위해 후송되었다.

신은 성문에 다가가 베이드에게 말을 건넸다.

"이봐, 베이드. 아까 그 녀석들은 어떻게 된 거야?"

"응? 아아, 신이구나. 어떻게 되긴, 몬스터에게 공격을 받아서 도망쳐 온 거지."

역시 도적은 아니었다.

"그랬구나. 어떤 몬스터에게 습격받았는지 물어봐도 될까?"

"다른 사람에게 함부로 퍼뜨리지 않는다면 가르쳐줄게. 뭐, 너라면 괜찮을 테지만……. 어차피 곧 소문이 퍼지긴 하겠지."

"꽤 강한 몬스터야?"

신은 어느 몬스터가 저런 피해를 입혔는지 파악하기 위해 질문했다.

"……스컬페이스야. 너도 소문 정도는 들어봤겠지?"

"아아, 북쪽 숲에서 나온다고 하던가."

"맞아. 다만 지금까지 목격 정보는 거의 없었어. 우리는 폰 급이라고 생각해왔는데, 아무래도 그보다 강한 잭급이 나온 모양이야."

"잭급…… . 파티는 몇 명이었대?"

"풀 멤버로 두 파티, 합계 12명. 살아남은 건 아까 본 대로 4 명이었어."

"그렇군…… ."

스컬페이스·잭의 레벨은 150~250 정도였다.

방금 전 모험가의 레벨을 보건대 평균 120 전후의 파티였을 것이다.

모험가들의 장비에 따라 달라질 수도 있겠지만, 12명이 함 께 덤벼도 쓰러뜨릴 수 없다면 스컬페이스·잭의 레벨은 최소 200 정도라고 봐야 할 것이다.

"지금은 상위 모험가들이 전부 나가 있어. 경우에 따라서는 길드장이나 기사단장이 출동할 수도 있겠지."

"레벨을 생각하면 그게 맞겠지. 응? 공주는 안 나가는 거 야? 꽤나 강하다면서?"

"그럴 리가 있냐…… . 아무리 강하다지만 왕족이 쉽게 몬스 터 토벌에 나가겠냐고."

"아니, 듣기로는 꽤나 호전적인 것 같아서. 혼 드래곤도 쓰 러뜨렸다며."

"아아…… 그거…… ."

어제와는 달리 오늘은 베이드가 한 손으로 얼굴을 감싸며 어깨를 늘어뜨렸다. 아무래도 언급해선 안 되는 이야기인 듯했다.

"아, 뭐, 북쪽 숲에는 다가가지 않을게. 그럼 수고."

"알고 있을 테지만, 조심하라고."

신은 눈치껏 빠져나와 재빨리 동쪽 숲으로 향했다. 베이드처럼 나랏일을 하는 것도 힘들어 보였다.

동쪽 숲에 도착한 신은 어제 찾아본 장소를 가로질러 단숨에 숲 안쪽까지 나아갔다.

【서치】로 몬스터가 배회하는 것을 감지했지만 전부 신이 가볍게 해치울 수 있는 상대였기에 신경 쓰지 않았다.

숲의 깊숙한 곳에 갈수록 채취하기 쉽다는 정보가 맞았는지, 신은 히르크 약초가 몇 포기씩 자란 곳을 발견했다.

그 뒤로도 탐색을 계속해 2시간 정도 돌아다녔지만 결국 13 포기밖에 못 찾았고, 달성 조건의 절반도 채우지 못했다. 따라서 신은 북쪽 숲으로 이동하기로 했다.

동쪽 숲과 북쪽 숲은 가도 하나를 사이에 두고 거의 연결되어 있는 거나 다름없었다. 따라서 이대로 북쪽 숲 깊은 곳에 들어가기 위해 서쪽으로 진로를 잡았다.

한동안 걸어가자 그 가도가 보이기 시작했다. 마차가 간신히 지나갈 수 있을 만한 너비의 길이었다.

신은 아마 모험가들이 이 근처에서 스컬페이스에게 공격당했을 거라고 추측했다. 왜냐하면 날아간 마차 지붕이 길 가장자리에 널브러져 있었기 때문이다.

자세히 보니 말라버린 피 웅덩이와 갑옷의 파편 같은 것도 있었다.

사체가 보이지 않는 건 야생 동물이나 몬스터가 이미 청소했기 때문이리라.

"이쪽 세계에서는 스컬페이스도 강적인 건가……."

잭급 스컬페이스 하나에 이런 소동이 벌어진다면, 강력한 몬스터들이 활보하던 필드에는 진출할 엄두도 못 내고 있을 것이다.

"지금 생각해봐야 소용없으려나."

신은 뇌리에 떠오른 생각을 머리 한구석에 밀어 넣은 뒤, 가도를 가로질러 북쪽 숲으로 들어갔다.

아무래도 그곳의 나무들은 동쪽 숲보다 빽빽하게 밀집해 있는 것 같았다. 그 탓에 햇빛이 절반 이상 차단되어 한낮임에도 상당히 어두웠다. 단순히 앞으로 나아가면서도 발밑을 조심해야 할 정도였다.

신은 히르크 약초를 찾으려면 고생할 것 같다고 내심 한탄하면서 앞으로 나아갔다.

동쪽 숲과는 달리 북쪽 숲에는 몬스터가 많이 있었다.

게임 때의 미니맵 기능은 거의 소용이 없어졌지만, 자신을 중심으로 주위에 붉은색과 노란색 마크를 표시하는 정도의 기능은 남아 있었다. 거기에 탐색계 스킬까지 더해지자 그의 주위에 있는 몬스터는 절대로 숨을 수가 없었다.

무익한 살생을 할 생각은 없었지만 지금은 자신의 상태를 완전히 파악하는 것도 중요했기에, 습격해 오는 몬스터에게는 주저 없이 반격을 했다.

어느 정도가 딱 좋은지 【리미트(제한)】를 걸고 싸워보았다. 처음에는 발크스와 싸울 때처럼 힘 조절을 전혀 하지 않았기에 몬스터가 한 방에 나가떨어졌다.

달의 사당까지 오는 길에도 똑같은 일이 있었기에 그렇게까지 놀라지는 않았지만, 최대 공격력이 대체 얼마나 오른 것인지 전혀 파악할 수 없었다. 능력치가 예전 그대로라면 대강의 예상은 할 수 있었겠지만 2배 이상이었기에 짐작조차 할수 없었던 것이다.

결국 자신의 능력을 알아보려면 보조 스킬 중 하나인 【리미트】를 최대 레벨인 X으로 걸어볼 수밖에 없다는 결론에 도달했다.

【리미트】는 원래 초심자와 상급자가 함께 플레이할 수 있도록 만들어진 스킬이며, 스킬 레벨을 올릴 때마다 2분의 1, 3분의 1로 능력치가 제한된다.

이로써 레벨이나 능력치가 차이 나는 플레이어가 함께 게임을 즐길 수 있었다. 덧붙이자면 처음부터 레벨 X까지 사용할 수 있는 스킬이었다.

능력치 상승에 따른 신체 능력의 변화를 전력을 다해 확인해보는 방법도 있었지만, 그랬다간 주위 일대가 처참하게 변할 수밖에 없었다. 그래서 당장의 위험 방지책으로 힘을 제한하는 방법을 찾은 것이다.

현재 신은 STR에만 최대 레벨의 【리미트】를 걸어두었기에 STR 능력치는 10분의 1인 223, 나머지는 예전 그대로였다. 이건 환생하지 않은 255레벨 휴먼의 STR과 거의 같은 수치였다.

덧붙이자면 【리미트·I】을 사용할 때는 능력치가 내려가지 않는다. 능력치 조절용 스킬이기에 최대 10분의 1까지 능력 저하, 최소는 변화가 없도록 되어 있었다.

신은 지금 어째서 STR에만 제한을 걸어둔 것일까? 그건 일반적인 휴먼의 공격으로 몬스터가 어느 정도의 대미지를 입는지 알고 싶었기 때문이었다.

무기의 겉모양이 일반적인 양산품이었기에, 강력한 몬스터를 가볍게 쓰러뜨린다면 모두의 시선이 그에게 쏠릴 것이다. 예를 들어 파티를 편성했을 때 다른 멤버들이 수상하게 여기지 않는 것도 중요했다.

……물론 자기도 모르게 전력으로 공격해서 지형을 바꾸는 일이 없게 하려는 의도도 있었다.

신은 그런 실험도 해가면서 히르크 약초 탐색을 계속 해나갔다. 하지만 이따금씩 아이템을 탐색하는 스킬이 있다면 좋았을 거라는 생각도 들었다.

히르크 초원은 숲 깊숙이 들어갈수록 잘 발견되었다.

현재 소지한 것은 29포기. 한 포기만 더 찾으면 의뢰를 달성할 수 있었다.

신은 기합을 다지며 주의 깊게 숲 속을 돌아다니고 있었다. 그때 문득 시야 구석에 펼쳐져 있던 미니맵에 기묘하게 움직이는 마크가 나타났다.

색은 빨강. 적대 존재를 나타내는 색이었다.

그 빨간 마크의 주인공은 크게 이동하지 않고 10메르 정도의 범위 안에서만 지그재그로, 혹은 구불구불하게 움직이고 있었다.

"이건 뭐지?"

지금까지 본 적이 없는 마크의 움직임에 흥미가 생긴 신은 잠깐 확인해보기 위해 적이 있는 곳으로 향했다.

몇 분도 지나지 않아 빨간 마크의 바로 가까이까지 접근한 신은 나무 뒤에 숨어 주위를 살폈다.

적의 모습을 보았을 때, 신은 할 말을 잃고 제자리에 멍하니 섰다.

그의 시선 너머에는 스컬페이스·잭이 있었다.

폰보다 2단계 이상 컸고, 뼈만 있는데도 키가 3메르는 되었다.

그리고 갑옷과 팔 보호대, 다리 갑옷, 투구를 장비하고 있었다. 왼손에는 직경 1메르 정도의 라운드 실드, 오른손에는 2메르는 되어 보이는 대검을 들고 있었다.

스컬페이스·잭이 착용하고 있는 장비는 대검을 제외하면 전부 검은색이었고 새것처럼 잘 손질되어 있었다. 폰의 낡아빠진 팔 보호대와 녹슨 검과는 비교조차 되지 않았다.

눈구멍에서는 어슴푸레한 보라색 불꽃이 타오르고, 온몸에서 죽음의 아우라 같은 검은 연기가 피어오르고 있었다.

지옥에서 되살아난 망자 병사들의 지휘관 같은 존재. 그게 바로 잭급 스컬페이스였다.

이쪽 세계의 주민이라면 눈이 마주친 순간 공포로 얼어붙어 버릴 것이다.

하지만 신이 할 말을 잃고 멍하니 멈춰선 건 그런 이유가 아니었다. 애초에 상한 능력치 플레이어인 신에게 스컬페이스·잭 따윈 졸개 몬스터나 다름없었다.

신이 넋을 잃은 진짜 이유는 '어째서 스컬페이스가 브레이크 댄스를 추고 있는 거야……'라는 말이 모든 것을 설명하고 있었다.

생각해보라.

언데드 몬스터는 산 자를 원망하며 자기 세계, 즉 죽은 자의 세계로 산 자를 끌어들이려는 존재다.

섬뜩한 용모는 보는 사람에게 공포심을 안겨주고, 지치지 않는 몸에서 뻗어 나오는 공격은 주위에 죽음을 흩뿌린다.

그게 【THE NEW GATE】에서의 언데드 몬스터라는 존재이며, 그 대표라고 할 수 있는 게 스컬페이스인 것이다.

결코 아무도 없는 숲 속에서 브레이크 댄스를 출 만한 존재가 아니었다.

"초현실적이야……. 지나치게 초현실적이네. 넌 그렇게나 춤을 추고 싶었던 거냐."

신의 말에는 희미한 연민이 담겨 있었다.

아무도 봐선 안 될 장면을 보고 만 것 같은, 뭐라 설명하기 힘든 죄책감이 느껴질 정도였다.

스컬페이스 주위에만 나무들이 없었고, 하늘에서 보면 구멍이 뻥 뚫린 것처럼 되어 있었다.

그도 그럴 것이 스컬페이스는 갑옷, 검, 방패를 장비한 상태로 브레이크 댄스를 추고 있었다. 대검이 큰 나무를 베어버리고, 방패가 풀들을 쓰러뜨리며, 울퉁불퉁한 갑옷이 지면을 후벼 팠다.

애초에 꼭 갑옷을 입은 채로 춤을 춰야 하나 싶은 의문도 들지만, 이미 추고 있으니 뭐라고 할 수도 없었다.

하지만 그런 신의 생각도 희미하게 들려온 소리에 의해 중단되었다.

촤악 하고 액체가 튀는 듯한 소리가 신의 귀에 들렸다. 신경이 쓰여 그 방향으로 눈을 돌리자 그곳에는 큰 나무가 한 그루 있었다. 그리고 그 나무줄기에 붉은 액체가 묻어 있었다.

신은 즉시 시선을 스컬페이스에게 돌리며 그 모습을 주의 깊게 관찰했다.

공기를 가르는 대검, 골격을 뒤덮은 갑옷, 풀을 쓰러뜨리는 방패…… 전부 피로 물들어 있었다.

시선을 살짝 돌리자 둘로 쪼개진 몬스터의 사체가 보였다. 아무래도 접근해 온 상대는 무엇이든 공격하는 것 같았다.

북쪽 숲에 나타난다는 스컬페이스. 그리고 습격당한 모험가들.

검에서 떨어지는 피만으로는 확신할 수 없었다. 하지만 저 스컬페이스가 모험가들을 공격했을 가능성은 매우 높았다.

당황하던 신은 마음을 다잡았다. 멍한 얼굴이 긴장감을 되찾고, 몸에서 풍겨 나오는 분위기도 날카로워졌다.

"넋을 놓고 있을 때가 아니야."

신은 먼저 상대의 정보를 확인했다. 게임과 똑같을 거라고 안일하게 생각하는 건 위험했다.

실제로 스컬페이스는 춤을 추며 폭이 30세메르나 되는 큰 나무를 베어 넘기고 있었다. 방심해서 좋을 것이 없었다.

【애널라이즈·X】을 통해 본 스컬페이스의 레벨은 359. 잭급 은커녕 퀸을 넘어 킹 수준으로 강력했다.

"일단은 공격해볼까."

신은 검을 살짝 뽑으며 타이밍을 살폈다. 그리고 스컬페이스의 등이 신 쪽을 향한 순간, 자세를 낮게 유지한 채로 단 한 걸음 만에 간격을 좁혔다.

신은 달려든 자세 그대로 검을 뽑았다. 스킬은 사용하지 않고 무방비한 등을 향해 휘둘렀다.

스컬페이스는 대부분 참격에 내성이 있지만 등 뒤에서 기습한다면 나름대로 대미지를 줄 수 있었다.

하지만 그런 기대는 바로 배신당하고 말았다.

신의 검이 스컬페이스의 등에 닿기 직전에 스컬페이스는 마치 기척을 감지한 것처럼 왼팔로 땅을 내리쳤고, 그 반동을 이용해 빠르게 몸을 돌렸다.

그대로 왼팔에 든 라운드 실드가 신의 검을 튕겨냈고, 반격하듯이 대검을 휘둘렀다.

"뭐야 이게?!"

신은 발도拔刀 자세 그대로 스컬페이스 옆을 가로질러 공격 범위에서 벗어났다.

신이 놀라는 것도 무리는 아니었다.

물 흐르는 듯한 방어와 검에 의한 반격. 게임 때는 상상도 할 수 없던 반응이었다.

근육이나 관절에 가해지는 부담을 생각해보면 그야말로 인간이 흉내 낼 수 없는 동작이었다.

골격만 남은 외관이지만 엄청난 완력이 있고 관절의 가동

영역에 제한이 없는 스컬페이스만이 할 수 있는 움직임일 것이다.

상상을 초월하는 적의 전투력을 보며 신은 놀라움을 감추지 못했다.

"뭐야, 저거……. 스컬페이스의 움직임이 아냐."

애초에 브레이크 댄스를 추던 때부터 이상하긴 했지만, 석연치 않은 점은 그뿐만이 아니었다.

그건 바로 스컬페이스가 들고 있는 검이었다.

휴먼이라면 한 손으로 다루기 힘든 폭이 넓은 양손검. 손잡이에는 요란한 장식이 들어가 있고, 은색으로 반짝이는 칼날 중심에 푸른 선이 그어져 있었다.

아마 철보다도 딱딱한 마철강과 마법과 상성이 좋은 미스릴을 조합한 것이리라. 강한 빛이 칼날 부분을 뒤덮고 있었다. 이건 아무리 생각해도 언데드 몬스터에게 어울리지 않았다.

하얀빛이 나타내는 속성은 『빛』이었다. 디자인도 그렇고 성검이라 불러도 될 만한 분위기를 자아냈다. 이것 역시 언데드에게 부여될 만한 속성은 아니었다.

"유니크 몬스터…… 라고 보는 게 맞겠지."

신은 경계 수준을 한 단계 끌어올렸다.

유니크 몬스터는 일반 몬스터와 다른 속성이나 능력을 가진 경우가 많았다. 그렇다 해도 원래 언데드의 약점인 빛 속성의 무기를 가진다는 건 한 번도 들어본 적이 없는 일이었다.

상대를 살피는 신과 마찬가지로, 스컬페이스도 신을 강적이라 인식했는지 두 다리로 땅을 딛고 서서 방패를 앞으로 내밀며 대검을 겨누고 있었다.

그 동작은 틀림없이 검술을 익힌 자의 움직임이었고, 그저 돌격만 할 줄 아는 몬스터들과는 명확하게 구분되었다.

"그 댄스도 그냥 장난은 아니었던 것…… 같군!!"

신은 기합 소리와 함께 다시 스컬페이스에게 돌격했다.

이번에도 한 걸음에 거리를 좁히며 칼집에 꽂아두었던 칼을 다시 뽑았다. 목표는 상대의 왼쪽 발목이었다.

"쉐잇!!"

뻗어나간 검이 스컬페이스의 왼쪽 발목을 향해 들어갔다.

스컬페이스도 신의 공격에 반응해 왼손의 방패로 방어하려했지만, 체격 차이와 실드 크기 때문에 제대로 막아낼 수 없었다.

그때 갑자기 챙 하고 금속 부딪치는 소리를 남기며 신의 몸이 크게 뒤로 물러났다.

방어할 수 없다고 판단한 스컬페이스가 공격당하는 것을 감수하며 신에게 대검을 휘두른 것이다.

신은 등 뒤에서 오는 공격을 받아내는 건 위험하다고 판단해 회피 행동을 취했다.

다음 순간, 신이 원래 있던 장소에 대검이 내리꽂혔다. 엄청난 파괴력이었고, 대검의 연장선상에 있는 3메르 정도의 지면이 움푹 파였다. 마법에 의한 사정거리 증가였다.

"갖고 있는 무기도 레어…… 아니, 어쩌면 유니크려나? 보통이 아니군."

신의 입장에서 보면 흔해빠진 공격 능력이었지만 원래 저급 몬스터가 가진 무기에는 이런 능력이 없었다.

스컬페이스는 의아해하는 신에게 다시 갚아주려는 듯이 대검으로 공격해왔다.

왼쪽 발목은 방금 전 공격으로 잘려나가 있었다.

하지만 고통을 느끼지 못하는 스컬페이스에게는 특별한 문제도 아니었다. 남은 발목을 지면에 박으며 거리를 좁혔고 강렬한 횡베기로 공격해왔다.

신도 스컬페이스에게 파고들며 검술계 무예 스킬【칼날 흘리기】를 발동했다. 상대의 대검 손잡이 부분에 검을 갖다 대며 횡베기 공격을 받아넘긴 것이다.

그리고 무방비가 된 스컬페이스의 몸체를 향해 검술계 무예 스킬【쇄인碎刃】을 발동했다.

참격에 내성을 가진 상대에게 통상 대미지를 주는 스킬이 스컬페이스의 갑옷을 부수고 본체를 공격해 들어갔다.

하지만 아무 피해도 주지 못했다.

"말이 돼?!"

신이 경악하는 것도 무리는 아니었다.

신의 공격이 닿기 직전, 스컬페이스는 민첩한 백스텝으로

검의 궤도에서 몸을 피한 것이다.

공격이 스친 갑옷은 파손되었지만 본체에는 대미지가 거의 들어가지 않았다.

마치 상대가 공격을 받아넘긴 뒤에 강렬한 일격을 가하리라는 것을 미리 알고 있었던 것 같은 움직임이었다.

아무리 진짜 실력을 꺼내지 않았다지만 신의 움직임에 이 정도까지 따라오는 건 놀라울 수밖에 없었다.

"GeeEEEEaaaaAAAAAAAAA—!!!!"

스컬페이스의 입에서 짐승 울음소리를 일그러뜨린 듯한 괴성이 터져 나왔다. 듣는 사람을 불쾌하게 만드는 증오의 목소리였다.

가까이에서 듣게 된 절규에 신도 얼굴을 찌푸릴 수밖에 없었다. 특수한 효과가 있는 건 아니었지만, 시끄러운 소리는 그것만으로도 생물을 공포에 빠뜨리는 법이다.

신은 굳어버릴 뻔한 몸에 힘을 주며 그 자리에서 크게 물러났다.

신의 눈에 비친 스컬페이스의 HP게이지는 아주 조금밖에 깎이지 않았다.

스컬페이스는 코어를 공격하지 않으면 큰 타격을 줄 수 없었다. 방금 전 신의 공격은 갑옷에만 맞았기에 별다른 대미지를 주지 못한 것 같았다.

"이거야 원…… 뭐 이렇게 초반부터 이상한 몬스터하고 마주친 건지."

신은 스컬페이스의 움직임을 보며 감탄과 칭찬을 담아 중얼거렸다.

슬며시 자신의 무기를 살펴보자 날이 빠지고 곳곳에 금이 간 것을 알 수 있었다.

무기나 방어구에는 내구도가 설정되어 있고, 그것이 0이 되면 망가지는 건 많은 게임에서 볼 수 있는 시스템이었다.

하지만 현실에서 내구도가 줄어든다는 건 장비에 무리가 간다는 의미였고, 내구도가 사라지기 직전까지 무기를 사용한다는 건 말도 안 되는 일이었다.

현재 장비 중인 카즈우치의 내구도는 이미 3할 이하였다.

아마도 스컬페이스의 레벨이 높고 녀석이 가진 무기가 강력한 탓에 공격을 받아넘길 때 큰 타격을 입은 것이리라.

"제대로 된 공격은 이제 기껏해야 한 번이야. 그렇다면 한 번 시험해볼까!"

신과 스컬페이스 주위는 스컬페이스의 브레이크 댄스로 이미 초토화되어 있었다. 따라서 여기라면 진짜 실력을 살짝 발휘해도 될 거라 생각하며 신은 자세를 바로잡았다.

오른쪽 다리를 한 걸음 내디디며 앞으로 살짝 구부린 자세를 취했다. 칼의 검신을 허리 아래로 내리며 뒤로 뺐다.

그리고 나직이 중얼거렸다.

"【리미트·오프】."

그 한마디에 스킬의 효과로 억제되어 있던 신의 능력이 해방되었다.

아무리 전투에 문외한이라도 지금의 신을 본다면 그에게서 뿜어져 나오는 기운이 변화했음을 느낄 수 있을 것이다.

검을 잡은 손에 힘이 더해지며 손잡이가 삐걱거리는 소리를 냈다.

"GuUUuuuUUuUuUUU—."

신의 변화한 기운을 경계한 건지 스컬페이스가 낮게 으르렁거렸다. 그리고 방패를 앞으로 더욱 내밀며 방어를 중시한 자세를 취했다.

신은 스컬페이스의 움직임에 감탄하며 힘을 모았다.

"쉬잇!!"

짧은 호흡과 함께 전력으로 파고들어 손에 든 검을 휘둘렀다.

잔상조차 남지 않는 파고들기와 뻗어나간 검의 일격.

'푹' '챙'이라는 두 가지 소리와 함께, 눈에 보이지 않을 만큼 빠르게 가속한 신의 모습이 스컬페이스의 눈앞에 나타났다.

그때 일어난 변화는 두 가지였다.

첫 번째는 신이 가진 검이 칼날만 남기고 깨져버렸다는 점.

또 하나는 스컬페이스가 가진 대검이 튕겨 나가 하늘 저편으로 날아가 버렸다는 점이었다.

주위에 울린 두 종류의 소리 중에서 처음 들린 '푹'이라는 소리는 신의 일격이 방패, 갑옷과 함께 스컬페이스의 심장부인 코어를 꿰뚫을 때 들린 소리였다.

그리고 이어서 들려온 '챙'이라는 소리는 스컬페이스의 대검을 신의 검이 튕겨낼 때 발생한 소리였다.

대검은 내구도가 어지간히 높은지, 깨지지도 부러지지도 않고 어디론가 날아가 버렸다.

코어가 양단되어 HP게이지가 바닥난 스컬페이스는 이윽고 평범한 뼈가 되어 무너져 내렸다. 지면에 흩어지는 뼈를 보니 방금 전까지의 격렬한 전투가 거짓말처럼 느껴졌다.

"역시 무기가 못 버티는 건가."

신은 손잡이만 남은 카즈우치를 바라보며 한숨을 쉬었다.

나름대로 힘을 담은 일격이었지만 아직 전력을 다한 건 아니었다.

공격의 여파로 스컬페이스 뒤에 있던 거목이 소리를 내며 쓰러졌다. 하지만 신은 조금도 동요하지 않고 검 손잡이를 아이템 박스에 넣었다.

"아까 그 검이라면 강도도 충분했을 것 같은데."

신은 그렇게 말하며 스컬페이스의 대검이 날아간 방향의 하늘을 올려다보았다. 그곳에는 구름 한 점 없는 푸른 하늘이 펼쳐져 있었고, 검의 행방은 짐작조차 할 수 없었다.

신도 그렇게나 요란하게 날려버릴 줄은 전혀 예상치 못했다. 사람에게 맞지 않았기를 바랄 뿐이었다.

"……돌아갈까."

긴장감에서 해방되었지만 더 이상 히르크 약초를 찾아야겠다는 생각은 들지 않았다. 스컬페이스의 잔해에 보석이 있었기에 그것만 회수했다.

신은 일단 길드에 가서 스컬페이스에 대해 보고하는 편이 좋겠다고 생각하며, 숲을 빠져나가 성문을 향해 걸어가기 시작했다.

이때까지는 그 검 때문에 왕국에 큰 소동이 벌어질 거라는 건 상상조차 하지 못하고 있었다.

✝

신은 동문이 보이는 장소까지 간신히 돌아왔다.

그리고 거의 도착했을 때 문 주변이 뭔가 소란스럽다는 것을 깨달았다.

"무슨 일이 있었던 건가?"

어제처럼 구경꾼들이 모여 있는 건 아니었고, 위병들이 통행하는 사람들에게 무언가를 물어보고 있는 것 같았다. 얼핏 보기에 입국하는 사람들을 중심으로 조사가 이루어지고 있었다.

평소 같으면 길드 카드를 가진 모험가는 거의 기다리지 않고 들어갈 수 있었지만, 한 사람 한 사람마다 이야기를 묻고 있기 때문인지 행렬이 길게 이어졌다. 어쩔 수 없이 줄을 서서 순서를 기다리기로 했다.

행렬의 선두에 가까워질수록 위병과 모험가의 대화가 조금씩 들려왔다.

"북쪽 숲…… 동쪽 숲…… 날아가는…… 그림자……?"

단편적으로 들리는 대화에서 오늘 신이 갔던 장소가 나오고 있었다. 신에게도 짚이는 게 있는 만큼 불길한 예감을 씻어낼 수 없었다.

이야기를 정리해보면 수수께끼의 물체가 하늘을 날아가는 것을 도시 주민이 목격했고, 그게 하필 왕성 안에 낙하했다고 한다.

날아온 방향은 북쪽 숲이나 동쪽 숲으로 추정되었고 목격자가 없는지, 혹은 뭔가 사정을 아는 사람이 없는지 탐문 조사를 하고 있는 모양이었다.

'하늘을 날아가는 수수께끼의 물체……. 그건 역시 스컬페이스의 검이겠지…….'

신은 자신이 날려버린 대검을 떠올렸다. 전투에 집중하느라 날아간 방향까지는 보지 못했지만 가능성은 충분했다.

기분이 점점 무거워지고 있었다.

"여어, 신."

"베이드구나. 무슨 일 있어?"

신은 아무렇지도 않게 말을 걸어온 베이드에게 대답했다.

신은 아직 희미한 희망을 품고 있었다. 사람들은 그걸 현실도피라고 부른다.

"실은 왕성까지 검이 날아왔다는 전령이 있었거든. 뭔가 알고 있는 녀석이 없나 해서 탐문 조사를 하고 있었어. 너도 동쪽 숲에 갔다 온 거지? 뭐 본 거 없어?"

"……아니, 못 봤는데. 피해라도 있었던 거야?"

"검이 벽에 박힌 것뿐이고 인명 피해는 없다더군. 정말이지, 성벽 위를 넘겨서 검을 던지다니, 대체 어느 바보가 그런 짓을 한 거야?"

"피해가 없어서 다행이네."

신은 인명 피해가 없었다는 말에 가슴을 쓸어내렸다. 누군가가 맞기라도 했으면 어땠을지 상상도 하고 싶지 않았다.

"최소한 날아가는 방향은 확실히 확인해둬야겠어."

마음속으로 맹세하려고 한 거지만, 신은 불쑥 말을 입 밖에 내고 말았다.

"응? 뭐라고?"

"아니, 아무것도 아니야. 이제 가봐도 될까?"

"아아, 만약에 뭔가 생각나는 게 있으면 순찰 도는 병사들에게 전해줘."

"오케이."

신은 포커페이스를 유지하면서 빠른 걸음으로 그 자리에서 벗어났다. 그리고 성문이 보이지 않게 되자 걸음을 늦추며 한숨을 내쉬었다.

"하아, 왜 하필이면 왕성에 떨어지냐고……."

이세계 생활 사흘째부터 국가를 상대로 한 트러블이 생길 것만 같은 예감이 들었다.

왕족을 노린 테러 공격으로 인식된다면 국가 차원에서 범인을 색출하려 할 가능성도 높았다. 분명히 말해 상당히 위험한 상황이었다.

신이 범인이라고 특정할 만한 증거는 없지만, 스컬페이스에 대한 내용을 길드에 보고하면 의심의 눈초리를 피할 방법이 없을 것 같았다.

"어째서 이렇게 된 거야……."

인생은 마음대로 되지 않는 법이다.

하지만 고민만 한다고 달라지는 건 없었기에 신은 일단 길드에 가보기로 했다.

스컬페이스가 출몰한다는 소문은 사실이었지만 숫자에 대한 정보까지는 듣지 못했다.

예를 들어 잭급이 1개체뿐이었다 해도 기본적으로 복수의 스컬페이스·폰을 데리고 있기 때문에 안전해졌다고 단언할 수는 없는 것이다.

전투 후에 주위를 탐색해보았지만 다른 몬스터의 반응은 없었다.

우연히 없었던 걸까, 아니면 그 댄스에 휩쓸려 가루가 되어 버린 걸까.

아마도 후자일 가능성이 높을 것이다. 적과 아군을 식별하며 움직이는 것 같지는 않았으니까.

하지만 지금은 혼자서 아무리 생각해봐도 답이 나오지 않았다.

신은 그런 부분을 엘스나 세리카에게 물어보면 될 거라고 결론지으며 길드 문을 열었다.

길드 내부는 지금까지 본 것 중에서 가장 혼잡했다. 검이나 창으로 무장하고 갑옷이나 로브를 걸친 사람들로 붐비는 모습을 보니 여기가 모험가들의 집합소라는 게 새삼스레 실감이 났다.

이상한 점이라면 그들 대부분이 살기를 띠고 있었다는 부분이었다. 그렇지 않은 자들도 묘하게 안절부절못하는 것처럼 보였다.

"뭔가 심상치 않은데."

사람이 많은데도 접수 데스크는 한산했기에 신은 바로 보고를 하기로 했다.

마침 담당자는 세리카였다. 내용이 내용인 만큼 다소나마 익숙한 상대가 좋을 거라 생각했던 신에게는 다행한 일이었다.

"안녕하세요. 잠깐 보고할 일이 있는데요."

"수고하셨습니다, 신 님. 무슨 보고인가요?"

"스컬페이스 때문에 잠깐 확인하고 싶은 게 있는데, 지금 어디까지 밝혀졌죠?"

"앗! ……출몰한 스컬페이스는 잭급이고 일반적인 스컬페이스보다 강력한 무기를 갖고 있다고 생환한 모험가들이 보고했습니다. 확인된 개체는 하나. 부하인 폰급은 확인되지 않았습니다. 현재 토벌 의뢰가 나와 있고 장소가 왕국에 가깝기 때문에 최우선 안건으로 처리 중입니다. S, A랭크인 분들이 전부 나가 있는 상황이라 이후로는 B랭크 이하의 파티로 공동 전선을 펼칠 준비를 하고 있던 참입니다."

아무래도 그 이상한 전투 스타일에 대해서는 전해지지 않은 듯했다. 하지만 그보다도 신경 쓰이는 건 무기에 대한 정보였다.

"강력한 무기라면?"

"일반적인 장검은 아니고, 그보다 두 단계는 더 큰 검이라고 하더군요."

"……대검이라는 거군요. 그 검에 대해 뭔가 다른 정보는 있나요?"

"아니요. 현재는 그것뿐입니다."

역시 도망친 모험가들도 상대의 무장을 잊어버리지는 않은 것 같았다.

하지만 스컬페이스·잭이 사용하던 대검은 빛 속성의 마력광을 내뿜고 있었다. 그에 대한 정보가 없는 건 대체 어떻게 된 일일까.

"레벨은요?"

"최소 200 이상일 거라 추정됩니다."

"……."

흐음, 하고 신은 생각에 잠겼다.

대검이 하얀 마력광을 내뿜지 않았냐고 확인하고 싶었지만, 마법이 부여된 무기는 이쪽 세계에서 매우 희귀한 것 같았다.

섣불리 그에 대해 언급했다가 왕성에 떨어진 검과 스컬페이스·잭의 연관성을 의심받을 위험이 있었다.

전혀 다른 스컬페이스였을 가능성도 배제할 순 없다. 하지만 이만큼 큰 소동이 벌어질 만한 몬스터가 동시에 2개체나, 그것도 비슷한 대검을 들고 나타날 리는 없을 것이다.

"저기, 신 님?"

"아아, 죄송합니다. 잠깐 생각을 좀 하느라."

심각한 표정으로 생각에 잠겨 있었던 탓인지, 세리카는 살짝 걱정하는 표정을 짓고 있었다.

세리카의 입장에서 보면 신은 S클래스에 필적하는 전투력을 가진 몇 안 되는 인물이었다. 그런 인물이 스컬페이스의 정보를 듣고 심각한 표정을 짓는다면, 직접 싸울 능력이 없는 사람은 불안해질 수밖에 없었다.

"생각…… 말인가요?"

"네, 뭐, 스컬페이스가 어떤 아이템을 떨어뜨리는지 갑자기 생각이 안 나서요."

신은 드랍 아이템에 대해 생각하고 있던 척을 했다.

"떨어뜨리는 아이템…… 말인가요? 으음, 보석이나 장비 중이던 갑옷과 검이 나름대로 높은 가격에 취급되던 것 같은데요……."

"아, 그런가요. 이야, 제가 깜빡하고 있었네요. 하하하."

신은 거짓말을 들키지 않기 위해 짐짓 밝은 척을 했지만, 오히려 그게 더 수상해 보였다.

하지만 세리카도 스컬페이스 · 잭 같은 강적의 드랍 아이템을 왜 궁금해하나 의아했기에 신의 거동이 이상하다는 걸 눈치채지 못했다.

덕분에 살기등등한 길드 내부에서 부자연스럽게 웃는 남자와 멍하니 대답하는 여자의 기묘한 광경이 연출되고 있었다.

"그러고 보니 신 님이 보고하시려는 건 어떤 내용이었나요?"

"어이쿠, 죄송합니다. 중요한 이야기를 아직 안 했네요. 북쪽 숲에서 그 스컬페이스 · 잭을 쓰러뜨려서 보고해두려고요. 아, 이게 그때 회수한 보석입니다."

"그런가요. 스컬페이스를……. 스컬…… 어라? 저기, 폰 급…… 인가요?"

세리카는 평소처럼 서류를 내밀려다 말고 딱딱하게 굳어버렸다. 신의 말을 잘못 들었나 싶어 되물었지만 바로 부정당하고 말았다.

"아니요, 잭급입니다. 아아, 대검도 갖고 있던데요."

"……."

"……."

"……."

"……저기, 세리카 씨?"

"네? 앗?! 미안해요! 너무 놀라가지고……."

세리카는 퍼뜩 정신을 차리고 사과했지만 어지간히 당황했
는지 이상한 존댓말을 쓰고 있었다.

"그렇게 놀랄 일인가요?"

"아니, 잭급의 스컬페이스를 혼자서 토벌하려면 최소 A랭
크 정도의 실력이 필요하다고요?! 아무리 그래도 그렇게 잠
깐 다녀왔다는 식으로 말하지 말아주세요!"

세리카는 자기도 모르게 큰 소리를 내고 말았다. 신이 A도
아닌 S랭크 정도의 전투력을 갖고 있다는 걸 이미 알고 있었
지만 말이다.

"저기, 여보세요?"

"신 님이 실력자라는 건 알고 있었지만…… 의뢰가 나온 날
에 혼자서 토벌해 오다니, 전대미문의 일입니다."

"우연히 조우한 건데요……."

"그래도 보통은 일단 길드로 돌아와서 보고한 뒤, 만반의
장비를 갖추고 싸우러 가겠죠. 적어도 그 자리에서 싸우려 드
는 사람은 많지 않을 거예요."

"그런가요. 아니 뭐, 확실히 무기는 이렇게 됐지만요."

신은 거의 손잡이만 남은 검을 세리카에게 보여주었다. 싸울 때의 상황에 관해 물어볼까 싶어 다시 장비해두었던 것이다.

얼마 남지 않은 검신에도 금이 가 있었고 더 이상 어디에도 쓸모가 없을 것 같았다.

"아니?! 산산조각이 났잖아요!"

"숨통을 끊다 보니까요."

"얼마나 무모한 짓을 한 거죠?!"

"잠깐?! 세리카 씨, 가까워! 너무 가까워요!"

신은 안색이 바뀌며 데스크 너머로 압박해 오는 세리카의 어깨를 잡고 진정시켰다. 갑작스러운 일이었기에 서로의 얼굴이 20세메르 정도로 가까워져 있었다.

세리카의 예상 밖 행동에 바로 반응한 자신을 칭찬해야 할까, 아니면 비난해야 할까. 신의 마음속에서 쓸데없는 갈등이 일어난 것은 애교라 할 수 있었다. 미인이 가까이 다가오는데 기분 나빠하는 남자가 어디 있겠는가.

"어…… 아아아, 죄송합니다, 죄송합니다! 절대 이상한 일을 하려던 건 아니고 말이죠. 다치지 않았나 걱정됐다고 해야 할지, 저도 모르게 흥분했다고 해야 할지……. 아니, 내가 뭐라는 거지?!"

세리카도 남들이 재미있게 구경할 수 있을 만큼 동요하고 있었다. 신도 아무 말 없이 바라보고 있었을 정도였다.

스컬페이스·잭을 혼자서 격파했다는 건 그 정도로 빅뉴스인 것 같았다.

"항상 지적이고 쿨한 여성이 부끄러워하면서 어쩔 줄 몰라하다니……. 뭔가 이렇게…… 확 오는 게 있어!"

"확 오는 건 좋지만 이제 그만 진정하는 게 어떨까? 다들 너희만 보고 있는데."

"응? 어어, 엘스."

'이것이 모에인가……' 하고 혼자 납득하는 신의 뒤에서 말을 걸어온 사람은 엘스였다.

아무래도 신과 세리카의 대화는 어느새 주위의 이목을 집중시킨 것 같았다.

"아니, 죄송합니다. 부끄러워하는 세리카 씨가 너무 귀엽다보니 나도 모르게 그만."

"귀, 귀여워?!"

"그건 동의하지만 내 동료를 너무 괴롭히지 말아줬으면 하는데."

"동의?!"

"미안. 하지만 의도적으로 그런 게 아니라는 건 해명해둘게."

"알고 있다. 보고 있었으니까."

"그러면 좀 빨리 말을 걸어주든가……."

두 사람은 세리카의 말을 철저히 무시하며 대화를 진행했다. 신은 처음부터 엘스가 있었다면 이런 사태가 벌어지지 않았을 거란 생각을 떨칠 수 없었다.

"그런 말 마. 나도 여러 가지 준비를 하고 정보를 수집하고 있었다."

분명 엘스의 옷은 세리카가 입은 접수원 제복이 아니라 활동성을 중시한 사냥꾼의 장비였다.

기장이 약간 길고 튼튼해 보이는 가죽 재킷. 자잘한 물건이 들어 있는 파우치. 스패츠 위로는 무릎까지 덮는 롱부츠를 신고 있었다.

등에는 사냥꾼의 기본 장비인 활을 메고, 오른쪽 허벅지에는 단검이 묶여 있었다.

허리까지 내려오는 긴 머리를 끈으로 묶어서인지 분위기가 예전과는 다르게 느껴졌다. 사냥감을 노리는 노련한 사냥꾼 같았다.

"스컬페이스 때문에?"

"응, 북쪽 숲에 나온다는 녀석이지. 소문 자체는 들린 지 꽤 됐다. 실제로 피해가 나온 건 이번이 처음이지만 평범한 잭급보다 강력한 무기를 갖고 있다던데……."

"아아, 그거라면 나도 봤어. 확실히 대검을 휘두르고 있었지."

"세리카가 놀라는 걸 보고 혹시나 했는데, 그렇게 말하는 걸 보니 스컬페이스와 검을 맞대기라도 했나 보군."

"맞대기도 하고, 해치우기도 했는데."

신은 해치웠다는 부분만 작게 이야기했다. 세리카에게 말할 때도 그랬지만, 길드 안에서 그렇게 큰 소리로 이야기할 만한 분위기가 아니었기에 일단 소리를 낮춘 것이다.

농담 투로 말하던 엘스도 신의 말에 움직임을 멈추었다.

"……그게 사실이라면 세리카가 흥분한 것도 이해가 가는군."

간신히 나온 대답에 부활한 세리카가 맞장구를 쳤다.

"맞아요. 저는 이상하지 않다고요."

"……의심하는 것 같아서 미안하지만 증거는 있는 건가? 그게 없으면 아무리 토벌했다고 주장해봐야 아무도 믿지 않을 텐데."

"보석만 회수해 오긴 했는데, 애초에 몬스터를 쓰러뜨린 증거…… 증명 부위라고 하던가? 난 스컬페이스의 그 증명 부위가 뭔지도 잘 모르거든."

신은 게임 때의 습관으로 별것 아닌 드랍 아이템은 회수하지 않았다. 필요한 증명 부위가 어디냐는 것 이전에, 그게 없으면 토벌 여부를 증명할 수 없다는 것조차 완전히 깜빡하고 있었다.

"갑옷이나 검은 회수하지 않은 건가? 잭급이라면 나름대로 좋은 장비를 갖추고 있으니까 팔아서 돈을 벌거나 자기가 쓸 수 있게 조절하는 사람도 있을 텐데."

엘스가 믿을 수 없다는 반응을 보이자 신은 어떻게 대답해야 할지 고민했다.

어차피 스컬페이스의 드랍 아이템 따윈 아이템 박스 안에 수백 개가 들어 있었다. 특별한 용도로 사용할 수 있는 것도 아니고 성능이 높은 것도 아니기에 아이템 박스에서 자리만 차지하고 있었던 것이다.

하늘로 사라진 대검이라면 몰라도 이제 와서 투구나 갑옷 같은 걸 회수하고 싶은 마음은 없었다.

"그딴 건 아무리 있어봐야……."

신의 표정을 통해 그가 불쑥 중얼거린 말이 진실이라는 걸 파악한 엘스와 세리카는 말문이 막히고 말았다.

"모험가의 입에서 그런 말이 나왔다는 게 안 믿기는군……."

"동감이에요……."

엘스는 '나름대로 좋은 장비'라고 했지만 이 세계에서 스컬페이스·잭이 가진 장비와 동일한 수준의 물건을 마련하려면 상당한 자금이 필요했다. 최소 B 내지 A랭크의 모험가가 아니면 좀처럼 손대기 힘든 물건이었다.

그런 아이템을 '그딴 것'이라고 말하는 신을 기이하게 쳐다보는 것도 당연했다. 필요 없다고 말하는 것이나 다름없었으므로 다른 모험가들이 들었다면 화를 냈을 것이다.

"뭐, 뭐, 보석을 조사해보면 증거가 되겠지. 보석에는 드랍한 몬스터의 마력이 담겨 있으니까 스컬페이스라는 걸 확인할 수 있을 거다."

엘스는 별로 깊이 생각하지 않기로 했는지 화제를 돌렸다.

"그래?"

증명 부위보다 시간이 오래 걸린다고 하지만 급한 일도 아니었기에 문제는 없었다.

"다만 확인하는 동안에는 보석을 저희 쪽에서 보관하게 됩니다. 매각하실 생각이시라면 즉시 가능합니다만."

엘스를 대신해서 세리카가 대답했다. 어느새 완벽히 업무 모드로 돌아와 있었다.

"어째서 시간이 걸리는 거죠?"

"결과를 빨리 내기 위해서는 보석에 흠집을 내야 합니다. 그러면 보석으로서의 가치가 떨어지게 되죠. 반환해야 할 경우에는 훼손이 불가능하므로 시간이 많이 걸릴 수밖에 없습니다."

"그렇군요. 아~ 이번에는 안 팔게요. 당장 팔 생각은 없어서요."

"알겠습니다. 그러면 결과가 나오는 대로 숙소에 연락하겠습니다. 숙소는 혈옹정이 맞으시죠?"

"네. 그러면 그렇게 부탁합니다……. 그런데 북쪽 숲에는 스컬페이스가 자주 출몰하는 거야? 아까 소문 자체는 전부터 들렸다고 하던데."

신은 엘스에게 질문했다.

"언데드 몬스터는 생물의 원망이나 미련이 마력과 섞이면서 생겨나니까 말이지. 원래 북쪽 숲에는 흉악한 몬스터가 서식하지만 중요한 약초나 재료를 채취하려는 사람들의 발길이 끊이지 않아. 하지만 그중에는 몬스터의 습격을 받아 불귀의 객이 되는 경우도 많다. 그러니 언데드가 생겨나는 조건 자체는 갖춰져 있는 거다. 다만 잭급처럼 강력한 개체가 생겨날 만한 마력이 자연 발생하는 환경은 아니니까, 북쪽 숲의 스컬 페이스는 보통 폰급을 가리키는 거지."

신이 쓰러뜨린 잭급도 폰급으로 오인되었던 것 같다고 엘스는 덧붙였다.

실제로 피해가 나올 때까지 아무도 싸워보지 않았던 게 그 원인 중 하나인 것 같았다. 어디까지나 소문이었기에 굳이 확인해보러 가는 사람도 없었으리라.

"그런데 잭급의 레벨은 어느 정도야?"

"확인된 건 최소 150, 최고가 250이지. 그보다 높다면 퀸이나 킹 급으로 분류된다."

아무래도 몬스터의 레벨 상한은 변화가 없는 것 같았다.

"그렇다면 말이야. 이번에는 예외라고 해야 하는 건가……."

"그게 무슨 말씀이시죠?"

신의 말에 두 사람이 즉시 반응했다. 역시 길드 직원과 모험가다웠다.

"내가 싸운 잭급은 레벨이 250을 넘었거든요."

"그게…… 사실인가요?"

"【애널라이즈】로 봤으니까 틀림없습니다. 아마도 유니크, 즉 특수 개체였던 것 같아요. 일반적인 스컬페이스와는 다르게 부하 격인 폰급도 없었고요."

세리카에 이어 엘스도 질문했다.

"그러면 정확한 레벨이 어떻게 됐지?"

"359였어. 내 기억이 정확하다면, 보통 킹급으로 분류될 레벨인 것 같은데."

신은 그렇게 말하면서도 유니크가 분명하다고 생각했다.

【애널라이즈】로는 분명히 잭으로 표시되었고, 애초에 퀸이나 킹 급의 스컬페이스와는 체격도 장비도 모두 달랐다.

레벨, 무기, 전투 패턴은 규격에서 벗어나 있었지만, 그것 말고는 잭급이었던 것이다.

"359?!"

신의 말에 두 사람은 또 경악했다.

"……뭐가 또 잘못된 건가?"

"잘못됐다기보다…… 아니, 잠깐. 나까지 혼란에 빠진 모양이군. 세리카, 분명 보석 감정을 통해 상대의 강함을 대충 알아보는 방법이 있었지? 지금 당장 그걸 해보는 게 어떨까?"

"앗! 그러네요, 보석의 감정을 서두를게요. 엘스, 죄송하지만 뒷일을 부탁드려요."

엘스의 말에 침착함을 되찾은 세리카는 신에게 고개를 숙여 인사하고는 보석을 들고 안쪽으로 사라졌다.

신은 그렇게 편리한 기술도 있구나 싶어 느긋하게 감탄했을 뿐이었다.

"정말이지, 너란 녀석은……."

엘스가 크게 한숨을 내쉬었다.

"왜?"

"방금 이야기한 적의 레벨이 사실이라면, 너는 최소 A랭크 모험가들의 파티보다 강한 셈이 된다. 거짓말이라면 엄청난 허풍쟁이일 테고."

"뭐, 그것도 아니라면 내가 잘못 본 거겠지. 게다가 내 랭크는 G잖아? 잭급을 토벌했다는 말도 아무도 안 믿을걸."

"확실히 사정을 모른다면 그럴 테지만……."

"그러면 된 거잖아. 이런 일을 벌여놓고 할 말은 아니지만, 괜히 주목받고 싶진 않거든."

자신의 행동과 모순되어 있다는 느낌도 들지만, 신은 굳이 엮이지 않아도 될 인간들의 주목을 받고 싶지는 않았다.

신의 목적은 어디까지나 원래 세계로 돌아가는 것이며, 길드에 소속된 것도 정보 수집을 위해서였다. 현재는 이쪽 세계에 대해 알아가는 것도 벅차서 돌아갈 수단을 찾을 엄두도 못 내고 있긴 했지만 말이다.

"저런 게 어슬렁거리고 있으면 위험할 테니까 보고한 것뿐이야. 되도록이면 내가 해치웠다는 걸 공개하지 말아줬으면

해."

"나로서는 네 뜻을 따르고 싶지만, 아무리 숨겨봐야 알아내는 사람이 나타날 거다. 보통은 자기 업적을 자랑하지 못해서 안달일 테니."

"그렇겠지……."

신 본인도 어렴풋이 알고는 있었지만 남의 입을 통해 듣게 되자 한층 심각하게 느껴졌다.

이미 이 정도의 소동으로 발전한 것이다. 그런 몬스터를 쓰러뜨린 모험가라면 얼마든지 이름을 떨칠 수 있었다. 만약 그러지 않는다면 그 이유를 궁금해하는 것도 당연했다.

하지만 만약 신이 쓰러뜨렸다는 게 알려진다면 G랭크의 초보 모험가라는 것 때문에 상당한 주목을 받을 수밖에 없었다. 결국 어떻게 하든 귀찮아지는 건 마찬가지였다.

"미안하지만 이것만큼은 도와줄 방법이 별로 없는 것 같군."

"그렇게까지 부담을 줄 생각은 없어. 어쩔 수 없다면 일단 밥이라도 먹고 올게."

아무리 심각하게 고민해봐야 해결되는 건 없었다.

신은 기분 전환을 겸해서 점심이라도 먹어야겠다고 생각했다. 길드 내부는 많이 붐벼서 도저히 빈자리가 날 것 같지 않았기에 밖으로 나가기로 했다.

작은 파트너 | Chapter 3

신은 혼자 큰길로 나왔다.

세리카와 엘스가 함께 추천해준 가게를 향해 가고 있었던 것이다.

한동안 걸어가자 검과 포크가 그려진 간판이 보였다. 가게 주인이 전직 모험가라서 이국적인 요리나 진귀한 식재료를 사용한 음식을 맛볼 수 있다고 한다.

"싸우는 요리사라…… 쿳쿠 같은데."

신은 육천의 요리 담당이었던 여성을 떠올리며 쓴웃음을 지었다.

재료를 직접 확보하는 일에 집착했던 그녀는 식재료 수집을 위해 몬스터를 쓰러뜨리다가 능력치가 상한선 직전까지 도달했다는 괴짜였다.

애초에 육천에는 특이한 멤버뿐이었지만, 신이 직접 만든 물결무늬 식칼을 양손에 들고 드래곤을 손질하던 쿳쿠의 모습은 기억에 강렬하게 남아 있었다.

"생각하니까 배가 더 고프네……."

신은 배가 꼬르륵 소리를 낼 것 같았기에 살짝 걸음을 서두르며 가게에 들어섰다. 점심시간이라 그런지 안은 상당히 혼잡했다.

"어서 오십시오~! 죄송합니다~. 잠시만 기다려주세요!!"

소란스러운 가게 안에서 옥구슬 같은 목소리가 울려 퍼졌다. 웨이트리스는 한 명밖에 없는 것 같았고 테이블과 카운터 사이를 계속해서 왕복하고 있었다.

아무리 배가 고파도 이런 상황에서는 불평을 할 수 없었기에, 신은 얌전히 문 옆에 서서 가게 안을 구경하고 있었다.

길드 근처에 있기 때문인지, 아니면 주인이 전직 모험가이기 때문인지는 모르겠지만 가게 안의 손님들은 대부분 갑옷이나 검으로 무장하고 있었다. 아마 스컬페이스 퇴치를 위해 모인 사람들일 것이다.

"많이 기다리셨습니다. 바로 안내해…… 아니, 신 씨였군요."

"응? 저기, 세리카 씨? 아니지, 시리카 씨인가요?"

신은 갑작스러운 말에 놀랐다. 자세히 보자 눈앞에 있는 웨이트리스가 머리를 포니테일로 묶은 시리카라는 걸 알 수 있었다. 처음에는 세리카가 또 옷을 갈아입고 왔나 싶었다.

"정답입니다. 이 가게를 고른 건 언니의 소개 때문인가요?"

"네. 여러 가지로 신세를 지고 있습니다."

"……이렇게나 빨리 여기를 소개받다니, 보통이 아니네."

시리카는 진지한 얼굴로 뭔가를 중얼거렸다.

"……? 뭐라고 하셨나요?"

신은 신경이 쓰여 물었지만 시리카가 아무것도 아니라며 웃어넘기자 대화는 거기서 끝나고 말았다. 문 옆에서 계속 이 야기할 수도 없는 일이었으니까.

마침 단체 손님이 돌아간 뒤였는지, 시리카는 유일하게 비 어 있던 테이블로 안내해주었다.

혼자 큰 테이블에 앉는 건 눈치가 보였지만, 공교롭게도 카 운터 좌석은 전부 만석이었다.

다른 손님이 오면 합석하게 될 거란 말을 들은 뒤, 신은 시 리카에게 요리를 주문했다.

그리고 잠시 뒤에 시리카가 다시 돌아오더니 다른 손님과 의 합석을 부탁했다.

"저기~ 신 씨. 죄송하지만 새로운 손님이 오셔서 그러는데 합석을 부탁할게요."

"아, 네. 알겠습니다."

테이블에 다가온 건 역시 모험가였고 흉흉한 빛을 내뿜는 창을 가진 남자였다.

"……『베놈』인가."

신은 그 섬뜩한 창을 보며 불쑥 중얼거렸다.

마창魔槍 『베놈』―전설급에 분류되면서도 신화급의 성능에 필적하는, 레어나 유니크 급과는 차원이 다른 무기였다.

"미안하군. 실례 좀 하지."

"오히려 고마워. 혼자 테이블을 점령하고 있는 게 눈치 보였거든."

신은 가볍게 인사를 나누며 남자와 마주 보았다.

키는 신과 비슷했다. 붉은 눈동자에 흑발을 대충 머리 뒤로 묶어 넘겼다. 피부는 병자 같아 보일 정도로 새하얗다.

미남이라 해도 좋은 얼굴이었지만 눈빛이 너무 날카롭고 풍기는 분위기가 살벌한 탓에, 외모와는 달리 야생 짐승 같은 인상을 주었다. 그것도 냉정하게 사냥감을 해치우는 포식자에 가까웠다.

레벨은 188. 이 남자라면 일반적인 스컬페이스·잭을 혼자서도 충분히 쓰러뜨릴 수 있을 것이다.

"난 신이라고 해. 이것도 인연이겠지. 잠깐 동안이지만 잘 부탁해."

"……내게 그런 소릴 하는 녀석이 아직 있을 줄이야. 빌헬름 에이비스다. 모험가가 된 지 얼마 안 된 건가?"

먼저 말을 건넨 신을 잠시 관찰한 뒤에 빌헬름도 자기 이름을 밝혔다.

신은 고개를 갸웃거리면서도 질문에 대답했다.

"그래, 오늘로 사흘째야."

문득 주위를 둘러보니 여전히 떠들썩한 가게 안의 모든 손님이 이쪽을 주시하고 있다는 걸 알 수 있었다. 신은 아직 특별할 것이 없는 신참 모험가였다. 그렇다면 사람들의 이목을 끄는 건 빌헬름일 것이다.

신은 그 이유까지는 알 수 없었지만 당장 문제가 있는 것도 아니었기에 일단 넘어가기로 했다.

"사흘째? 그런 것치고는 제법 좋은 장비로군. 용병이라도 했었던 건가?"

"아니. 뭐, 외딴 촌구석에서 여기까지 떠나오느라 나름대로 고생을 하긴 했어. 덕분에 이곳의 상식을 잘 모르거든."

"······그래서 내 이름을 듣고도 겁을 먹지 않은 거로군. 제대로 된 모험가라면 나와 한자리에 앉으려 하진 않았을 테니."

"겁을 먹을 만한 짓을 한 건가······. 대체 뭘?"

평범한 사람이었다면 위압감만으로 식은땀을 흘릴 상황이었지만 신은 느긋하게 이야기하고 있었다.

주위의 모험가들은 다들 '이 녀석, 어째서 그렇게 친근하게 이야기하는 거야?'라며 안타까워하는 표정을 짓고 있었다.

하지만 신 본인은 조금의 위압감도 느끼지 못했다. 게다가 아무리 봐도 악행을 저지르는 남자 같지는 않았다.

"별로 대단한 건 아냐. 난 꽤나 오래 전부터 언데드 몬스터만 해치우고 있어. 그래서 항상 사람들이 가까이 가지 않는 곳에서만 싸우고 있지. 그런데 그런 짓을 계속하다 보니까 언데드의 힘을 흡수하고 있는 게 아니냐는 소문이 돌기 시작한 거야."

"뭐야, 그게······. 말도 안 되잖아."

신이 보기에는 단순한 시샘 같았다. 농담으로 하는 말이 아니었을까?

"그건 나도 같은 의견이지만 말이지. 뭐, 그걸 진지하게 믿는 녀석은 랭크가 낮은 멍청이들뿐이겠지. 진짜 이유는 이 녀석을 갖고 있다는 거야."

빌헬름은 그렇게 말하며 벽에 세워두었던 마창 『베놈』을 잡았다.

"이 『베놈』은 전설급 무기인데, 공격한 상대의 생명력을 빨아들여 사용자에게 나눠주는 능력이 있어. 그것뿐이라면 편리할 테지만, 전설급 이상의 무기라는 건 전부 말도 안 되는 힘을 갖고 있거든. 사용자도 모르던 능력이 갑자기 발견되는 경우도 흔해."

"쓰면서도 정확히 모르는 거야?"

"그래. 자기도 모르는 사이 저주에 걸렸다는 녀석도 있을 정도지. 그리고 내 무기의 능력은 【드레인(흡수)】이야. 요컨대 같은 편의 생명력을 아무도 모르게 빨아들이는 게 아닐까 하고 겁을 집어먹은 거지."

게임에서처럼 무기 설명을 볼 수 없다 보니 소유자도 정확히 어떤 효과를 가진 무기인지 파악할 수 없는 것 같았다. 효과를 알고 있는 신의 입장에서 보면 정말 바보 같은 이야기지만, 이쪽 세계에서는 어쩔 수 없는 일이었다.

주위 손님들의 시선이 쏠린 이유도 이걸로 납득이 갔다.

"감정해보면 알 수 있지 않아?"

"감정을 통해 알아낼 수 있는 건 재료 정도잖아. 뭐, 나도 시험 삼아 부탁해본 적이 있지만 알아낸 건 이름과 등급뿐이었어. 방금 내가 말한 능력도 직접 쓰면서 확인한 거고."

"감정한 사람의 스킬 레벨은?"

"Ⅶ이었지."

빌헬름의 대답을 듣고 신은 당연히 무리였을 거라 납득했다.

전설급 장비를 감정하려면 적어도 스킬 레벨 Ⅷ이 필요했다. 신화급이면 Ⅸ, 고대급이라면 최대인 Ⅹ이 아니면 세부적인 능력을 확인할 수 없었다.

게임 때는 상인이나 대장장이, 혹은 감정 스킬을 올린 플레이어에게 부탁하면 금방이었지만, 이쪽 세계에서는 그것조차 쉽지 않은 것 같았다.

신이 다음 화제를 꺼내려 할 때 시리카가 주문한 요리를 가져다주었다. 빌헬름도 이미 주문을 해두었는지, 신이 시키지 않은 요리도 있었다.

"일단 먹자."

"전폭적으로 찬성이야!"

빌헬름의 말에 동의한 신은 '잘 먹겠습니다'라는 구호와 함께 양손을 맞댄 뒤, 바로 음식을 먹기 시작했다. 신이 주문한 건 굽새라는 몬스터의 다리를 뼈째로 구운 요리였다. 아직도 김이 모락모락 나는 그 음식은 테이블에 가까이 왔을 때부터 먹음직스러운 냄새를 풍기고 있었다.

한입 깨문 순간 입안 가득 퍼지는 육즙과 인상적인 양념, 바삭한 껍질과 살살 녹을 만큼 부드러운 살코기의 식감이 공복이던 신을 미치게 만들었다.

"맛있어! 이거 진짜 맛있어!!"

"……좀 진정하면서 먹으라고."

게걸스럽게 먹기 시작하는 신을 보며 빌헬름도 살짝 질린 눈치였다. 하지만 정작 빌헬름도 신에게 뒤지지 않을 만한 속도로 요리를 먹고 있었으므로 남 말할 처지는 아니었다.

한동안 말없이 식사를 계속한 뒤 두 사람 모두 한 번씩 추가 주문을 했다. 그리고 후식으로 차—평범한 홍차가 있었다—를 홀짝거렸다.

"굽새는 오랜만에 먹어보는데. 아무리 생각해도 불에 구워져서 먹히는 게 당연해 보이는 이름이기도 하고."

신이 농담을 하자 빌헬름도 웃으며 대답했다.

"자칫 잘못하면 우리가 까맣게 타버릴 테지만 말이지."

우스꽝스러운 이름이지만 이래 봬도 레벨 100 정도의 몬스터였다.

이름처럼 새 종류지만 하늘을 날지는 못하고 민첩하지도 않다. 그러나 최대의 특징으로 불을 뿜을 수 있었다. 그것도 설정이 잘못된 게 아닐까 싶을 만큼 엄청난 화력이기에, 게임 때에는 잘못 건드렸다가 많이 죽게 되는 걸로 유명한 몬스터였다.

"그러고 보니 무기에 대한 정보를 가볍게 가르쳐줘도 되는 거야? 이런 건 보통 숨기지 않나?"

"아까 말한 것처럼 이미 누구나 알고 있으니까 말이지. 이 제 와서 신참에게 이야기한다고 해서 달라지는 건 없어."

"그렇군."

누구나 아는 내용이었던 모양이다.

"나는 이제 간다. 그럼 잘 있어, 신참."

"또 봐~."

신은 친구 대하듯이 빌헬름을 배웅했다. 주위에서 여전히 뭐라고 수군거렸지만 이제 와서 굳이 신경 쓰지 않기로 했다.

빌헬름이 나가고 잠시 뒤에 신도 자리에서 일어났다.

언젠가 전장에서 함께하게 될 육천의 하이 휴먼과 백모白貌의 마창 사용자의 첫 만남은 이렇게 시원시원하게 마무리되었다.

†

가게에서 나온 신은 도서관으로 향했다.

히르크 약초 수집 의뢰는 아직 완료하지 못했지만 애초에 정해진 기한은 없었다. 굳이 서두르지 않아도 된다.

그것보다 요 며칠 동안 자신의 행동을 되짚어보니 앞으로

이 도시에서 편히 살아갈 수 없을 거란 위기감이 생겨났기에, 먼저 다른 일을 끝마치려고 생각한 것이다.

"여기구나."

신이 온 곳은 상업 지구와 거주 지구의 중간 지점이었다. 상인들의 활기 넘치는 목소리가 이따금씩 신의 귀에 들려오는 정도였고, 상업 지구와 비교하면 상당히 한적한 장소였다.

베일리히트 왕국이 관리하는 도서관은 왕립 마법 도서관이라는 이름을 갖고 있었다.

마법이라는 이름이 붙어 있지만 그 외의 주제도 풍부하게 취급되었다. 츠구미도 모르는 게 있으면 먼저 여기서 조사해보는 게 이 나라의 상식이라는 말을 해주었다.

안에는 허가 없이 보지 못하는 책도 있다고 하지만 이번에는 가능한 범위 내에서 조사해보려는 생각이기에 문제 될 건 없었다.

도서관 내부는 이렇다 할 특징은 없었고 테이블과 의자, 그리고 수많은 책장이 가득 늘어서 있었다.

안내 데스크에서 사용법을 설명해달라고 요청하자, 도서관 내에서 읽는 건 무료지만 대출에는 비용이 든다는 점, 대출 일수에는 제한이 있다는 점, 한 번에 3권까지만 빌려 갈 수 있다는 점 등의 주의 사항을 요약해서 가르쳐주었다.

대출 비용은 책의 종류와 기간에 따라 달라진다고 한다. 책을 잃어버리면 당연히 벌금도 내야 했다.

열람에 허가가 필요한 책은 원칙상 대출 금지였다. 상급 모험가나 장교처럼 일정 이상의 신분과 신용이 있어야만 읽을 수 있는 책도 있었다.

귀중한 책도 있기에 도둑이 들 만도 했지만, 도서관 내에는 병사들이 주위를 감시하고 있고 방범용 스킬까지 전개되어 있기에 나쁜 짓을 하는 사람은 없다고 한다.

'레벨 Ⅷ의 월하고 배리어인가. 자신만만할 수밖에 없겠군.'

성벽보다 강력한 결계 스킬이 사용되었다는 것이 약간 의아하긴 했지만, 확실히 이 정도면 쉽게 뚫어낼 수 없을 것이다.

신은 설명을 들은 뒤에 어느 분야의 책이 어디에 있는지 물어보고 도서관을 돌아다니며 손에 들 수 있을 만큼만 책을 꺼냈다. 그리고 빈자리를 찾아 앉았다.

일단은 역사부터였다.

신은 역시 데스 게임에서 일제히 로그아웃된 것과 관계가 있어 보이는 『영광의 낙일』에 대해 알아보는 게 먼저라고 생각했다.

책 중에 건국부터 일어난 굵직한 사건들이 기재된 연표가 있었기에 바로 펼쳐보았다.

"일단은 최근의…… 으음, 지금은 건국으로부터 511년째인가. 『영광의 낙일』이 일어난 게 대충 500년 전이라고 했으니까 거의 같은 시기로군."

신은 기묘한 우연에 고개를 갸웃거리면서 연표를 과거로

되짚어나갔다.

적힌 내용은 왕위 계승이나 장례식, 전쟁, 대규모 공사나 동맹 체결처럼 국정에 관련된 것이 많았다. 그리고 연표의 가장 마지막에 있는 건국 부분을 확인했지만—.

"『영광의 낙일』에 대한 건 조금도 안 써져 있네."

연표에는 그저 베일리히트 왕국 건국이라고만 적혀 있고 그 이전은 적혀 있지 않았다.

"뭐, 단순한 연표니까. 다른 책이라면 뭔가 적혀 있겠지."

신은 낙담하지 않고 다른 역사서를 펼쳐보았다. 하지만 다음에 펼친 책의 내용도 대부분 건국 뒤의 이야기뿐이었고, 『영광의 낙일』에 대해 자세히 기록되어 있지는 않았다.

그 뒤로도 몇 권의 역사서를 읽어보았지만 전부 꽝이었다. 유일하게 관련 내용이 포함된 책도 있었지만 기대를 채워줄 정도는 못 되었다.

"그날을 경계로 해서 세계가 변해버렸다는 내용만으로는
……."

왕이 떠나고 나라가 사라지고 세계는 변해버렸다고 적혀 있었지만 구체적으로 어떻게 된 것인지는 정확히 알 수 없었다.

『영광의 낙일』 이후 전 세계가 잠시 난세 같은 상태가 되었다고 하는데, 그것의 직접적인 원인도 자세히 기록되어 있지 않았다.

모든 플레이어가 로그아웃—사실상 소멸한 것이므로 혼란

에 빠지지 않는 게 무리일 테지만, 조금은 기록이 있어도 되지 않나 싶었다.

서적에서 확실한 정보는 얻기 힘들 것 같다고 포기하면서도, 신은 혹시 단서라도 있을까 싶어 높이 쌓인 책 중에 한 권을 꺼내 들었다.

종족에 관한 책이었는지 간결하게나마 각각의 특징과 풍습이 실려 있었다.

휴먼 – 가장 수가 많고 국가도 많다. 왕국을 이루며 왕은 국왕이라 칭한다.

드래그닐 – 힘과 생명력이 매우 높고 휴먼의 모습을 취할 수도 있다. 황국을 이루며 왕은 용왕이라 칭한다.

비스트 – 휴먼 다음으로 수가 많으며 민첩하고 부족마다 다른 특징을 가졌다. 부족이 모여 연합을 이루고 수장은 수왕獸王이라 칭한다.

로드 – 한 가지 능력만 특출한 것이 아니라 모든 능력이 골고루 높은 편이다. 제국을 이루며 왕은 마왕이라 칭한다.

드워프 – 손재주가 좋아 무기나 도구 제작이 특기다. 각국에 흩어져 있으며 조합 형식으로 기술을 공유하는 경향이 있다. 가장 뛰어난 장인을 암굴왕巖窟王이라 칭한다.

픽시 – 모든 종족 중에서 가장 수명이 길고 마법 사용 능력이 뛰어나다. 요정향이라는 독자적인 세계를 구축해 그 안에서 사는 자와 바깥세상과 교류하는 자로 나뉜다. 왕은 요정왕이라 칭한다.

엘프 ― 픽시 다음으로 수명이 길며 마법뿐만 아니라 위기 감지 능력도 뛰어나다. 숲과 함께 살아간다. 젊은이는 집락 밖으로 나가는 경우도 많다. 집락은 정원이라 불리며, 수장은 삼왕森王 이라 칭한다.

이 부분은 신이 알고 있는 내용과 크게 다르지 않았다.

드워프의 장인을 암굴왕으로 부른다는 부분에서 위화감이 약간 느껴졌지만, 드워프는 원래 동굴에 사는 설정이기 때문일 거라고 납득했다.

수명이 긴 엘프와 픽시라면 『영광의 낙일』에 대해 알고 있을지도 몰랐기에 신은 그런 정보를 확실히 기억해두었다.

"자, 그러면 다음으로 가볼까."

신은 시간이 허락할 때까지 조사해보기로 마음먹으며 다음 책을 펼쳤다.

†

신이 도서관에서 조사를 하고 있을 무렵이었다.

모험가 길드의 모처에서 발크스와 엘스 같은 간부들이 나란히 모여 있었다.

물론 의제는 스컬페이스에 대한 것이었다.

신이 가져온 보석의 감정이 끝나기를 기다리는 상황이었지만, 소개장을 가진 사람이 밝힌 정보라면 정확할 거라는 전제 조건하에 바쁘지 않은 멤버들만 일단 모여 있었다.

그렇게까지 급한 사항이 아닌 것은 스컬페이스가 이미 쓰러졌고, 발크스와 엘스의 보고를 통해 신이 어떤 사람인지 조금이나마 파악할 수 있었기 때문이었다.

지금까지 소개장을 가진 사람이 위험인물이었던 적은 단한 번도 없었기에 이 정도로 신뢰하고 있었던 것이다.

"그러면 임시 회의를 시작하겠네."

그 목소리에 반응하여 회의실 안의 모두가 일제히 발크스 쪽으로 시선을 보냈다.

"이미 들은 사람도 있겠지만 북쪽 숲에 출현한 스컬페이스·잭이 토벌되었네. 토벌자는 보석만 회수해 왔기에 현재 그것을 조사 중일세."

발크스의 담담한 말에 모두 의아한 표정을 지었다.

"잭급을 토벌해놓고 검이나 갑옷을 회수하지 않았다고요?"

제일 먼저 말을 꺼낸 건 얼마 전 왕국에서 연락책으로 파견되어 온 알디였다.

같은 의문을 갖고 있었던 건지, 보석의 조사를 담당하고 있던 마도사 알라드 로일도 고개를 끄덕거렸다.

서브 마스터인 키리에 에인과 사정을 잘 아는 엘스는 무반응이었다.

발크스는 말을 이었다.

"본인이 말하기로는 검이나 갑옷은 대단치 않았다고 하더군."

"대단치 않았다…… 라고요?"

알디는 납득할 수 없다는 표정을 지었다. 그 옆에서 알라드가 수염을 쓰다듬으며 홋홋홋 하고 웃고 있었다.

"그렇게까지 말하다니, 꽤나 자신만만한 양반 같구먼."

노령에 접어든 탓인지 머리와 수염이 희끗희끗했지만 등은 꼿꼿이 세우고 있어 실제 연령만큼 늙어 보이지는 않았다. 명랑하게 웃는 모습은 마음씨 좋은 할아버지 같았다.

"소개장을 가진 녀석들치고 상식이 있는 경우를 거의 못 봤으니 말일세. 신경 쓰면 지는 걸세, 젊은이."

"그런 겁니까?"

알디는 알라드의 말을 곧이곧대로 믿으려 하고 있었다.

"기다리게. 내가 할 말은 아니지만 그렇게까지 비상식적이진 않아."

"길드 마스터가 말하니 설득력이 없군."

발크스가 끼어들었지만 엘스는 단호하게 무시했다.

그들끼리만 통하는 농담이었으리라. 긴장감이 적당히 풀리자 알라드는 진지하게 보고했다.

"그건 그렇고 그 보석 말이네만. 자세한 건 아직 몰라도 레벨은 분명히 359인 것 같다네."

"역시 그렇군. 레벨에 대한 건 뒷받침할 증거만 있으면 되네. 문제는 비슷한 몬스터가 또 발생하지 않았나 하는 점이야."

발크스는 무겁게 고개를 끄덕였다.

보석 조사에 관해서라면 길드 내에서 알라드보다 뛰어난 자는 없었기에, 최소한 킹급 레벨의 스컬페이스가 나왔다는 건 확실했다.

"그에 관해서는 탐색이 특기인 직원이 이미 조사를 나갔습니다. 내일까지는 정보가 들어올 겁니다."

키리에가 냉정한 말투로 덧붙였다.

장식 핀으로 묶인 흑발, 안경 안쪽의 가늘고 긴 갈색 눈. 지적인 미모 때문인지, 허리에 검을 차고 있지 않았더라면 발크스의 비서로만 보였을 것이다.

알라드가 재미있다는 듯이 어깨를 들썩였다.

"여전히 키리에 양은 일처리가 빠르구먼. 길드 마스터도 좀 본받으면 좋으련만."

"우리 서브 마스터가 이렇게 유능합니다, 로이 옹."

"발크스 님은 좀 더 사무에 신경을 쓰시는 게 좋을 것 같네요."

"으."

발크스의 농담을 키리에가 한마디로 일축했다. 발크스의 사무 능력이 특별히 떨어지는 건 아니지만 키리에는 아직 불만이 있는 듯했다.

"정말 가차 없구먼."

"……."

세 사람의 대화를 멍하니 바라보던 알디에게 알라드가 물었다.

"흐음, 생각하던 것과 달라서 놀란 겐가?"

"아니요, 뭐…… 좀 더 엄숙한 분위기일 거라 생각했으니까요."

진지한 성격인 것이리라. 조심스레 말하는 알디는 아직도 살짝 곤혹스러워하고 있었다.

"뭐, 항상 있는 일일세. 게다가 오늘은 회의라기보다는 연락회 같은 거니 말이지. 정말 비상사태였다면 각 지구의 책임자와 S랭크 모험가들까지 모여 있었을 게야."

"역시 이번 스컬페이스는 보고된 한 마리뿐인 거군요?"

그곳에 5명이 모인 시점에서 알디도 그렇게 위급한 사태가 아니라는 걸 알고 있었지만, 다들 너무 낙관하고 있는 게 아닌지 걱정하고 있었다.

알라드가 그런 알디의 마음을 눈치챘는지 본심을 토로하며 덧붙였다.

"그렇다네. 저런 괴물이 몇 마리씩 나타나면 어떻게 살아가겠는가. 그리고 그렇게 판단할 만한 이유도 있다네."

"수호 결계 말이군요."

"그래. 그게 어떤 것인지 알고 있는가?"

"외부의 마물이 접근하지 못하도록 하는 결계지요."

"정확하네. 초대 국왕께서 펼쳐놓으신 거지. 덕분에 결계 안에서 강력한 마물이 생겨난다 해도 여럿이서 나타나지는 못한다네. 결계에는 짙은 마력 웅덩이가 생기는 걸 막는 효과도 있으니 말일세. 게다가 우리가 항상 경계하고 있다는 건 자네도 잘 알고 있지 않은가."

건국 때에 펼쳐진 술법은 지금도 베일리히트 왕국을 수호해주고 있었다. 하지만 그런 결계도 완벽하지 않다는 건 왕국과 길드도 잘 알고 있었다.

스컬페이스에 대한 보고를 받은 왕국에선 기사단이 완벽한 태세로 출격할 수 있도록 대기 중이었다. 길드에서도 토벌 보고가 올라온 현재까지 모험가들에 대한 대기 지령을 풀지 않은 채 정보 수집에 노력하고 있었다.

"스컬페이스의 활동이 활발해지는 건 밤이네. 알디 군은 혹시 모를 사태에 대비해서 경계 체제를 한 단계 올리도록 기사단장에게 연락해주게."

두 사람의 대화가 일단락되자 발크스가 발언했다. 방금 전의 장난 섞인 대화가 거짓말 같았다. 알라드와 키리에, 엘스의 태도를 보건대 언제나 이런 것이리라.

"알겠습니다."

"내가 할 말은 끝났네. 그 밖에 다른 의견이 있는 사람 있나? 없다면 해산하겠네만."

오늘은 스컬페이스에 관한 보고가 주요 안건이었기에 발

크스, 키리에, 알라드, 엘스는 이걸로 회의가 끝났다고 생각했다.

하지만 알디가 손을 들었기에 발크스는 고개를 끄덕거리며 발언을 재촉했다.

"이번 스컬페이스는 무장이 달랐다는 정보를 들었습니다. 그 무장과 스컬페이스를 토벌한 자에 대한 정보를 가능한 한 자세히 알려주셨으면 합니다."

"흐음…… 무장에 관한 건 숨길 생각이 없지만, 토벌자의 정보는 본인의 의사도 있기에 명확히 밝힐 수 없네. 그래도 좋다면 받아들이지. 우리로서는 왜 그걸 알고 싶어 하는지가 궁금하네만 이유를 말해줄 수 있겠나?"

"네. 조금 다른 이야기입니다만 왕성에 검이 날아든 사건은 다들 알고 계시겠죠?"

모두가 당연하다는 듯이 고개를 끄덕였다. 스컬페이스 소동이 아니었다면 지금쯤 그 이야기로 떠들썩했을 것이다.

"왕성에 검이 날아든 날에 스컬페이스가 토벌되었고, 게다가 그 스컬페이스는 통상적인 개체와는 다른 대검을 장비하고 있었습니다. 이런 사실들이 서로 연관되어 있다고 생각하는 분이 계십니다."

알디를 제외한 이들은 그 말을 듣고 몇 명의 인물을 떠올리고 있었다.

발크스가 대표로 물었다.

"어떤 검이었는지 물어봐도 되겠나?"

"비밀을 지키신다고 약속하신다면요."

알디가 꺼낸 조건에 대해 그 자리에 있던 모두가 동의했다. 정보의 중요성을 다들 잘 알고 있었던 것이다.

"검신은 2메르 정도이고 재질은 마철강과 미스릴 합금. 거기에 빛 속성 영구 부여 마법이 걸려 있었습니다. 우리나라의 보검과 동격이거나, 어쩌면 그보다 위일 수도 있는 물건입니다."

"……?!"

그 이야기에 모두가 놀라움을 감추지 못했다.

베일리히트 왕국의 보검이라면 하위 전설급으로 분류되는 무기였다. 흉내 내어 만들 수도 없는 국보급 무기와 동격인 검이 흔하게 있을 리는 없었다.

신은 싸움에 집중하느라 감정 스킬을 사용하지 않았던 탓에 알아채지 못했지만, 스컬페이스가 가진 대검은 레어와 유니크보다도 랭크가 높았다. 최하급의 자기 재생 능력까지 갖추어져 있었다.

"스컬페이스가 들고 있던 게 정말 그 대검이라고 가정해봅시다. 보검급의 무기를 가진 고레벨 몬스터를 쓰러뜨릴 만한 실력자에 대해 궁금해하지 않는 게 더 이상합니다. 게다가 일이 조금 곤란하게 되기도 했고요……."

알디가 말한 내용은 어느 정도 진실에 맞닿아 있었지만, 그 정도의 정보만으로는 아무도 정확한 판단을 내릴 수 없었다.

언데드가 빛 속성의 무기를 갖고 있다는 건 일단 이 세계에서 있을 수 없는 일이었으니까.

"곤란한 일이라고?"

마지막에 말끝을 흐리는 걸 의아하게 여긴 발크스가 물었다.

"이건 머지않아 발크스 님께도 알려질 테고, 어쩌면 대대적으로 발표될지도 모릅니다. 일단 그때까지는 비밀을 지켜주셨으면 합니다."

"흐음, 알겠네. 다른 사람은 자리를 비켜주겠나?"

"허가는 나왔으니 방금 전과 똑같은 조건을 지켜주신다면 함께 들어도 무방합니다. 다른 분들도 알게 될 가능성이 높으니까요."

발크스를 제외한 나머지 사람들은 '발표'라는 단어에 대해 의문을 가지면서도 일단은 이야기를 재촉했다.

"실은……."

그 뒤에 알디의 입에서 언급된 내용 때문에 일동은 머리를 감싸 쥐게 되었다.

†

신이 도서관에서 조사를 시작한 지 몇 시간이 지났다. 공공시설의 숙명인지, 도서관은 저녁이라기엔 조금 이른 시간에 문을 닫았다.

메뉴 화면에서 확인해보자 시간은 오후 4시 50분이었다. 지구와 시간이 정확히 일치하는지는 알 수 없지만, 시청이나 우체국도 아니고 너무한다는 생각이 들었다.

어쨌든 남쪽 지구—상업 지구로 돌아가 노점이나 구경해볼까 생각했을 때 배가 꼬르륵 소리를 냈다.

저녁을 먹기에는 일렀지만 우연히 발견한 포장마차에서 닭꼬치가 먹음직스럽게 익는 걸 보자 무심결에 사버리고 말았다.

닭꼬치라지만 일본에서 파는 것과는 조금 달랐고 30세메르 정도의 꼬챙이에 닭고기가 시원하게 꽂혀 있는 음식이었다.

"이세계에서도 닭꼬치는 웬만하면 맛있나 보네……. 하지만 너무 많이 산 건가."

신은 쓴웃음을 지으며 주머니에서 새로운 꼬치를 꺼냈다.

구입한 닭꼬치는 큰 걸로 4개. 저녁 식사 전에 먹기에는 아무래도 너무 많았다.

걸어가면서 먹는 것도 불편했기에 휴식 공간인 광장 중심에 있는 분수에 다가갔다. 신은 분수 가장자리에 앉아 자연스레 행인들을 구경하며 고기를 먹었다.

스컬페이스가 출현했다는 정보 때문인지 역시 모험가가 많았다. 토벌이 완료되었다는 발표도 전해졌을 테지만 아직까지 경계하고 있는 것이리라.

그리고 그런 자들을 상대로 장사하는 노점상도 오늘은 특히 많은 것 같았다.

하지만 이곳에 온 지 며칠밖에 되지 않은 신이 그렇게 생각하는 것도 우습긴 했다.

신은 떠들썩한 거리를 안주 삼아 닭꼬치를 먹으며 도서관에서 조사한 내용을 머릿속으로 정리해보았다.

오늘 알게 된 사실 중에서 가장 중요한 건 3가지였다.

첫 번째는『영광의 낙일』에 대해 적힌 책이 희귀하다는 점이었다.

도서관 책장에는 꽂혀 있지 않았고, 가능성이 있다면 열람이 제한된 곳이나 금서 종류를 보관하는 장소일 것이다. 양쪽 모두 지금은 신이 들어갈 수 없으므로 일단 넘어가기로 했다.

앞으로 엘프나 드래그닐 같은 장수 종족의 집락을 방문할 생각이었기에, 아직은 어딘가에 숨어들어서까지 금서를 찾을 생각은 없었다.

두 번째는 이쪽 세계의 지리에 대해서였다.

원래【THE NEW GATE】의 세계에는 대륙이 4개 존재했고, 그중 3개 대륙이 각각 초급자, 중급자, 상급자용 구역이었다. 나머지 하나는 일반 필드에 싫증난 플레이어를 위한 구역으로 만들어져 있었다.

당연히 신은 4개 구역을 전부 제패했기에 맵에 모든 필드가 표시되었다. 하지만 현재는 맵 기능이 거의 의미 없어졌다고 해도 과언이 아니었다.

이유는 지극히 간단했다. 『영광의 낙일』 이후에 일어난 천재지변으로 대륙의 형태 자체가 변화해버렸기 때문이었다.

대륙의 이동과 대지의 융기 현상으로 현재 대륙은 5개로 나뉘었고 곳곳에 작은 섬나라도 존재했다. 지도도 발견했지만 조잡하다고밖에 할 수 없는 내용이었다.

어쩌면 이것 역시 『영광의 낙일』에 대한 자료가 없는 이유 중 하나일지도 몰랐다.

덧붙이자면 현재 신이 있는 대륙은 엘트니아라고 부르는 것 같았다.

그리고 세 번째는 한때 모험가들의 활동 거점이었던 대도시의 현재 상황이었다.

각 대륙에는 플레이어의 활동 거점이 되는 대도시가 2개 혹은 3개씩 존재했다.

좋은 장비를 판매하는 도시나 상업이 활발한 도시 등 각자의 특색이 있었고, 특정 종족이나 직업이 많을 수도 있었지만 어느 곳이든 활기가 넘쳤다.

환생을 하기 위한 신전이 대도시에만 있었던 것도 사람들이 모여드는 이유 중 하나였다.

그러한 대도시는 현재 『성지』라 불리며 탈환해야 할 목표가 되어 있었다.

대도시는 천재지변의 영향을 받지 않고 대부분 그대로의 모습으로 남아 있었지만, 『영광의 낙일』이후로 고레벨 몬스터가 우글거리는 마魔의 도시로 변한 것이다.

몇 번이고 조사대가 파견되었지만 최소 레벨의 몬스터조차 500이 넘는『성지』에 들어갔다가 돌아온 사람은 아무도 없었다.

그리고 무슨 이유인지, 그러한 고레벨 몬스터는『성지』바깥으로 나오지 않았다.

실질적인 피해라면『성지』에서 넘쳐흐르는 마력 때문에 주위 토지나 식물이 이변을 일으켜 갑자기 저레벨 몬스터가 대량 발생하는 정도였다.

"그건 그렇고, 어떻게 해야 하려나."

신은 턱에 손을 갖다 대며 조용히 생각했다.

지형 자체가 바뀌었다면 게임 때의 기억은 아무 소용이 없었다. 엘프의 정원이나 픽시의 요정향 같은 장수 종족의 집락도 기억하던 것과는 다른 장소에 있을 것이다. 정보 수집은 난항을 겪을 것 같았다.

"흐음…… 응?"

차라리 티에라나 엘스에게라도 물어볼까 생각했을 때, 신은 문득 누군가의 시선을 느끼고 고개를 들었다.

그러자 2메르 정도 떨어진 곳에서 초등학교 저학년 정도의 고양이 귀 소녀가 가만히 신을 바라보고 있었다.

"……"

"……."

"……주르륵."

"아니, 얘……."

수정해야 할 것 같다. 초등학교 저학년 정도로 보이는 고양이 귀 소녀는 신이 들고 있는 꼬치를 물끄러미 쳐다보고 있었다. 무척이나 먹고 싶어 하는 것 같았다.

"……."

"저기……."

"……."

"으음……."

"……."

"……먹을래?"

물끄러미, 정말로 물끄러미 쳐다보는 소녀에게 신도 물러설 수밖에 없었다.

순수한(식욕으로 가득한 것 같은 느낌도 들지만) 눈동자로 쳐다보면, 신기하게도 자신이 마치 나쁜 짓이라도 하고 있는 것 같은 기분이 든다.

애초에 너무 많이 샀다고 생각하고 있던 참이었다. 신은 꼬치를 입에 문 채로 주머니에서 새로운 꼬치를 꺼내 소녀에게 내밀었다.

신은 '먹을래?'라고 물으려 했지만 실제로는 '머으애?'라는 괴상한 발음이 나오고 말았다.

신의 말을 알아들은 건지, 아니면 단지 먹을 것을 내밀었기 때문인지—소녀는 종종걸음으로 신에게 다가왔다. 그리고 휙 하고 꼬치를 낚아채더니 신의 옆자리에 앉아 닭꼬치를 먹기 시작했다.

한입 깨문 순간, 고양이 귀가 쭈뼛하고 섰기에 신은 살짝 놀랐다.

"우물우물…… 꿀꺽."

작은 입으로 열심히 고기를 먹는 소녀를 보며 흐뭇한 기분이 드는 것은 왜일까.

처음에는 유랑민이나 거지가 아닌가 생각했지만, 소녀의 차림을 보면 그런 신세 같지는 않았다.

곳곳이 기워지긴 했지만 제대로 된 옷을 입고 있었고 영양실조로 야윈 것도 아니었다. 지갑을 노리는 것 같지도 않았다. 신은 적어도 집과 보호자는 있을 거라고 판단했다.

"하음. 잘 먹었습니다."

마지막 한 조각까지 깨끗이 먹은 소녀는 신에게 고개를 숙였다.

"응. 천만에."

"오빠, 좋은 사람."

"그렇게 말해주니 고마운데."

살짝 웃으며 신을 올려다보는 소녀는 귀만 봐도 알 수 있겠지만 고양잇과에 속하는 비스트였다. 노란 머리카락 끝부분이 갈색으로 물들어 있는 걸 보면 호랑이 타입인 걸까.

츠구미에게서 베일리히트 왕국의 인구 중 3할은 비스트라는 말을 들었기에 별로 특이할 것도 없었다.

"난 미리. 오빠는?"

"이름 말이니? 난 신. 그냥 신이라고 해."

"미리하고 똑같아."

"똑같아?"

"미리도 그냥 미리."

"오오, 확실히 똑같구나."

신은 플레이어명을 그대로 사용하고 있기에 성이 없었다. 길드에서 등록할 때도 특별히 지적받지 않았으니까 큰 문제는 없으리라.

옆에서는 미리가 '똑같아, 똑같아' 하고 말하며 기뻐하고 있었다.

"자, 고기도 다 먹었으니까 난 그만 가야 하는데 미리는 어떻게 할래? 집에 갈 거면 데려다줄게."

"괜찮아. 데리러 왔어."

미리가 가리킨 방향에서 두 사람을 향해 똑바로 걸어오는 사람을 보며 신은 놀라움을 감추지 못했다.

"응? 데리러 왔다는 게 설마……."

그 인물도 미리와 신이 함께 있다는 걸 발견했는지 약간 걸음을 빨리 해서 다가왔다.

"여어, 또 만났군, 신."

"아까 점심때 봤었지, 빌헬름."

신에게 말을 건넨 건 야수 같은 기운을 뿜어내는 흑발의 남자—그렇다, 미리가 말하는 '데리러 온 사람'이란 다름 아닌 빌헬름 에이비스였던 것이다.

"빌 오빠!"

미리는 기세 좋게 달려가서 빌헬름에게 안겼다.

신은 생각지도 못한 전개에 놀라고만 있었다.

"설마 빌헬름의 딸인…… 거야?"

"그럴 리가 있냐! 고아원에서 돌봐주고 있다고!"

"고아원?"

"그래. 그러고 보니 넌 아직 이 나라에 온 지 얼마 안 됐다고 했었지."

빌헬름은 미리의 머리를 쓰다듬으면서 간단히 설명해주었다.

그에 따르면, 주택 지구에 세워진 교회가 고아원도 겸하고 있었고, 사정이 있어 부모를 잃은 아이들을 보호해주고 있다고 한다. 미리도 그중 한 명인 것 같았다.

"이 녀석은 예전부터 고아원을 빠져나오는 게 특기였거든. 그래서 내가 이렇게 찾고 있었지."

"무단 외출이었냐? 그러면 안 돼."

신도 미리를 바라보며 단호히 말했다.

"으, 잘못…… 했어요."

나쁜 짓이라는 자각은 있었는지 미리는 순순히 사과했다. 자연스럽게 고양이 귀도 축 처지는 걸 보니 판타지 세계에 와 있다는 실감이 났다.

"그건 그렇고, 이 녀석이 이렇게 겁먹지 않는 것도 드문 일인데."

"겁먹는다고?"

신은 고개를 갸웃거렸다.

"지금 보면 모를 테지만, 이 녀석은 꽤나 낯을 가리거든. 처음 만난 녀석에게는 먼저 다가가려 하지 않아."

"그랬구나."

'고기에 이끌린 것뿐인가……' 하고 생각한 신이 시선을 돌리자 미리가 세차게 고개를 가로젓고 있었다.

신의 생각을 읽었는지 '말하면 안 돼'라고 어필하는 것 같았다. 고기 때문에 낯선 사람에게 다가갔다는 걸 들키면 빌헬름에게 혼나기라도 하는 것일까.

"그건 그렇고, 여기 너무 오래 있을 수 없거든. 자, 미리. 돌아가자."

"잠깐, 기다려."

빌헬름을 제지하며 미리가 신에게 달려왔다.

"왜 그러니?"

"귀, 빌려줘."

"이렇게 하면 돼?"

신은 몸을 숙여서 미리의 입가에 귀를 갖다 댔다.

미리는 그의 귓가에 속삭이듯이 말하더니 금방 빌헬름에게 돌아갔다.

"바이바이."

빌헬름의 손을 잡고 인파 속으로 사라져가는 미리를 신도 가볍게 손을 흔들며 배웅했다.

그리고 미리가 속삭인 말의 의미를 생각하면서 혈응정으로 돌아왔다.

†

혈응정에 돌아오고 저녁 시간이 될 때까지 신은 방에서 쉬고 있었다.

침대에 걸터앉아 미리가 떠나면서 남긴 한마디를 머릿속에서 반추하고 있었다.

"북쪽 숲에 있는 여우를 구해줘…… 라고 했는데."

게임이라면 구역 정보를 통해 무엇을 가리키는지 판단할 수 있었을 테지만, 지형이 바뀐 지금은 추론조차 쉽지 않았다.

적어도 오늘 북쪽 숲에서 신을 습격한 몬스터 중에 여우 타입은 없었다. 곰과 뱀, 들개 종류의 몬스터가 대부분이었고, 드물게 비행 타입이 나타나는 정도였다.

몬스터가 많은 탓인지 야생 동물도 거의 없었고, 눈에 띈 건 고작해야 뱀이나 쥐였다.

몬스터는 야생 동물이 마력의 영향을 받아 변이하는 경우도 많지만, 여우 같은 건 본 기억이 없었다.

"안 돼, 모르겠어."

굳이 부탁을 할 정도니 평범한 여우는 아닐 것이다.

'구해줘'라고 말한 걸 보면 뭔가 위험에 처해 있는지도 모른다. 북쪽 숲은 베일리히트 왕국 주변에서도 특히 위험한 구역이었으니까.

오늘 처음 만난 신에게 부탁했다는 게 의아하긴 했지만, 빌헬름과 아는 사이니 모험가라고 판단한 걸 수도 있었다.

어린아이의 생각은 이해하기 어려운 법이니 깊이 생각하지는 않기로 했다.

부탁받았다고 해서 꼭 무언가를 해야 하는 건 아니다. 하지만 그렇다고 전혀 아무것도 하지 않는 것 역시 찜찜했다.

어쨌든 신은 가봐야겠다고 생각하며 내일 일정을 정했다. 하는 김에 티에라에게 가서 슈니에게 전언을 남기기로 했다.

"그러기로 결정했으면…… 밥을 먹어야겠지."

이미 닭꼬치는 소화가 끝났다. 신은 저녁을 먹기 위해 아래층으로 내려갔다.

†

   다음 날.

   신은 웅혈정을 나와 노점이 들어찬 큰길을 통해 남문을 빠져나왔다.

   성문 밖에는 성안에 들어가려는 사람들이 장사진을 이루고 있었다. 아무래도 어제 폐문 시간에 맞추지 못한 사람들이 개문과 동시에 줄을 선 것 같았다.

   그런 이들을 구경하며 신은 성벽을 따라 걸어갔다. 달의 사당은 남문과 동문 사이에 위치했고, 굳이 따지자면 남문에 가까웠다.

   잠시 걸어가자 목적지가 보이기 시작했다.

   굵기가 1메르 정도 되는 큰 나무로 둘러싸인 달의 사당은 역시 그곳만 주위와 분리된 것 같은 인상은 주었다.

   달의 사당은 원래 4대륙 중 하나인『아크릿드 대륙』의 야외 구역에 세워져 있었다. 따라서 신이 있는 이곳 엘트니아 대륙도 아크릿드 대륙의 일부라고 할 수 있었다.

   아크릿드 대륙은 상급자 구역인『호우전트 대륙』보다도 상급으로 여겨지는 지역이었다.

   일반 구역인 다른 3대륙보다도 난도가 높은 퀘스트와 몬스터가 많았다.

   그와 동시에 초심자와 중급자가 받을 수 있는 퀘스트도 있기 때문에, 약간 특이한 퀘스트를 수행하고 싶거나 괴상한 몬스터와 싸우고 싶은 플레이어들도 많이 찾는 곳이었다.

어떻게 보면 레벨 및 직업과 상관없이 많은 플레이어가 모여드는 장소였다.

다만 야외 구역이기 때문에 달의 사당에 오는 손님은 상급 플레이어가 대부분이었다. 그 밖에는 극히 드물게 몬스터에게 쫓겨서 도망쳐 오는 정도였다.

덧붙이자면 달의 사당 부근의 평균적인 몬스터 레벨은 600 전후였다. 최저 레벨이 200을 살짝 넘는 정도였고, 최고 레벨은 당연히 1,000이었다.

보스 몬스터의 소굴 근처에 가게가 있었기에, 보스전에 도전하기 전에 달의 사당에서 아이템을 보충해 가는 플레이어도 많았다.

"……생각해보니 아크릿드 대륙에 있던 몬스터는 어디로 간 걸까? 대륙의 형태가 변화했으니까 서식지도 바뀌었을 텐데. 아니면 설마 천재지변으로 멸종된 건가?"

만약 그런 몬스터가 게임 때처럼 이 근처에 있었다면, 일단 틀림없이 베일리히트 왕국은 멸망했을 것이다. 그중에는 병정개미 같은 습성을 가진 몬스터도 있었으니까.

그런 몬스터는 전부 레벨이 600을 넘었고 각 구역에 랜덤으로 출현하곤 했다. 상급 플레이어에게는 성가신 존재, 중급 플레이어에게는 도망치거나 피해 가는 존재, 초급 플레이어에게는 만난 순간 죽을 수밖에 없는 존재로 인식되어 있었다.

파티의 인원이 많을수록 조우 확률이 높아지기 때문에 국가라는 대규모 인원이 모인 장소가 무사할 리는 없었다.

하지만 피해가 없는 걸 보면 분명히 어떤 이유가 있을 것이다. 그렇지 않다면 국가나 가도를 어떻게 만들었겠는가?

어쩌면 달의 사당 주변만 제외하고 전부 다른 대륙일 가능성도 있었다.

신은 답이 나오지 않는 의문을 잠시 접어둔 채 달의 사당 앞에 섰다.

며칠 전에 방문했을 때는 가게가 아직 존재한다는 게 기뻐서 발견하지 못했지만, 가게 입구인 문에는 세로 20세메르, 가로 10세메르 정도의 문패가 걸려 있었다.

문패에는 『점주 분투 중』이라고 적혀 있다. 이건 달의 사당이 언제나처럼 영업하고 있다는 걸 나타냈다. 뒤에는 『점주 가출 중』이라고 적혀 있었다. 이건 신이 로그인하지 않았을 때나 자료 수집을 위해 가게를 닫았음을 나타냈다.

신은 이걸 아직도 쓰고 있었다는 것에 감탄하며 문을 열었다. 가게 안에 한 걸음 들어서자 '딸랑' 하고 경쾌한 방울 소리가 울렸다.

아무도 없는 가게 안에 누군가가 들어오면 울리도록 설정되어 있는 것이다. 이것도 게임 때와 변함없었다. 그리고 아무래도 오늘은 기사단이 오지는 않은 것 같았다.

"어서 오십시오! 어머, 신."

"여어, 깜빡했던 전언을 남기러 왔어."

들어온 사람이 신인 걸 보고 티에라의 표정이 만면의 미소로 바뀌었다. 원래대로 돌아온 은발 부분이 창문을 통해 내리쬐는 햇빛에 반짝거렸다.

"아!~ 그러고 보니 그걸 완전히 깜빡하고 있었네."

신의 말을 들은 티에라는 아차 하는 표정을 지었다.

그날 있었던 일을 생각해보면 역시 사소한 이야기는 잊어버릴 수밖에 없었으리라. 전언 따윈 생각도 안 날 만큼 대사건이었으니까.

"그래서 말인데, 슈니에게 이걸 기억한다면 만나서 이야기를 하고 싶다고 전해줬으면 해."

신은 아이템 박스에서 꺼낸 검을 카운터에 올려놓았다.

그건 농청색의 닌자도로, 칼집과 칼자루에는 티에라가 본 적도 없는 꽃이 그려져 있었다. 세세한 부분까지 정성껏 그려진 무늬는 무기인 닌자도를 예술품의 경지로 끌어올리고 있었다.

"……."

"……티에라?"

닌자도를 가만히 바라보는 티에라에게 신이 말을 걸었다. 그러자 티에라는 퍼뜩 정신을 차렸다.

"왜 그래?"

"저기, 신. 이거…… 혹시 고대급 무기야?"

티에라는 말도 안 된다는 표정이었다. 마치 눈부신 것이라도 보는 것처럼 눈을 가늘게 뜨고 있었다.

"알아보겠어? 맞아, 이건 고대급이야. 슈니의 전용 무기이고 이름은『창월蒼月』이야."

"스승님의?"

"그래. 지금 슈니는 전용 무기가 없지 않아?"

"으음, 애초에 전용 무기라는 게 뭔지 모르겠는데……."

"모른다고?"

공통된 지식일 거라고만 생각하고 있던 신은 전용 무기라는 말이 통하지 않는다는 것에 놀랐다.

"전용 무기라는 건 설정된…… 음~ 특정 인물만 쓸 수 있는 무기를 말해.『창월』의 경우는 제작자인 나하고 슈니, 혹은 나와 슈니가 허락한 사람만 사용할 수 있어. 지금은 티에라도 만질 수 있게 해뒀지만 다른 사람은 손도 댈 수 없지."

게임에서는 중요한 퀘스트 아이템을 강탈당하지 않도록 하거나 길드의 상징으로 만든 무기를 위해 사용되는 기능이었다.

나름대로 유명한 기능이었지만 전용 무기를 만들 수 있는 건 최상급의 대장장이나 연금술사였기에 굳이 도전하는 사람은 결코 많지 않았다.

"사용자를 한정한다니……. 그러고 보니 유적에서 발굴된 무기 중에 아무도 사용할 수 없는 게 있다고 들은 적이 있어. 혹시 그것도?"

"아마 누군가의 전용 무기일 테지. 아까우니까 어떻게 사용할 방법이 없나 연구해보는 것도 나쁘지 않을 거야. 전용 무기로 만들 수 있는 건 대부분 고대급이나 신화급 무기니까 기본적으로 고성능이거든. 사용할 수만 있으면 아마 레벨 1인 녀석도 테트라 그리즈리 정도는 가볍게 쓰러뜨릴 수 있게 될 거야."

"……뭐야. 그 말도 안 되는 성능은."

예상을 훨씬 뛰어넘었기에 티에라는 어이가 없을 수밖에 없었다.

설명만 들었다면 반신반의했겠지만, 눈앞에 엄청난 마력이 담긴 닌자도가 놓여 있으니 믿을 수밖에 없었다.

그 닌자도─『창월』은 카운터 위에 아무렇지도 않게 올려져 있었다. 티에라는 그냥 놓여 있는 것뿐인데도 티에라에게는 그 주변 공간이 일그러져 보이는 것 같았다.

전투 경험이 많지 않은 티에라조차 그게 얼마나 강력한지 이해하고 있는 것이다.

"정말 엄청난 힘을 가진 검이야. 난 사용하고 싶지 않지만."

"헤에, 어째서?"

"집어삼켜질 것 같아서…… 일까."

티에라는 직감적으로 이해하는 동시에 확신하고 있었다.

이건 분명 사용자에게 강력한 힘을 부여한다. 하지만 그에 걸맞은 실력이 없다면 사용자를 조금씩 갉아먹을 것이다.

"집어삼켜질 것 같다고……. 그건 재료 탓인지도 모르겠군."

티에라의 말을 듣고 신의 뇌리에 제일 먼저 스친 건 레벨에 맞지 않는 무기를 장비했을 때 발생하는 페널티였다.

무기에는 각각 사용하기 위해 필요한 능력치가 설정되어 있었고, 그걸 충족하지 못한 상태로 장비하면 능력치가 저하되는 것이다.

다만 '집어삼켜진다'는 표현과는 약간 다르다. 그래서 무기의 재료를 언급하기로 했다.

"대체 뭘 썼길래?"

"메인은 키메라다이트라는 합금이야. 거기에 흑사룡의 이빨, 해란수海亂獸의 비늘, 그리고 엘레멘트 테일의 눈물방울을 융합한 거야. 그 밖에도 여러 가지 필요한 재료가 있지만 주요 재료는 방금 말한 4가지야. 이건 내 추측이지만, 흑사룡의 이빨이나 해란수의 비늘이 티에라에게 그런 느낌을 주는 게 아닐까? 전부 최고 클래스의 몬스터니까."

"……."

"티에라?"

신의 설명을 듣고 있던 티에라는 한 손을 이마에 갖다 대며 이해할 수 없다는 듯이 미간을 찡그렸다.

"……아니, 이제 놀라지 않겠어. 그래, 설령 방금 들은 몬스터 이름이 전부 전설 속의 생물이라 해도…… 괜찮아. 응, 괜찮을 거야."

"아니, 전혀 괜찮아 보이지 않아."

자신의 상식이 붕괴되어 고개를 가로젓는 티에라를 보며, 신은 자기도 모르게 사실을 지적했다.

여전히 이쪽 세계의 규격에서 벗어나 있는 신이었지만, 이번에는 한발 더 나아가 상식에서도 벗어나 있었다.

그도 그럴 것이, 그 몬스터들은 티에라가 말한 것처럼 현재는 전설 속에 이름이 남아 있는 강력한 존재였다.

천재지변을 일으킨다고 전해지는 몬스터가 무기의 재료라는 말을 듣는다면 보통은 농담이라고 생각할 것이다.

하지만 눈앞의 닌자도에서 느껴지는 『격』이 다른 존재감과, 상식이 안 통하는 신의 소유물이라는 사실이 농담 따위가 아니라는 걸 뒷받침하고 있었다.

"휴우, 신하고 이야기를 하고 있으면 내 상식이 전부 무너져 내리는 것 같아."

"어, 내 탓이야?"

"당연하잖아. 아무렇지도 않게 꺼낸 무기가 고대급이라니, 말이 안 되는 것도 정도껏 해야지."

"그래도 어쩔 수 없어. 슈니가 날 기억하고 있는지는 여기에 달려 있으니까."

신은 『창월』을 바라보며 말했다.

신은 오리진에게 도전하기 전에 『창월』을 슈니에게서 맡아두고(게임식으로 말하면 회수해두고) 있었다.

이건 슈니뿐만 아니라 모든 서포트 캐릭터에게 한 일이었다. 신이 보스와 싸우기 전에 꼭 해두는 징크스 같은 일이었다.

따라서 지금은 다른 서포트 캐릭터의 장비 역시 아이템 박스 안에서 나갈 순서를 기다리고 있었다.

직접 만날 수 있다면 모를까, 슈니에게 전언만 남길 경우 읽지 않을 가능성도 있었다. 신이라는 이름도 흔할 수 있기에 이런 물건을 남겨두자고 생각한 것이다.

"이런 걸 받고 만나지 않겠다는 사람도 얼마 없을 것 같은데. 하지만 스승님이 바로 그런 사람일지도……."

신과 함께 『창월』을 바라보던 티에라는 혼자서 납득했다는 듯이 고개를 끄덕였다.

지금까지도 고가의 옷이나 보석, 진귀한 물품들이 슈니에게 선물로 온 적은 있었다. 하지만 그 대부분에 관심을 보이지 않았던 슈니의 모습이 티에라의 뇌리에 선명했다.

제일 금화만큼은 아니더라도, 쥬르 백금화를 수십 닢씩 쏟아부은 물건이나 전설급 아이템에도 마음이 움직인 적이 없었다. 그렇다면 슈니가 단지 희귀하거나 비싼 물건에는 눈길조차 주지 않으리라는 건 상상하기 어렵지 않았다.

다만 이번 경우에는 본 적이 있다면 연락을 달라는 거니 무시하지는 않을 것이다.

전설급 아이템을 무시한 적도 있었기에 슈니에 대한 티에라의 평가 역시 일반 상식에서는 조금 벗어나 있었다.

"슈니가 만나고 싶다고 하면 이걸 사용해서 알려줘. 내가 어디에 가든 연락이 될 거야."

신은 그렇게 말하며 『창월』 옆에 심플한 디자인의 편지지와 메시지 카드를 놓아두었다.

"이걸 쓰면 편지를 보낼 수 있어?"

"일방통행이지만 말이지. 카드에 메시지를 적고 보내고 싶은 상대의 이름을 편지지에 적어. 그 뒤에 송신, 이라고 말하면 돼."

신은 그것들을 손가락으로 가리키며 사용법을 설명했다.

게임에서는 생일이나 크리스마스에 자주 쓰이던 아이템이었다. 펼친 순간에 화려한 특수 효과가 나오는 특이한 카드를 만드는 사람도 있었다.

게임 안에서는 그냥 메일을 보내는 편이 빠르기에 특정한 시기에만 사용되는 아이템이었지만, 이쪽 세계에서는 메일이나 친구 등록 같은 기능이 없기에 정말 유용할 것 같았다.

"이렇게 편리한 아이템도 있었구나……."

"하도 안 써서 엄청나게 남아 있긴 하지만."

이것뿐만 아니라 퀘스트나 이벤트의 보상으로 받았으면서도 좀처럼 사용하지 않는 아이템은 생각 외로 많았다. 신의 아이템 박스 안에는 이렇게 『게임』에서는 크게 도움이 되지 않지만 『현실』에서는 의외로 쓸 만한 아이템이 제법 잠들어 있었다.

"이런 카드가 보급되면 엄청난 일이 될 텐데."

"그럴 테지."

상대가 어디에 있든 보낼 수 있다면, 티에라의 눈에는 엄청난 기술 혁명처럼 보일 것이다. 하지만 그런 아이템을 가진 신은 티에라의 말에 숨겨진 '퍼뜨리지 않을 거야?'라는 질문을 무시했다.

뛰어난 기술이나 편리한 기술은 반드시 개발자의 의도대로 사용되진 않는다. 인간의 역사를 되짚어보면 그런 경우는 일일이 셀 수도 없을 만큼 많았다. 게다가 신은 기술 혁명 같은 걸 일으킬 생각도 없었고 큰 관심도 없었다.

애초에 【THE NEW GATE】에 존재하는 아이템이었다. 신은 머지않아 누군가가 발명할 거라고 생각했다.

"……저기. 생각해봤는데, 굳이 전언을 부탁하지 않아도 이걸로 직접 스승님께 연락하면 되는 거 아냐?"

티에라는 메시지 카드를 손에 들며 문득 생각났다는 듯이 말을 꺼냈다.

"그럴 수 있다면 좋을 테지만 말이지. 이건 직접 만난 적이 있는 사람에게만 보낼 수 있는데, 무슨 이유인지 슈니에게는 보낼 수가 없어."

그렇다. 직접 보내면 된다는 생각은 신 역시 하고 있었다. 하지만 이유는 알 수 없어도 불가능했다.

"카드에 이상이 있는 거 아냐?"

티에라가 그렇게 말했기에 실제로 밖에 나가 메시지 카드를 보내주었다.

갑자기 눈앞에 나타난 편지지에 놀라면서, 티에라는 적어도 아이템에 이상이 있지 않다는 걸 납득한 것 같았다.

'목록이 초기화된 것 같단 말이지.'

신은 그래서 보낼 수 없는 거라고 짐작하고 있었다. 메시지 카드의 설명문에는 『모험에서 만난 사람들에게 당신의 마음을 전해보세요』라고만 적혀 있었다.

이쪽 세계에서 만나본 적 없는 사람에게는, 설령 게임 때 만난 적이 있어도 메시지를 보낼 수 없는 것이리라.

"저기, 있잖아. 이거 많이 있으면 나한테 몇 장만 더 주면 안 될까?"

"별로 상관없지만 모르는 녀석에게는 웬만하면 안 쓰는 게 좋을 거야."

"사용하려는 게 아니라 연구하고 싶어서 그래. 난 이래 봬도 마도사가 되기 위해 공부하고 있으니까, 이런 희귀한 매직 아이템을 보면 원리를 알고 싶어지거든."

사실 아까 메시지 카드를 사용했을 때부터 티에라는 재밌는 장난감을 발견한 어린아이처럼 눈을 반짝이고 있었다.

"뭐, 그런 거라면 괜찮겠지. 그러면 5장 더 줄게. 슈니의 대답을 나에게 전해야 하니까 전부 사용하진 말라고. 그리고 이렇게나 줬으니까 전언 비용은 서비스로 해줘."

아이템이 많이 남아 있다지만 공짜로 주기는 애매했기에 신은 시험 삼아 제안해보았다.

"알았어. 그리고 무턱대고 사용할 생각도 없으니까 안심해. 누군가에게 잘못 보내면 소동이 벌어지잖아. 그리고 나도 공짜로 받을 생각은 없었어. 어쨌든 전언 비용은 무료로 해줄게. 나머지 보상도 기대하고 있어."

결과적으로 요금 무료에다 뭔가 특전까지 있는 것 같았다. 신은 기대해야겠다고 생각하며 고개를 끄덕였다.

티에라는 뭐부터 시험해볼지 고민하며 즐거운 표정을 짓고 있었다.

신은 연구를 좋아한다면 연금술사를 목표로 하는 게 좋지 않을까 생각했지만, 마도사가 연구를 한다고 이상할 건 없었기에 굳이 이야기하진 않았다.

실제로 직업은 마도사, 부업은 연금술사인 플레이어도 적지 않았다.

"그러면 난 이만 가볼게. 슈니에게 안부 전해줘."

"맡겨만 줘. 스승님이 돌아오시면 제일 먼저 보여드릴 테니까."

신은 가볍게 인사를 나누며 달의 사당을 뒤로했다.

'내가 메시지 카드를 보내면 어차피 그 자리에서 직접 연락할 수 있잖아!'

티에라가 그걸 깨달은 건 신이 떠나고 나서 잠시 뒤의 일이었다.

†

달의 사당에서 나온 신은 북쪽 숲을 향해 일직선으로 나아갔다.

스컬페이스를 조사하러 온 길드 관계자와 마주치면 귀찮아질 것 같았기에, 주위에 사람이 없다는 걸 확인하며 나아가고 있었다.

정확한 목적지가 있는 것도 아니기에 거의 감에 의지하고 있었다. 다만 왠지 숲의 깊은 곳이 수상하다는 느낌이 들었다.

물론 조사원을 피하기 위해 스컬페이스가 있던 장소와는 다른 방향으로 나아갔다. 전에 왔을 때는 지나가지 않았던 곳이었다.

스컬페이스가 있던 장소는 숲의 남동쪽이었다.

신은 숲의 안쪽을 향해 나아가며 북서쪽으로 진로를 잡고 있었기에 북쪽 숲의 중심 부분에 가까워지고 있었다.

나아가면 나아갈수록 나무들이 울창하게 자라 있어서 햇빛을 가로막고 있었다. 동쪽 숲과는 비교도 되지 않는 밤 같은 어둠이었다.

나무들의 키 자체가 동쪽 숲보다 컸고, 울창한 숲의 분위기는 사람의 진입을 막고 있는 것처럼 느껴졌다.

사실 신은 나아가면 나아갈수록 '여기서 떠나'라는 생각이 머릿속에 떠오르는 걸 자각하고 있었다.

직감이나 예지 능력 같은 게 아니었다. 좀 더 명확하게 의식에 작용하는 무언가가 이곳에 있었다.

'이건 결계인가?'

그를 해치려는 의도는 거의 느껴지지 않았지만, 워낙 강력한 현혹 마법이라 그렇게 단언할 수도 없었다.

평범한 사람이라면 다가가기만 해도 도망치고 싶어질 만큼 강력한 결계였다. 실력에 조금 자신이 있는 정도라면 결계라는 것조차 의식하지 못할 정도였다.

그러나 정신 간섭에 대한 내성이 특히 강화된 하이 휴먼인 신에게는 결계의 효과 따윈 있으나 마나였다. 오히려 '이 앞에 뭔가 있어요!'라고 알려주는 셈이었다.

신은 어두운 숲 속에서 주위를 경계하며 빠르게 나아갔다. 결계의 효과 때문인지 몬스터의 모습도 보이지 않았다.

한동안 계속 걸어가다가 한층 커다란 나무 옆을 지나친 순간, 눈앞의 암흑이 걷히며 은은한 빛이 신을 부드럽게 비추었다.

탁 트인 시야 앞에는 그 부분만 둥글게 잘라낸 것처럼 땅이

드러난 직경 30메르 정도의 공터가 있었다.

중앙에는 선명한 주홍색의 대문과 아담한 신사가 자리하고 있었다.

"여기가 결계의 중심인가."

숲 속에 갑자기 나타난 공간에 들어섰을 때부터 정신 간섭을 받는 느낌이 사라졌다. 하지만 아무리 신이라도 이런 곳에 신사가 있을 줄은 예상하지 못했다.

"음~? ……이 신사, 어디선가 본 것 같은데."

게임에서는 일본식 건축이 드물지 않았지만 신사를 세우는 괴짜는 거의 없었다. 그래서 기억에 분명히 남아 있을 법도 한데 아무리 해도 생각나지 않았다.

"어쨌든 들어가 볼까."

신은 혼자 고민하는 것도 바보 같았기에 바로 대문을 지나 신사 경내에 들어섰다.

대문 밑에서 본당까지 참배길이 쭉 뻗어 있었다. 대문 옆에는 해태상 대신 여우상이 자신의 존재를 뽐내고 있었다.

신사마다 꼭 있는 쵸우즈야(일본 신사에 참배하기 전에 손이나 얼굴을 씻기 위한 장소-역주), 새전함賽錢函 같은 시설은 없었다. 그저 대문에서 본당까지 가면 끝이었다.

하지만 아무리 심플한 구조여도 신성한 장소라는 걸 알려주려는 듯이, 신이 대문을 지나는 순간부터 그를 둘러싼 공기가 완전히 달라져 있었다.

깊은 숲 속이라는 걸 잊어버릴 만큼 시원한 바람이 신의 뺨을 어루만졌다. 여러 생물들의 냄새가 뒤섞인 숲 속을 지나온 신에게는 그게 한층 강하게 느껴졌다.

이곳이 특별한 장소라는 걸 자각하지 않을 수가 없었다.

경내는 그렇게 황폐하지도 않았고 잘 관리되어온 것처럼 보였다.

본당은 바닥이 높았고 장식도 적었다. 일반적인 신사만 가 본 사람이라면 위화감이 느껴질 것이다.

신이 본당에 도착하기 직전에 끼긱 하고 날카로운 소리가 귀에 들렸다.

"뭐지?"

마치 유리에 금이 가는 것 같은 소리였다. 결계에 균열이라도 생긴 걸까.

신은 아무 짓도 하지 않았지만 그다지 좋은 예감은 들지 않았다.

'내 탓인가?'

신은 주위를 둘러보았지만 특별히 이상한 곳은 없었다. 공기는 여전히 맑았고 신성한 분위기도 변함없었다.

본당 문은 희미하게 열려 있었다. 처음부터 열려 있던 건지, 아니면 방금 전 소리와 함께 열린 건지는 알 수 없었다.

왠지 빨리 열라고 말하는 것만 같았다. 안을 들여다볼 수 있을 만한 틈은 없었지만, 한번 발동된 호기심은 참기 힘들었다.

"……열어볼까."

별로 떳떳한 일은 아니라고 생각하면서도 신이 본당 문을 열자 어둑하던 실내가 외부의 빛을 받아 모습을 드러냈다.

처음으로 눈에 들어온 건 바닥에 적힌 문자였다. 범어梵語 같은 문자가 원형으로 쭉 적혀 있었다. 여러 개의 원을 한층 커다란 원이 감싼 모습이 마치 마법진 같았다.

그리고 그 중심에, 크고 작은 여러 원의 중앙에 누워 있는 그림자가 있었다.

"……여우?"

빛을 받으면서도 바닥에 축 늘어져 있는 건 은색 털을 가진 새끼 여우였다.

"앗, 느긋하게 보고 있을 때가 아니구나."

신은 함정이 없다는 걸 확인한 뒤에 새끼 여우에게 달려갔다.

눈에 띄는 외상은 없지만 새끼 여우의 HP게이지는 붉게 점멸하고 있었다. 그런데다 【포이즌(독)·X】, 【커스(저주)·X】의 상태 이상까지 걸려 있었다.

이 상태로 방치해둔다면 체력이 바닥나는 것도 시간문제일 것이다.

"미리가 말한 여우라는 건 이 녀석인가?"

이런 곳에 있는 걸 보면 평범한 여우가 아니라는 것만은 확실했다.

'잘못되면 그때 가서 다시 생각하자!'

신은 그렇게 마음먹으며 메뉴 화면에서 아이템 박스를 열었다.

그리고 쭉 늘어선 아이템 일람에서 엘릭서(만능 회복약)를 선택해 카드가 아닌 아이템 상태로 꺼냈다.

HP, MP, 일부를 제외한 상태 이상, 부위 파손까지 모든 것을 회복시키는 금색 액체가 담긴 병의 뚜껑을 따고 새끼 여우의 입에 갖다 대려 했을 때—쨍그랑! 하고 수많은 유리가 깨진 것 같은 요란한 소리가 연속으로 신의 귀에 들려왔다.

"이번엔 또 뭐야?!"

신은 즉시 【기척 감지】를 발동해서 주위의 상황을 살폈다.

【기척 감지】는 신에게 적의를 가진 플레이어나 몬스터를 발견하는 【서치】와는 달리, 감지 범위 내에 존재하는 모든 몬스터 및 플레이어의 위치와 숫자를 알 수 있는 스킬이었다.

감지 범위가 【서치】보다 좁다는 게 단점이지만, 건물이나 차폐물 안쪽에서 주위 상황을 살필 때는 이쪽이 더 효과적이었다.

신이 대충 확인했을 뿐인데도 50마리는 가볍게 넘는 몬스터가 본당을 향해 다가오고 있다는 걸 알 수 있었다. 아무래도 방금 전 소리는 결계가 깨질 때 난 것 같았다.

미니맵을 보니 사탕에 개미가 몰려드는 것처럼 붉은 마크가 본당을 둘러싼 채 조금씩 포위망을 좁혀오고 있었다.

'이 녀석을 노리는 건가?'

신은 품속에서 '쿠우……' 하고 약하게 우는 새끼 여우를 보며 생각했다.

엘릭서를 먹여서 상태 이상은 이미 치료되었고, 체력도 붉은색에서 노란색, 초록색으로 순조롭게 회복되고 있었다. 다만 아직도 기운이 없는 걸 보면 상당히 오랫동안 쇠약한 상태였던 모양이다.

"일단은 이 녀석의 안전부터 확보해야겠군. 【배리어·X】 발동! ……응? 발동이…… 안 되네?"

이 장소, 그리고 새끼 여우에게 어떤 의미와 역할이 있는지 모르는 신은 일단 최대급의 방벽을 전개하려고 했다. 하지만 스킬은 발동되지 않았다.

"이건 무슨…… 설마!"

그때 신은 어떤 가능성을 생각해냈다.

신사, 해태상 대신 놓인 여우상, 본당 안에 있던 새끼 여우, 발동되지 않는 결계 스킬.

여기서 도출해낼 수 있는 것은—.

"엘레멘트 테일의…… 영역인가?"

신은 여우상을 봤을 때 알아챘어야 했다고 후회하면서 새끼 여우를 안은 채 본당을 나왔다.

게임 때 엘레멘트 테일이라는 고레벨 보스 몬스터가 있던 구역 안에서는 결계 스킬을 사용할 수 없었던 것이다. 이건 웬만한 저레벨 플레이어들도 다 알고 있는 사실이었다.

이제 새끼 여우의 안전을 확보하기 위해서는 신이 바짝 붙어 있을 수밖에 없게 되었다.

솔직히 말하면 아직도 어떻게 된 일인지 알 수 없었지만, 여기서 새끼 여우를 못 본 체할 수는 없었다.

분명 이 세계는 게임과 닮아 있을 뿐, 신과는 상관없는 곳인지도 모른다. 하지만 떨면서 신을 올려다보는 새끼 여우를 단순한 NPC나 몹 캐릭터로만 생각할 수는 없었다.

신은 안심시키려는 듯이 새끼 여우의 머리를 한 번 쓰다듬은 뒤, 주위 상황을 파악하기 위해 【기척 감지】에 의식을 집중했다.

"쿠우……."

"미안하지만 잠깐만 가만히 있어줘. 방해되는 녀석들은 내가 다 해치워줄 테니까."

천천히 포위망을 좁혀오는 몬스터들.

신의 눈에 먼저 들어온 건 녹슨 검과 갑옷을 걸치고 눈구멍으로 희미한 불빛을 내뿜는 해골 전사—스컬페이스들이 몽유병 환자처럼 신을 향해 다가오는 광경이었다.

보기만 해도 신사 내의 청결한 공기가 오염되어가는 것만 같은 느낌이었다.

대체 어디서 나타난 건지 의아할 만큼 엄청난 숫자였다. 신의 시야에 들어온 것만도 20마리 이상일 것이다.

"질이 안 되니까 양으로 승부하려는 건가?"

신은 눈앞에 펼쳐진 스컬페이스 무리를 바라보며 중얼거렸다. 지난번 싸운 잭급처럼 특이한 장비나 레벨을 갖춘 개체는 보이지 않았고, 게임과 똑같이 폰이나 잭 급으로 구성되어 있었다.

자신들을 둘러싼 것이 평범한 스컬페이스라는 걸 알게 된 신은 발동한 스킬을 【기적 감지】에서 보다 넓은 범위를 커버할 수 있는 【서치】로 전환했다. 그러자 모든 스컬페이스를 확인할 수 있었다.

이번에 문제가 되는 건 숫자였다. 【서치】를 통해 확인한 적의 숫자는 백 단위에 가까웠다. 만약 조금이라도 놓친다면 또 베일리히트 왕국에 피해가 갈 가능성도 있었다.

신의 뇌리를 스친 건 스컬페이스가 브레이크 댄스를 추던 땅에 남은 피 웅덩이의 흔적과 그 근처에 희미하게 남아 있던…… 한때 사람이었던 몸의 잔해였다. 이제 와서 정의의 용사를 연기할 생각은 없지만, 불필요한 피해를 막고 싶다는 의지 정도는 있었다.

"미안하지만 너희, 한 놈도 도망 못 간다!"

신은 우글대는 적을 향해 나아가면서 아이템 박스에서 새로운 무기를 꺼냈다.

그의 손에 실체화된 것은 한 자루의 창이었다. 자루 부분은 백은으로 빛나고, 끝에는 비취처럼 선명한 녹색의 칼날이 달려 있었다. 마법이 부여되어 있기에 창 전체가 하얀빛을 두르고 있었다.

신은 창을 오른손으로 한 바퀴 돌리면서 창끝을 전방의 적들을 향해 겨눈 뒤【리미트】를 단숨에 Ⅱ까지 해제했다.

힘을 완전히 제어할 수 있고 가장 전투 능력이 높은 상태까지 해방할 수 있다는 걸 확인한 뒤, 신은 땅을 박차며 스컬페이스 무리를 향해 돌진했다.

"일단 한 방!!"

신은 뛰어드는 동시에 창술계 무예 스킬【철관鐵貫】을 발동했다.

신의 근력으로 뻗어나간 창끝이 스컬페이스 몇 마리를 동시에 꿰뚫었다. 스킬의 발동으로 발생한 에메랄드색의 빛이 나선을 그리며 적의 검과 갑옷, 그리고 몸체를 향해 쏟아져 들어갔다.

마치 수평으로 발사된 포탄처럼 밀집해 있던 스컬페이스를 박살 내면서, 뼈와 쇳조각으로 이루어진 바큇자국이 일직선으로 형성되고 있었다.

돌진한 기세 그대로 스컬페이스 주위를 빠져나온 신은 적의 위치에 주의하면서 일단 거리를 벌렸다.

"다음은 이 녀석이다.【스타·마인】!"

스킬이 발동되자 신 주위에 수십 개의 광탄光彈이 출현해 스컬페이스 무리를 포위하듯이 이동해갔다.

광술계 마법 스킬【스타·마인】은 빛 속성의 광탄을 공중에 기뢰처럼 설치하는 스킬이었다.

발생한 광탄은 본당을 둘러싼 스컬페이스의 바깥쪽에 배치되어, 스컬페이스가 숲으로 도망칠 수 없도록 퇴로를 차단했다.

신은 광탄의 설치가 끝난 걸 확인한 뒤, 방금 쓰러뜨리지 못한—아직 본당에 무리지어 있는—스컬페이스에게 다시금 공격을 시작했다.

이번에는 창술계 무예 스킬【섬화閃華】였다.

에메랄드빛 궤적을 남기며 창이 옆으로 휘둘러지자 직격을 맞은 스컬페이스들은 가루가 되었고, 함께 부서진 갑옷이나 검의 파편이 사정거리 밖에 있던 스컬페이스들을 덮쳤다.

엄청난 위력을 가진 일격으로 튕겨 나간 파편들은 폰, 잭급을 가리지 않고 주위의 스컬페이스들을 벌집 상태로 만들어 버렸다.

잭급의 스컬페이스가 신을 공격하려고 검을 치켜들었지만 오히려 신의 창에 당하고 말았다. 그리고 다음 순간에는 즉석 탄환이 되어 아군의 몸에 박히고 있었다.

"한 마리 더!!"

신은 새끼 여우를 품에 안은 채로 창을 한 손으로 휘두르고 있다는 게 믿기지 않는 속도로 종횡무진하고 있었다.

스킬을 사용한 일격으로 한 번에 10마리 가까운 스컬페이스를 쓰러뜨렸고, 거기에 파편에 의한 간이 산탄 공격까지 더해졌기에 적의 숫자는 빠르게 줄어들었다.

원래 잭, 폰 정도의 스컬페이스는 게임 내에서 약체로 분류되는 몬스터였다. 아무리 새끼 여우를 안고 있다지만 능력이 훨씬 높은 신이 고전할 리는 없었다.

완전히 신의 독무대가 된 이곳에서 그런 몬스터가 살아남을 수는 없는 것이다.

신이 전투를 시작한 지 10분도 되지 않아 스컬페이스 무리는 완전히 괴멸되었다.

신은 스컬페이스가 숲으로 도망칠 수 있다고 예상했지만, 그 정도의 지능은 없었는지 모든 개체가 신을 향해 공격해왔다. 덕분에 【스타·마인】은 아무 역할도 하지 못했지만, 한 마리도 놓치지 않고 전멸시킬 수 있었다.

신 주위에는 스컬페이스의 잔해가 흩어져 바닥이 보이지 않았다. 드랍 아이템도 아이템 박스에 다 들어가긴 하겠지만 엄청난 양이었다.

역시 전부 회수할 마음은 들지 않았기에 그냥 놔두기로 했다.

"자, 이제부터 어떻게 할—?!"

"구웃?!"

적을 전멸시킨 뒤에 중얼거리던 말을 삼키며, 신은 새끼 여우를 안은 채 즉시 그 자리에서 몸을 피했다. 갑작스러운 고속 이동에 새끼 여우가 비명을 질렀지만 신의 시선은 새끼 여우를 향하지 않았다.

분명히 적은 사라졌을 텐데도 갑자기 느껴진 적의에 반응한 것이다.

방금 신이 있던 장소에는 2메르 정도의 얼음 기둥이 꽂혀 있었다.

공격 수단을 보면 살아남은 스컬페이스가 있는 것 같지는 않다. 스컬페이스는 설령 킹급이라 해도 마법 스킬은 사용하지 않는다. 사용할 수 있는 건 무예 스킬뿐이었다.

신은 얼음 기둥이 날아왔을 방향으로 눈을 돌렸다.

【서치】에는 방금 전까지 없었던 붉은 마크가 나타나 있었다. 미니맵 상의 적의 위치와 얼음 기둥이 날아온 방향이 완전히 일치했다.

"해태상이 아닌 여우상인가?"

그곳에 있는 건 대문 옆에 있는 여우상이었다.

원래 신사에는 해태상이 놓여 있어야 하지만 여기는 꼬리가 아홉 개인 엘레멘트 테일의 영역이었다. 여우가 있다 해도 별로 이상할 건 없었다.

"뭐야, 저건."

신은 자기도 모르게 중얼거렸다.

조용히 앉아 있던 여우상은 지금 신의 눈앞에서 크게 변모하고 있었다.

돌이었던 몸이 신기하게도 동물 특유의 유연함을 얻었고,

네 다리도 굵게 변했다. 머리부터 등까지 사자 갈기 같은 털이 뻗어 나왔다. 꼬리는 두 갈래였고, 눈에는 날카로운 빛이 깃들어 있었다.

"이봐, 이봐. 이런 건 처음 본다고."

신이 당황하는 사이에도 변화는 멈추지 않았다.

여우상의 이마와 네 다리 윗부분에는 두 마리 각각 빨강과 파랑으로 물든 결정 같은 것이 튀어나왔고, 입은 목 언저리까지 크게 벌어졌다. 몸의 색은 물감을 마구 흩뿌린 것 같은 강렬한 보라색과 파란색이었다.

그리고 마지막으로 까만 안개를 두르며 변화를 마쳤다. 여우였던 모습은 이미 남아 있지 않았다.

열렸다 닫히는 입에서 새어 나오는 까만 숨결. 단순히 까만 게 아니라 깊이가 느껴지고 끈적해 보이기까지 하는 어두운 검정이었다.

"GURRRrrrr······."

으르렁거리는 소리가 돌을 마찰시킨 것처럼 울렸다.

모습이 바뀌는 데 걸린 시간은 불과 몇 초. 여우상에서 전혀 다른 몬스터로 변모한 두 개체는 천천히 신을 포위하듯이 움직였다.

섬뜩한 얼굴과는 달리 움직임은 야생 짐승보다도 민첩했다.

앉아 있던 좌대가 완전히 무너진 것을 보고, 여우상이 상당한 무게라는 건 알 수 있었다. 그런 몸이 민첩하게 움직인다는 건 상당히 위협적이었다.

"······레벨은 674. 아, 마기魔氣인 건가."

【애널라이즈】를 통해 얻은 정보가 신의 머리를 식혀주었다.

지금이야 이런 모습이지만 원래 신사에 설치된 여우상은 엘레멘트 테일과 싸우기 전의 전초전 상대였다.

레벨은 정확히 500이고 굳이 말하자면 엘리멘트 테일을 상대하기 전의 연습 상대라 할 수 있었다. 실은 엘리멘트 테일이 조종하고 있는 골렘이라는 게 신이 알고 있는 설정이었다.

주인인 엘리멘트 테일이 없으면 움직이지 않는 단순한 석상. 그게 움직인 것은 그 몸을 감싼 검은 안개 때문이리라.

스컬페이스 무리를 봤을 때 느꼈던, 공기가 탁해지는 느낌은 착각이 아니었던 것 같았다.

몬스터의 이름은 골렘·인베이드.

인베이드는 마기로 인해 강화된 몬스터에 붙는 명칭이었다.

아무래도 신성해야 할 신사에 마기가 침입한 것 같았다. 아직 마기에 완전히 오염된 것 같진 않았지만, 이대로 두 마리를 방치해둔다면 그렇게 되는 것도 시간문제일 것이다.

"원한은 없지만 용서해라."

마기에 침투당해 완전히 변화한 몬스터를 원래대로 돌려놓는 방법은 없었다.

【저주의 칭호】나 상태 이상을 불러일으키는 저주와 달리 【정화】 스킬로도 불가능했다. 변화하는 도중이었다면 이직 가

능성은 있었겠지만 예상치 못한 사태였기에 신은 반응하지 못했다. 쓰러뜨리는 것 말고는 방법이 없었다.

신은 새끼 여우를 고쳐 안고 창을 겨누었다.

두 여우상은 원래 발톱이나 이빨을 이용한 물리 공격과, 불과 물 속성의 마법 스킬을 이용한 원거리 공격이 주요 공격 수단이었다. 적어도 그건 바뀌지 않았으리라. 변모해가는 도중에도 신에게 얼음 기둥을 날릴 정도였으니까.

"GURUAAAAAAA!!!"

뒤에서 자리 잡고 있던 붉은 결정의 골렘이 포효와 함께 덤벼들었다.

전장이 족히 5메르를 넘는 골렘의 돌진은 속도까지 더해져서 신에게 엄청난 위압감을 안겨주었다.

"칫!"

신은 새끼 여우에게 부담을 주지 않도록 조심하며 그 자리를 피했다. 공기를 가르며 휘둘러진 발톱에는 붉게 타오르는 업화가 감돌았고, 내리쳐진 땅은 굉음과 함께 튀어올랐다.

엄청난 위력에 흙먼지가 피어오르며 골렘의 모습이 한순간 가려졌다.

신은 붉은 골렘을 경계하면서 착지점을 노리고 날아든 얼음 기둥을 창으로 쳐냈다. 그리고 다시금 두 골렘의 움직임을 살폈다.

양쪽 모두 마기로 강화되어 신이 아는 골렘보다 훨씬 강력

해져 있었다. 특히 발톱에 불꽃을 두른 공격 같은 건 처음이었다.

'이건 성가시겠는데.'

이런 상황에서도 신이 만약 진짜 힘을 발휘한다면 전혀 고전하지 않을 것이다. 하지만 그랬다간 새끼 여우의 생명을 보장할 수 없었다. 지금의 신이 원래 능력으로 움직인다면 그 반동만으로도 새끼 여우는 죽고 말 것이기 때문이다.

신 본인은 자신의 내구력 덕분에 아무렇지 않게 고속 이동이 가능했지만, 새끼 여우의 몸에는 엄청난 부담이 걸리게 된다.

이건 장난으로 하는 예상이 아니었다. 새끼 여우의 상태를 통해 예상되는 신과의 능력치 차이는 700이 넘었다. 그건 마치 대기권 이탈용 로켓에 아무 장비 없는 갓난아이를 태운 채 날려 보내는 거나 마찬가지였다.

신 본인도 이런 전투에는 익숙하지 않았다.—오히려 버겁다고 해도 좋았다. 지금도 상당한 어려움을 느끼고 있었다.

일회용 방어 아이템을 장비시켜 대미지를 대신 받게 할 수도 있지만, 꺼내는 데도 시간이 걸릴뿐더러 장비시켰다고 혼자 방치해둘 수도 없었다.

현재 골렘이 신을 노리는 건지, 아니면 새끼 여우를 노리는 건지 알 수 없었던 것이다.

마법 스킬을 쓰는 상대였기에 새끼 여우와 떨어진 순간에 원거리 공격을 당할 위험이 높았다. 적이 스컬페이스 같은 졸개 몬스터라면 괜찮을 테지만, 정체도 알 수 없는 고레벨 몬스터라면 이야기가 달라진다.

원래부터 방어계 스킬이 적은 【THE NEW GATE】에서는 무언가를 지키며 싸운다는 게 어려웠다. 그래서 결계 스킬을 쓸 수 없다는 게 더욱 아쉬웠다.

─물론 그렇다고 해서 싸울 방법이 없는 건 아니었다.

"이럴 때 쓰라고 마법 스킬이 있는 거지!"

흙먼지를 뚫고 다시 덤벼드는 붉은 골렘의 동체가 신의 눈앞에서 기역자로 구부러졌다.

붉은 골렘의 옆구리에 아까 설치해둔 광술계 마법 스킬 【스타·마인】의 광탄이 날아와 박힌 것이다. 설치 장소를 변경할 때의 이동을 응용한 공격이었다.

아까의 공격보다도 더욱 빨라진 돌격은 경이로웠지만, 워낙 거대한 몸이라 과녁으로는 충분했다.

붉은 골렘은 2발, 3발씩 계속해서 날아드는 광탄에 얻어맞고 있었지만, 땅에 착지하는 것과 동시에 몸을 날리더니 입에서 뿜어낸 화염으로 이어서 날아온 광탄을 불태웠다.

그리고 나머지 광탄도 민첩하게 피하고 있었다.

푸른 골렘 쪽을 보자 얼음벽을 만들어 방어하고 있었다. 스컬페이스용으로 숫자를 중시하느라 하나하나에 많은 마력을 담지는 못했기에, 레벨이 높은 골렘의 방어를 뚫지 못하는 것 같았다.

붉은 골렘의 HP게이지는 아직 1할도 줄어들지 않았다.

"방어력이 높은 건 역시 골렘답군. 물론 마법에는 약할 테지만 말이지!"

신은 투덜대면서도 움직임은 멈추지 않았다. 광탄으로 두 골렘의 발을 묶어둔 채, 새로운 마법 스킬을 발동했다.

"【섀도우·바인드】!"

신의 목소리와 함께 골렘 발밑의 그림자가 꿈틀거리더니 몸을 타고 기어 올라왔다. 골렘들은 이변을 깨닫고 즉시 뛰어오르려 했지만, 이미 다리를 그림자에 붙잡혀서 몸을 움직이지 못하고 있었다.

암술暗術계 마법 스킬 【섀도우·바인드】는 구속 스킬 중에서도 특히 감지하기 힘들다는 게 특징이었다.

대신 구속력이 약하고 보스급에게는 거의 효과가 없지만, 신의 마력으로 강화된 【섀도우·바인드】는 레벨이 높은 골렘을 지면에 꽉 잡아두고 있었다.

"혹시 모르니까 이걸 갖고 있어."

골렘의 움직임을 봉인한 신은 아이템 박스를 열어 일정한 대미지를 대신 받아주는 아이템을 새끼 여우에게 장비시켰다.

그리고 우선 체력이 깎인 붉은 골렘에게 마법 스킬을 조준했다.

"마무리는 이걸로!"

신이 발동한 건 관통력이 강한 광술계 마법 스킬【어브라이드·레이】였다.

창을 겨눈 오른손 끝에 빛이 모여들었다. 방금 골렘들을 괴롭힌 광탄과는 비교도 되지 않는 마력이 한 곳에 집중되고 있었다.

위험을 감지한 골렘도 구속에 대한 저항을 강화했다. 이윽고 골렘의 입을 덮고 있던 그림자에 금이 가더니 희미한 틈새로 입을 움직이는 데 성공했다.

"CAAAAAAaaaaaa."

열린 입에서 검은 안개가 뿜어져 나왔다.

1메르 앞도 보이지 않는 깜깜한 안개가 스킬을 사용하려던 신의 주위로 퍼져나갔다. 엄청난 기세였기에 신은 순식간에 어둠 속에 갇히고 말았다.

"눈속임인가?"

신은 급하게 마법 스킬을 사용하는 대신, 발동한 스킬을 유지한 채로 상황을 주시했다. 게임 때도 연막을 이용해 공격하는 상대와 싸워본 적이 있었다.

시야는 차단되었지만 눈에 보이지 않아도【서치】를 사용하고 있기에 적의 위치를 완전히 놓칠 일은 없었다.

주위를 가득 채운 안개를 방치해둔 채 스킬을 사용할 수도 있었지만, 마기에 잠식된 몬스터가 내뿜은 안개라는 게 마음에 걸렸다.

"쿠, 쿠우……."

"이봐, 왜 그래?! 칫, 역시 상태 이상을 일으키는 타입인가?!"

괴로워하는 새끼 여우의 상태 창에는 【포이즌·Ⅶ】이라고 분명하게 표시되어 있었다. 아무래도 시야를 차단하는 동시에 상대를 약하게 만드는 효과도 있는 것 같았다.

상태 이상이나 그로 인한 대미지는 새끼 여우에게 장비시킨 아이템으로는 막을 수 없었기에 분명하게 피해를 입고 있었다.

"너무 세졌잖아……."

새끼 여우에게 신성계 스킬 【큐어】를 걸어 상태 이상을 회복시켰지만 몇 초 만에 다시 독 상태로 돌아와 버렸다. 이 안개 속에 있는 동안에는 아무리 회복해도 의미가 없는 것 같았다.

안개 밖으로 나가려 해도 대체 어느 범위까지 퍼져 있는지 알 수 없었다. 하물며 움직임에 제약이 있는 신을 골렘이 일부러 놓쳐줄 리도 없었다.

신에게는 이 정도로 효과가 없었지만, 빨리 결판을 내지 않으면 새끼 여우가 버티지 못할 것이다.

체력 자체는 【힐】로 회복할 수 있고 독 상태도 【큐어】로 어떻게든 없앨 수 있었다. 하지만 중독될 때마다 계속 회복시키면 괜찮을 거라는 생각은 너무나 게임적인 발상이었다.

그런 짓을 현실에서 했다간 아무리 회복시켜도 결국 죽어
버릴 가능성이 높았다.

"제한 시간은 길지 않은…… 거로군."

이렇게 된 이상 새끼 여우가 약간의 부담을 견뎌낼 수밖에
없었다.

"미안. 조금 힘들 테지만 열심히 버텨줘."

"쿠, 쿠우!"

"대답 잘했어!"

신은 새끼 여우의 힘찬 울음소리에 호응하듯이, 모아두었
던【어브라이드·레이】를 내쏘았다.

미니맵에서 마크가 있는 위치로 발사된 섬광은 진로상의
안개를 흩뜨렸고, 목표를 향해 일직선으로 나아갔다.

하지만 골렘은 이미【어브라이드·레이】에서 벗어나 있었
다. 자신에게 다가오는 섬광을 몸을 비틀어 피하더니 안개 속
으로 모습을 감추었다.

【어브라이드·레이】가 명중된 땅이 폭발하며 그 충격으로
한순간 안개가 걷혔지만, 그것도 금방 원래대로 돌아오고 말
았다.

신은 미니맵의 마크를 의식하면서도 조금씩 그 자리에서
이동하고 있었다. 골렘에게도 원거리 공격 능력이 있는 이
상, 그 자리에 계속 머물러 있어봐야 살아 있는 과녁이 될 뿐
이었다.

골렘을 표시하는 마크는 두 마리 다 일직선으로 신을 향하고 있었다. 아무래도 골렘에게는 안개에 의한 시야 불량도 문제없는 것 같았다.

다가오는 2개의 마크가 겹쳐졌다.

의아할 틈도 없이, 안개를 가르며 나타난 푸른 골렘이 신을 노리며 공격해왔다. 신의 상반신을 통째로 삼킬 수 있을 만큼 큰 입을 벌린 채, 날카로운 이빨로 먹잇감을 노리고 있었다.

흉악한 이빨을 몸을 돌려 피한 신은 이어지는 발톱 공격도 창으로 쳐냈다.

하지만 그 뒤를 이어야 할 붉은 골렘의 모습이 보이지 않았다.

다음 순간, 머리 위에서 살기가 느껴졌다.

신은 창을 휘두른 기세 그대로 몸을 공중에 띄워 머리 위를 향해 맨손계 무예 스킬【메아리치기】를 발동했다.

대공 요격용 발차기가 신의 머리 위에서 공격해오던 붉은 골렘의 목에 정통으로 맞았고, 머리를 산산조각 내버렸다.

머리를 잃은 몸체는 자세도 잡지 못한 채 땅에 곤두박질쳤고, 그 무게로 인해 지면이 움푹 파였다.

신은 걷어찬 반동으로 거리를 벌리며 푸른 골렘의 추격에서 벗어났다.

새끼 여우에게 부담이 가지 않도록 움직이면서도 그의 눈은 땅에 쓰러진 붉은 골렘을 계속 주시하고 있었다. 게임 때라면 이걸로 한 마리를 해치운 것이지만—.

그런 희망도 허무하게 사라지고 말았다. 목을 잃은 몸체가 일어서더니 아무 일도 없었던 것처럼 움직이기 시작한 것이다.

파괴된 머리는 원래대로 돌아오지 않았지만, 분명하게 신을 인식한 움직임을 보여주고 있었다.

"아직도 움직이다니……."

그럴 것 같다는 예감은 들었지만, 아무래도 완전히 박살을 내지 않는 한 쓰러뜨릴 수 없는 것 같았다.

상당한 속도로 움직이는 미니맵의 마크를 보며 신은 대책을 강구했다.

상대는 골렘. 상태 이상은 당연히 통하지 않는다.

새끼 여우가 버틸 수 있는 시간을 생각하면 한 방에 해치우는 게 최선이었다.

문제는 적의 속도였다. 【새도우·바인드】보다 구속력이 강한 스킬도 있었지만 안개 속에서는 제대로 조준하기 힘들었다.

게다가 신의 주위를 둘러싼 안개는 【암시暗視】 스킬로도 내다볼 수 없었다. 맵에 의지해 스킬을 사용할 수도 있지만 정확성이 떨어지는 데다, 이쪽 세계에서는 마법 스킬을 완벽히 사용할 수 있을 만큼 익숙하지 않았다.

"쿠우, 쿠~우!"

"왜 그래?"

안개 속에서 날아든 얼음 기둥과 화염탄을 튕겨내던 신의 옷깃을 새끼 여우가 잡아당겼다. 뭔가 전하고 싶은 말이 있는 것 같았다.

"쿠웃! 쿠우웃!"

새끼 여우가 얼굴로 가리킨 곳에 희미하게 빛나는 무언가 가 있었다. 자세히 보니 새끼 여우가 방금 전까지 누워 있던 마법진이라는 걸 알 수 있었다.

아무래도 골렘의 공격의 여파로 본당이 무너져 밖에서도 볼 수 있게 된 것 같았다.

"저기 가면 되는 거야?"

"쿠우!"

중독과 회복의 반복으로 간신히 목숨이 붙어 있는 상태임 에도 새끼 여우는 고개를 힘 있게 끄덕였다. 뭐가 있는지는 알 수 없지만 이런 타이밍에 가르쳐주는 걸 보면 무언가 도움 이 되긴 할 것 같았다.

신은 새끼 여우의 의지를 믿고 마법진이 있는 쪽으로 이동 했다. 희미하게 빛나는 것은 분명히 새끼 여우가 누워 있던 마법진이었다. 가까이 다가가고 나서야 알게 되었지만 마법 진 주위로는 안개가 스며들지 못하고 있었다.

"이건…… 들어가면 되는 건가?"

신은 고개를 끄덕이는 새끼 여우를 고쳐 안으며 마법진의 중심으로 나아갔다.

"……과연 그렇군."

마법진 안에 들어간 신은 새끼 여우가 여기를 가리킨 이유를 깨달았다.

원리는 알 수 없지만 이 마법진 안에서는 안개 속을 문제없이 내다볼 수 있었던 것이다. 이런 상태라면 운에 맡겨서 스킬을 사용할 필요가 없었다.

골렘들도 신이 마법진 안쪽에 들어간 것을 감지했는지 빠르게 다가오고 있었다. 어두운 안개에 숨어 기습할 수 없게 되었다는 걸 알아차렸는지도 모른다.

하지만 그것도 이미 늦었다. 신은 마법진에 들어온 순간부터 이해하고 있었다. 이건 자신의 힘을 강화해준다는 것을.

"【아크·바인드】!"

신이 스킬명을 외치는 것과 동시에, 공중에서 생겨난 빛의 사슬이 돌격해오던 골렘을 향해 뻗어 나갔다.

【섀도우·바인드】보다 속도는 떨어지지만 강도는 2배 이상이었다. 구속 스킬 중에서도 1, 2위를 다툴 정도의 구속력을 가진 빛의 사슬은 피하려고 몸을 비트는 골렘을 붙잡아 땅에 고정했다. 마법진의 효과로 자유롭게 조작할 수 있게 된 사슬을 골렘은 미처 피하지 못했다.

게임 때와는 달리 마력 조작이라는 동작이 필요했기에 신의 마법 스킬은 원래의 효과를 발휘하지 못하고 있었다. 하지만 이 마법진 안에 있는 한 어떤 적도 놓치지 않을 자신이 있었다.

"덕분에 애 좀 먹었군."

골렘 두 마리가 붙잡힌 위치는 신이 보기에 마침 일직선상에 놓여 있었다.

더 이상 새끼 여우를 안고 있을 필요도, 움직임을 제한할 필요도 없었다. 오직 한 방으로 부숴버리면 되는 것이다.

신이 창을 겨누는 것과 동시에 마법진이 한층 강하게 빛났고 손에 들린 창도 빛을 내기 시작했다. 이걸로 끝장을 내려는 듯이 창에 힘이 모여드는 걸 알 수 있었다.

"좋아. 마기까지 한꺼번에 전부 날려버리겠어!"

신은 그 빛의 의지에 따르듯이 앞으로 나아가기 시작했다. 온 힘을 다해 달리던 신의 모습은 잔상을 남기며 그 자리에서 사라졌다.

다시 신이 나타난 건 골렘의 눈앞이었다.

이제는 성스러울 만큼 맑은 빛을 내뿜는 창으로 일격을 가했다.

창술계 무예 스킬【화천禍穿 찌르기】.

재앙을 꿰뚫는다―그 이름에 걸맞은 빛을 내뿜으며【아크·바인드】위에서 골렘을 관통했다.

먼저 목표가 된 건 붉은 골렘이었다.

마기로 강화된 육체를 무력화하며 창은 똑바로 돌진했다.

외피를 찢고 내부를 헤집으며 몸체에서 네 다리에 이르기까지 산산조각을 냈다.

기세는 멈추지 않았고, 창끝은 일직선으로 나아가며 푸른 골렘을 향했다.

마법으로 요격하려 한 것이리라. 거슬리는 비명이 신의 고막을 흔들었다. 하지만 창에서 뿜어져 나온 빛은 공중에 집중되던 마력마저 날려버렸다.

골렘에게 유리하게 작용할 안개도 창에서 뿜어져 나온 빛에 의해 흩어지고 있었다.

붉은 골렘을 부서뜨리고도 기세가 전혀 줄지 않은 일격은 남은 푸른 골렘에게도 저항을 허락하지 않았다.

✝

"끝난 건가. 이건 어떻게 해야 하나."

창을 손에 들고 주위를 둘러보던 신은 불쑥 중얼거렸다.

마기로 모습을 바꾼 골렘을 쓰러뜨리자 주변을 뒤덮고 있던 안개도 완전히 걷혀서 지금은 주위를 잘 둘러볼 수 있게 되었다.

솔직히 말하면 참혹하다는 한마디밖에 나오지 않았다.

스컬페이스의 드랍 아이템인 검과 갑옷이 흩어져 있고 신사 본당은 붕괴. 마법 스킬의 여파 탓인지 대문은 반쯤 날아가고, 곳곳이 크게 파인 땅의 일부는 표면이 유리로 변한 곳까지 있었다.

2메르 정도 되는 얼음 기둥이 땅에 나란히 박혀 있었고, 그 뒤에는 얼음 기둥의 직격을 받아 요란하게 꺾인 거목이 뒹굴고 있었다.

어쩔 수 없는 사정이 있었다지만 그야말로 엉망진창이었다. 이 광경을 보고 여기가 신사라고 생각하는 사람은 없을 것이다.

하지만 그렇다고 신에게 여길 청소해야겠다는 생각이 있는 건 아니었다.

"……마기는 이제 없고, 스컬페이스에 대한 것만 보고해둘까."

아무래도 이번 마기는 오염원만 제거하면 소멸되는 종류였던 것 같았다.

하지만 신사 내의 공기는 숲 속에 가까웠고, 원래의 청결한 상태라고는 할 수 없었다. 결계가 사라지면서 그런 효과도 함께 사라진 건지도 모른다.

국지적인 마기 발생 이벤트는 게임 때도 자주 있었고, 마기에 잠식된 보스 몬스터를 쓰러뜨리면 클리어되었다. 따라서 신은 이제 문제없다고 판단했다.

약간 억지로 그런 판단을 내린 뒤, 신은 남은 문제를 향해 눈을 돌렸―.

"쿠우!!"

"우왓! 어이쿠, 위험한 짓 하지 말라고."

신은 새끼 여우를 부드럽게 받아냈다. 마법진 안에서 신을 향해 점프한 것이었다.

신은 얼굴을 비비는 새끼 여우를 안으며 그 모습을 관찰했다. 몸 상태도 많이 좋아졌는지, 자꾸만 얼굴을 핥으려 하는 새끼 여우에게서는 방금 전까지의 병든 기색이 조금도 느껴지지 않았다.

"이제 괜찮아 보이네."

결국 이번 사태가 정확히 어떤 상황이었는지는 알 수 없었지만, 새끼 여우가 무사하다는 것만으로도 노력한 보람이 있었다고 할 수 있었다.

자신이 모르는, 즉 게임 때와는 다른 현상을 직접 확인했다는 것도 중요했다.

원래 세계에 돌아가기 위한 단서까진 되지 못하더라도 무슨 정보든 간에 알고 있어서 손해 볼 건 없었다. 현재로선 무엇이 힌트가 될지는 누구도 모르는 것이다.

"쿠~?"

생각에 잠겨 있는 신이 신경 쓰였는지 새끼 여우는 질문하듯이 울음소리를 냈다.

"그러고 보니 잘 모르는 건 너도 마찬가지였지."

신은 새끼 여우의 옆구리에 손을 넣어 안아 올리면서 말을 건넸다.

미리의 부탁을 받고 구해준 거지만 이 새끼 여우도 의외로

의문점이 많았다.

발견했을 당시부터 긴급 상황이었고 아직 이름조차 확인하지 못했다. HP게이지가 있는 건 플레이어나 몬스터뿐이기에 이 새끼 여우도 몬스터의 일종이라는 건 알고 있었지만.

"이름을 보는 걸 깜빡하고 있었네. 역시 리틀 폭스인가?"

신은 애완동물로 인기 있는 몬스터의 이름을 대며 【애널라이즈】로 새끼 여우의 정보를 확인했다.

새끼 여우는 알아듣지 못하겠다는 듯이 신의 품에 안긴 채로 고개를 갸웃거리고 있었다. 엘레멘트 테일의 영역 안에서는 소형 여우 몬스터를 자주 볼 수 있기에 신도 그렇게 예상한 것이다.

"으음, 이름, 이르…… 음?"

신의 시선이 몬스터 이름에 고정되었다. 거기 적힌 이름은 신의 상상을 훨씬 초월하고 있었다.

"에, 엘레멘트 테일…… 말도 안 돼…….'

"쿠~!"

마치 정답! 이라고 말하는 듯이 반응하는 새끼 여우─엘레멘트 테일.

신이 경악하는 것도 무리는 아니었다.

엘레멘트 테일은 플레이어 사이에서 구미호로 불리던 몬스터이며 레벨 1,000을 자랑하는 【THE NEW GATE】의 최상급 몬스터 중 하나였다.

플레이어가 뽑은 【THE NEW GATE】 최강 몬스터 랭킹에서 항상 상위에 랭크될 정도였고, 설마 그런 몬스터의 이름이 나올 줄은 전혀 예상하지 못한 것이다.

잘못 표시된 게 아니라면 지금 신이 있는 장소의 지배자이기도 한 것이다.

애초에 신이 아는 엘레멘트 테일은 사람 형태거나 몸길이 20메르 정도의 거대한 여우의 모습을 하고 있었다. 새끼 여우 사이즈의 엘레멘트 테일 따위 들어본 적도 없었다.

"어떡하지……. 진짜 어떡하지……."

자세히 조사해보자 엘레멘트 테일의 레벨은 현재 211이었다. 보스 몬스터로는 많이 부족하지만 이쪽 세계의 주민들 입장에선 충분히 위험한 레벨이었다.

한 마리만 있었던 걸 보면 어미가 없는 건지도 모른다.

덧붙이자면 어미가 있어도 신의 목숨이 위험했다. 엘레멘트 테일은 상한선 플레이어조차 혼자 싸우는 건 무모하다는 말을 듣는 상대였다. 【리미트】를 완전히 해방시킨 신이라면 쓰러뜨릴 수 있을 테지만, 적어도 북쪽 숲은 초토화될 게 분명하고, 그 여파로 왕국에도 피해가 나올 것이다.

"왜 이렇게 레벨이 낮은 거지? 어린 엘레멘트 테일은 들어본 적도 없는데……."

신은 강력한 몬스터의 정보를 항상 수집하고 있었다. 특히 엘레멘트 테일에 관한 건 자신이 모르는 게 없다고 할 만한 지식이 있었다.

달의 사당에 오는 손님의 절반 이상은 엘레멘트 테일 관련 퀘스트, 통칭 '구미호 퀘스트'에 도전하는 플레이어였던 것이다. 어찌 보면 가게 매상에 도움을 받고 있었다고도 할 수 있었다.

그런 이유로 엘레멘트 테일에 대해서는 운영자 가족이 아니냐는 소릴 들을 만큼 자세히 알고 있었다.

"뭐, 게임이 아니니까 갑자기 성체가 된다는 것도 이상할 테지만……. 안 돼, 역시 모르겠어."

어차피 신이 갖고 있는 건 게임의 지식이었다. 이쪽 세계에서는 모르는 게 있어도 어쩔 수 없다는 걸 받아들이기로 했다.

하지만 앞으로 어떻게 해야 할지에 대한 문제가 남았다.

"너, 이제부터 어떻게 할래?"

신은 대화가 가능하다고는 생각하지 않았지만 왠지 말을 이해하는 것 같았기에 목소리를 내어 물어보았다.

마법진은 이미 빛이 사라져 있었다. 모든 역할이 끝나버린 것 같은 이곳에, 엘리멘트 테일이라지만 새끼 여우 한 마리만 남겨두고 가는 것도 도무지 내키지 않았다.

"쿠우……."

땅에 내려선 엘레멘트 테일은 본당 잔해, 그리고 몬스터의 잔해가 흩어진 경내를 가만히 바라보고 있었지만, 갑자기 마음을 털어내려는 듯이 몸을 휙 돌렸다.

그리고 힘차게 점프하더니 신의 몸을 기어올라서 머리 위에 올라탔다.

"왜 머리 위야?"

"쿠~!"

"아니, 모르겠거든?"

머리를 쿡쿡 치는 엘리멘트 테일. 이 녀석 나름대로 여기서 나갈 각오를 정했다는 걸 느끼며, 신은 어렴풋이 생각했던 말을 꺼냈다.

"······같이 갈래?"

"쿠우~!"

그게 신에게는 '갈래!'라고 말하는 것처럼 느껴졌다.

"그렇구나······. 아니, 가만히 좀 있어! 발톱! 발톱이 따갑다고!"

갑자기 기분 좋아진 새끼 여우가 몸을 흔들자 신의 시야가 이리저리 흔들렸다. 사냥감을 잠재우는 발톱을 세운 채로 신의 머리를 쿡쿡 찌르는 통에 도저히 제대로 걸어가기가 힘들었다.

"좀 진정해!"

"쿠~?"

"모른 척하지 마. 너, 내가 하는 말 다 알아들으면서 그러는 거지?"

어리긴 해도 종족은 최상급 몬스터인 엘레멘트 테일—영리

하지 않을 리가 없었다. 어쩌면 새끼 여우 나름대로 외로움을 떨쳐내고 있는 건지도 모른다.

'내가 원래 세계로 돌아가기 전에 혼자 살아갈 수 있게 되어야 할 텐데.'

신은 쏟아지는 육구肉球 펀치(발톱 포함)를 양손으로 막아내며 걸어가기 시작했다.

그는 머리 위의 새끼 여우와 놀아주면서도 머릿속으로 자신이 지금까지 조우한 사건들을 하나씩 나열해보았다.

숲 속에서 마주쳤던, 특수한 장비를 가진 이상한 스컬페이스.

갑자기 출연한 스컬페이스 무리. 지배 영역 안이었음에도 마기에 잠식당한 골렘. 그리고 엘레멘트 테일의 새끼.

자신이 가진 지식으로는 알 수 없는 일투성이라 답이 나오지 않았다. 하지만 무슨 일이 벌어지고 있다는 건 알 수 있었다.

"어쨌든 미리에게 새끼 여우에 대한 걸 확인해보고, 또 정보를 수집해야겠지. 그리고 슈니가 날 기억하고 있어야 할 텐데."

서포트 캐릭터인 슈니라면 많은 사실을 알고 있을 것이다. 그녀가 받은 의뢰가 빨리 끝나기를 기원하면서, 일단은 길드, 그리고 고아원에 가보기로 했다.

이 세계에 온 지 불과 며칠 만에 이변이라 할 수 있는 여러 사건에 휘말린 신.

318   THE NEW GATE 2

그건 필연일까, 아니면 우연일까.

신을 중심으로 펼쳐지는 이야기의 막은 이제 막 올랐을 뿐이었다.

스테이터스 소개 │ s t a t u s

THE NEW
GATE

이름 : **신**

성별 : 남자

종족 : 하이 휴먼

메인 직업 : 사무라이

서브 직업 : 대장장이

모험가 랭크 : G

소속 길드 : 육천

●능력치

LV: 255

HP: 22832

MP: 21349

STR: 2225

VIT: 2017

DEX: 2170

AGI: 2236

INT: 2032

LUC: 36

●전투용 장비

머리 명왕의 머플러

(급소 공격 무효, 감각 방해 무효, 은폐·기습 무효)

몸 명왕의 롱코트

(관통 무효, 대미지 반감, 모든 속성 내성)

팔 명왕의 팔 덮개

(도난 무효, 함정 무효, 대미지 반사)

발 명왕의 다리 갑옷(구속 무효, 디버프 무효)

액세서리1 명왕의 반지(모든 상태 이상 무효, 기타)

액세서리2 신대(神代)의 귀걸이(오토 올 버프, 오토

힐, 기타)

무기 진월【홍옥도의 오리지널 핸드 메이드】

【무기 파괴 공격 무효, 투과 능력 무효, 마법 무효

(검신 부분만), 공격 속도 상승, 사용자 제한】

●칭호

●임계자

●도달자

●해방자

●대장장이의 정점

●검술의 정점

　기타

●스킬

●파산

●호월·뇌명섬

(孤月·雷鳴閃)

●빛의 성역(생츄어리)

●심안

●축지

　기타

기타

●능력치 상한선 최속 도달 플레이어

●달의 사당 점장

●데스 게임 공략자

이름 : **티에라 루센트**
성별 : 여자
종족 : 엘프

메인 직업 : 연금술사
서브 직업 : 없음
모험가 랭크 : 없음

●**능력치**

LV: 57
HP: 860
MP: 1400
STR: 75
VIT: 46
DEX: 65
AGI: 61
INT: 77
LUC: 60

●**전투용 장비**

머리　없음
몸　　녹정사(綠晶糸) 재킷
팔　　은강(銀鋼) 가슴받이【VIT 보너스(미)】
발　　질주의 롱부츠【STR 보너스(미)】
액세서리　백휘석 귀걸이(운 상승)
무기　마수(魔樹)의 단궁

●**칭호**

● 견습 마도사

●**스킬**

● 애널라이즈

기타

● 달의 사당 점원
● 『애널라이즈』 스킬 보유자
● 『저주의 칭호』 전 보유자

※보너스 상승치 미〈약〈중〈강〈특

이름 : 발크스 하임
성별 : 남자
종족 : 휴먼

메인 직업 : 권투사
서브 직업 : 광전사
모험가 랭크 : 없음(전직 S)

●능력치

LV: 228
HP: 4190
MP: 2770
STR: 391
VIT: 322
DEX: 345
AGI: 397
INT: 290
LUC: 77

●전투용 장비

머리　없음
몸　푸른 수정의 경갑【AGI 보너스(약)】
팔　창아의 팔 보호구
발　용 가죽 부츠(구속 경감)
액세서리　에메랄드 애뮬릿(상태 이상 경감)
무기　창아의 팔 보호구(물리 공격 대미지 반사)

●칭호

●없음

●스킬

●쇠 튕겨내기
●기척 감지
●조기(操氣)

기타

●모험가 길드 베일리히트 지부 길드 마스터

이름 : **빌헬름 에이비스**
성별 : 남자
종족 : 로드

메인 직업 : 창술사
서브 직업 : 없음
모험가 랭크 : A

●능력치

LV: 188
HP: 5800
MP: 4200
STR: 513
VIT: 327
DEX: 381
AGI: 490
INT: 282
LUC: 55

●전투용 장비

머리   없음
몸   강견(鋼絹) 전투복
팔   용린(龍鱗)의 팔 덮개
     【VIT 보너스(중), 불 속성 내성】
발   용린의 다리 갑옷(구속 경감)
액세서리 없음
무기   마창 베놈(HP 흡수, 투과 능력 무효)

●칭호

●마창의 주인

●스킬

●섬화
●화천 찌르기
●철관
●기척 감지
●조기
 기타

기타

●전설급 마창 『베놈』 보유자

이름 : 스컬페이스(유니크)

등급 : 잭

종족 : 언데드

● 능력치

LV: 359

HP: 3570

MP: 350

STR: 330

VIT: 377

DEX: 239

AGI: 201

INT: 88

LUC: 20

● 전투용 장비

무기 성검 무스페림

● 칭호

● 성검의 주인

● 스킬

없음

기타

● 변이 개체

● 전설급 성검 『무스페림』 보유자

◇ 당신은 언제나 옳습니다. 그대의 삶을 응원합니다. — **라의눈 출판그룹**

더 뉴 게이트 1

초판 1쇄   2018년 5월 2일

지은이   카자나미 시노기
옮긴이   김진환

펴낸이   설응도
펴낸곳   라의눈

출판등록   2014년 1월 13일(제2014−000011호)
주소   서울시 서초구 서초중앙로29길 26 (반포동) 낙강빌딩 2층
전화번호   02-466-1283
팩스번호   02−466−1301
e-mail   편집 editor@eyeofra.co.kr   마케팅 marketing@eyeofra.co.kr
          경영지원 management@eyeofra.co.kr

ISBN   979-11-963499-1-2 04830
       979-11-963499-0-5 04830(set)

–라루나는 라의눈출판그룹의 브랜드입니다.
–이 책의 저작권은 저자와 출판사에 있습니다.
–서면에 의한 저자와 출판사의 허락 없이 책의 전부 또는 일부 내용을 사용할 수 없습니다.

* 잘못 만들어진 책은 구입처에서 교환해드립니다.
* 책값은 뒤표지에 있습니다.

THE NEW GATE volume1
ⓒ SHINOGI KAZANAMI 2013
Character Design: MAKAI NO JUMIN
Original Design Work: ansyyqdesign
Originally published in Japan in 2013 AlphaPolis Co., LTD, Tokyo.
Korean translation rights arranged with AlphaPolis Co., LTD, Tokyo,
through Tuttle-Mori Agency, Inc, Tokyo and AMO Agency, Seoul.
Korean edition copyright ⓒ 2018 by Eye of Ra Publishing Co.,Ltd